氷室教授のあやかし講義は月夜にて 2

古河 樹

富士見L文庫

目次

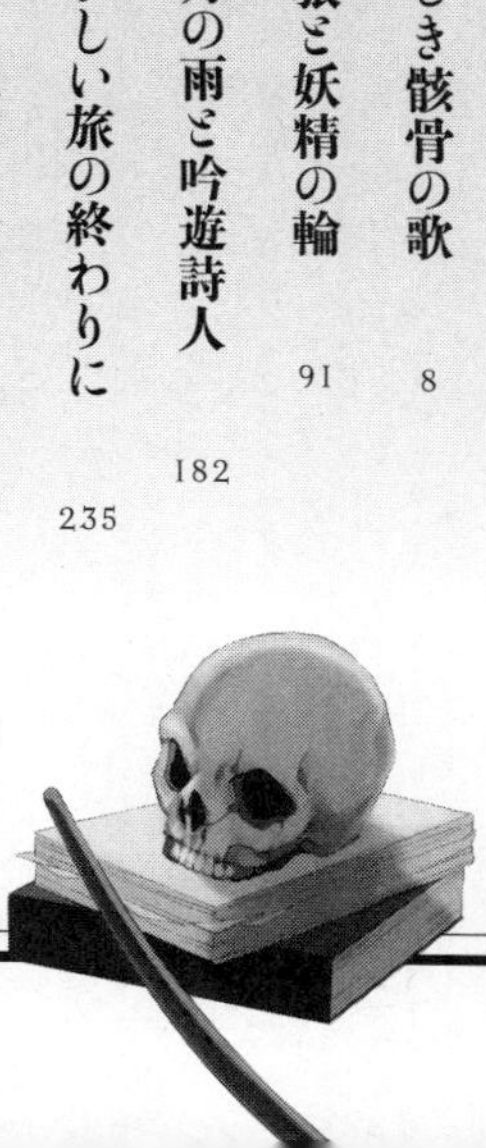

プロローグ――僕らは星空を待って――

六月にしてはよく晴れた日だった。

先日までの雨雲は遠く過ぎ去り、抜けるような青空がどこまでも広がっている。

神崎理緒《かんざきりお》は開けた野原に立っていた。やや線が細く、色素の薄い少年だ。所在無げな自分を誤魔化すため、細い指先を手のひらに握り込んでいるが、そこに力がこもることはなかった。

風が吹いた。理緒の前髪が揺れ、足元の芝生がさざ波のように弧を描いていく。

見上げれば、青空。

蒼空《そうくう》のキャンバスには今、火葬場からの煙がとても長く線を引いている。

ああ、まるで魂が昇っていくみたいだ、と思った。

口に出してそう言ったら、氷室《ひむろ》教授はなんて言うだろう。

苦笑するかもしれない。鼻で笑われるかもしれない。もしくは……。

色んなことを考えて結局、理緒は口を閉ざした。空を見上げる視界にはスーツ姿の背中も映っている。

氷室教授だ。理緒のほんの数歩先では教授も同じように空を見上げていた。金色の毛先が風に揺れ、高級なスーツに包まれた背中は静かに佇《たたず》んでいる。

いつものような威圧感はまるでない。むしろ糸が切れて風の吹くままさらわれていくカイトのような儚《はかな》ささえ感じられた。でも不自然なことじゃない。それだけの経験を自分たちはしたのだから。

「教授……」

青々とした草の匂いを感じた。同じものを見上げたまま、話しかける。

「空がきれいですね」

「……ああ」

「晴れてよかったですね」

「……ああ」

「きっと……喜んでますよ」

「…………ああ」

最後の返事は少し間があった。

つられてこっちも一瞬、言葉に詰まりそうになった。でも拳《こぶし》を握り締めて、どうにか耐える。すると今度は教授が口を開いた。背中を向けたまま、ぽつりと。

「こんな空だ。夜になれば……星もよく見えるだろう」

吹けば消えてしまうような、小さな声だった。

理緒は返事をしようとしたけれど、嗚咽《おえつ》がこぼれてしまいそうになって言えなかった。

それは梅雨の訪れた、六月のこと。

神崎理緒はかけがえのない経験をした。温かい気持ちと貴重な知識、忘れられない思い出と未来への課題、そして屈託のない笑顔をもらった。

同時にとても大切なものを失った。

それは決して避けられないことで、理緒にとっては絶対に逃げてはならないもので、だけど氷室教授にとっては——回避できるはずのものだった。

だから思う。この結末は果たして教授にとってどんな意味を持ったものだったのだろうか、と。

スーツの背中を見つめる。空は広く晴れ渡り、火葬場の煙はどこまでも昇っていく。

魂は昇っていく。

大切な人はもういない。

それでも生きていかなければならないとしたら。

氷室教授。

教授は今、何を思っていますか……？

第一章　愛しき骸骨の歌

そろそろ梅雨の気配も近づきつつある、五月の末。

霧峰《きりみね》大学の十二号館では海外民俗学の講義が始まろうとしていた。

大教室のなかは満員御礼《おんれい》。学生たちが大勢集まっていて、受講人数から考えると、どう見ても定員を超過しているのだが、これはいつものことだった。

海外民俗学を教える氷室《ひむろ》教授は学ぶ意思のある学生には寛容なので、履修登録の抽選から漏れた学生が講義にいてもお目こぼししてくれる。おかげでこの満員ぶりだ。

まあ、そのせいで僕たちは席の確保が毎度大変なんですけど……。

正規の受講者である神崎理緒《かんざきりお》は鞄《かばん》から教科書とノートを出しながら、どうにか目当ての場所を確保できたことにほっと胸をなでおろした。

理緒はこの春から霧峰大学に通っている、一年生だ。

所属は文学部で講義の時間割はできるだけ埋めている。一年生のうちに単位は取れるだけ取っておいた方がいいとよく聞くし、理緒自身、せっかく大学にきたのだから勉強はちゃんとしたいと思っていた。

当初は慣れない生活に色々戸惑っていたけれど、入学から二か月近くが経って、最近はようやく慣れてきた。この講義での席取りについてもそうだ。

今日座ったのは廊下側の後ろの席。窓際だけは絶対に回避しなくてはいけないし、廊下側でも前の方は角度の関係で日光が反射することがある。一方でこの後ろの方は窓もなく日光の反射もないので、理緒にとっては貴重な安全地帯だった。

というのも理緒には難儀な特徴がいくつかあり、そのなかの一つとして日光を長時間浴びていると異様に眠くなってしまう。大学の講義を受ける上でこれはかなり致命的なので、どんな講義も早めにいって日光の当たらない席を確保するようにしていた。

春先はこの位置取りに失敗することもよくあったが、最近はなかなかの成功率を誇るようになっていた。

「……やったな、りお。この辺りの席なら居眠りしてひむろの奴に怒られたりしなくて済むんだろ？」

シャツの胸ポケットにくすぐったさを感じ、小さな羊がひょっこりと顔を出した。

「わっ、出てきたらダメですよ、ウール」

理緒は慌ててテーブルに肘《ひじ》をつき、腕の角度でポケットを隠す。

そこにいるのはもこもこした毛の可愛い羊。一見するとキーホルダーか何かのぬいぐるみのように見えるが、自分の意思で動いて、しかもしゃべっている。

正体は俗にいう『あやかし』である。

理緒はさりげなくまわりを確認。どうやら他の学生に気づかれてはいないようだ。肩の力を抜き、小声でポケットへ話しかける。

「気をつけて下さいね。普通の人たちはあやかしのことなんて知らないんですから」

「だいじょーぶ。いざとなったら、ぬいぐるみのフリしてやるから任せとけ」

「いや、羊のぬいぐるみを大事にポケットにしまって講義に出てる大学生っていうのもなかなかなんですよ……？」

羊にきらっと瞳《ひとみ》を輝かせてドヤ顔をされ、困り顔。理緒も最初の頃は受け入れ難かったのだが、この世にはこうした『人ならざるモノ』が数多くいる。

今ポケットのなかにいる羊もそうで、彼は綿毛羊《わたげひつじ》という種類のあやかしだ。名前はウールという。

理緒とウールは大学近くの森で出逢《であ》い、今では一緒に学生アパートで暮らしている。

今日は『暇だからおれも一緒にいっていいかー？』と言われ、ポケットに忍ばせて連れてきたのだ。

ひとりでぶつぶつ言っているとまわりに思われてもいけないので、一応、スマートフォンを教科書の横に置いておく。これでウールと話していても他の学生には誰かと通話しているように見えるはずだ。

そうこうしているとチャイムが鳴り、大教室の扉が開いた。

入ってきたのは、この世の者とは思えないほど見目麗しい男性。黄金を溶かし込んだようなブロンドはきらびやかに輝き、一目で高級なものとわかるスーツをまとった手足はすらりと長い。その姿を見て、学生たちが感嘆の吐息をこぼす。

レオーネ＝L＝メイフェア＝氷室教授。

この海外民俗学の講義を担当する教授である。

「いい天気だな、諸君。そろそろ梅雨入りも近いだろうが、今日は見ての通りの快晴だ。こんな日に屋内に留《とど》まり、教科書を広げている諸君は控えめに言っても随分と不健康な若者だろう」

教授が肩をすくめて見せ、学生たちから笑い声がこぼれる。

「しかし私は諸君を糾弾したりはしない。知的好奇心を満たし、真摯《しんし》に勉学に励む、この姿こそ、真に健康的な人間の生き様だと私は知っているからだ。遠慮はいらない。私の見識の広さに諸君は感謝し、ぜひとも感涙するといい」

冗談めいた言葉によって、大教室に適度にリラックスした空気が流れ始める。緊張し過ぎていても知識は頭に入ってこないからちょうどいい空気だ。

ポケットからウールが小声でつぶやく。やや不思議そうに。

「なんか普段と違うな。いつものひむろはもっと偉そうじゃないか？」

「あれは講義の時の顔ですよ。あの人、普通の学生相手には一応ちゃんと先生めいた顔をするんです」

理緒とウールは氷室教授と面識がある。というか、かなり近しい間柄だ。普段の教授は大変偉そうなので、ウールが違和感を覚えるのも無理はない。しかし今は講義の時間。プロジェクターにレジュメが投映され、氷室教授は講師の顔で講義を始める。

「さて、今日は『柳田國男《やなぎたくにお》』について紐解《ひもと》いていこう」

理緒はノートに『柳田國男について』と書いていく。一瞬、『國』の字がわからなくて事前に配布されていたレジュメを確認。書き終わって、はて、と首を傾げた。

柳田國男は有名だから理緒も知っている。確か有名な『遠野《とおの》物語』の著者だ。でもこの講義は海外民俗学なので、メインに据えると言われると疑問符が浮かんでくる。

「ふむ、皆、不可解な顔をしているな。まあ、当然とも言えるだろう。柳田國男といえば日本民俗学者の開拓者として非常に名高い。彼は歴史のなかに埋もれた土着の文化に着目する視点をこの国にもたらし、学問的な夜明けへと導いた。いわば日本民俗学の父とも呼べる人物だろう」

他の生徒たちと一緒になって、理緒はうんうんと頷《うなず》いた。

やっぱり氷室教授の講義で扱うには分野外の人物に思える。

「しかしだ。日本民俗学の父・柳田國男は自国だけに視点を置いていたわけではない。比較と検証、それなくして学問の発展はありえない。これを見るがいい」

教授がプロジェクターを操作し、画面が切り替わった。

表示されたのは膨大な数の外国語。見たところ英語だけではなく、他の国の言葉も交じっているようだ。文章というほど長くはなく、いくつかの単語ごとに区切られ、リスト化されている。

「柳田國男はその人生において、幾度か海外へと渡っている。その際、彼はアメリカやドイツ、フランスなどの民俗学の原書を集中的に購入し、それらの洋書には柳田本人の見解がコメントとして書き込まれ、今日でも貴重な文献として保管されている。いわゆる『柳田文庫』というやつだな。なかでも柳田の洋書コレクションは膨大な数に上る。単行本が一四三四冊、雑誌が約九〇〇冊、締めて二〇〇〇冊を優に超える有益な洋書群だ」

教室奥のプロジェクターの画面を教授は示す。

「ここに表示したものは柳田が所有していた洋書群のリストだ。だが、これでもほんの一部でしかない」

理緒はノートを取る手を止めて、しばらく画面を眺めてしまった。

およそ二〇〇〇冊という凄《すさ》まじい数の資料。読むだけでもとんでもなく時間が掛かりそうなのに英語、ドイツ語、フランス語という三か国の外国語ときた。自分だったらもう一生掛かっても読み終えられる気がしない。

「誤解のないよう明言しておくが、これらはあくまで洋書文献のみのリストだ。柳田國男が所蔵していた日本民俗学の文献、また柳田自身が記した調査記録などを含めると、その数は実に二万冊に及ぶ」

二万……⁉

理緒は思わず声を出してしまいそうになり、同様の学生が何人もいたらしく、教室中に軽くどよめきが起こった。

二万冊の資料。気分的にはもう天文学的な数字だ。

学生たちの反応に満足したようで、教授は楽しげに口元を緩める。

「前述の『柳田文庫』という名称はこうした文献の量、そして豊かな質によって呼ばれるようになったものだ。ヨーロッパではこのように充実した文献群のことを俗に『知識の兵器庫』などと呼ぶこともある。――さて、ここで話を戻そう。なぜ今回、海外民俗学の講義で柳田國男を扱うのか？　答えは明瞭《めいりょう》だ」

教授は細く美しい指を立て、学生たちの視線を集める。

「諸君と同じ土地に生まれた偉大なる先人が、諸君と同じように海の向こうへ学びの手を広げていた。この事実に心躍らない者は私の講義の受講者にはいないだろう？」

確かに、と理緒は思った。日本の有名な民俗学者が実は海外についても熱心に研究していた。それは今現在、海外民俗学の講義を聴いている自分たちと同じように。

まるで歴史上の偉人と同じ道を歩いているようで、気分が高揚してくるのを感じた。

「柳田國男のこうした海外へのアプローチは残念ながら一般にはあまり知られていない。柳田自身を対象とした研究史においても、メジャーなものとは言い難いだろう。しかし私は海外に目を向けた柳田の感性を非常に重要なものだと考える。以前の講義において、日本の民俗学が自国の専門性に特化し過ぎ、ガラパゴス化していることはすでに告げた。一方で海外ではヨーロッパ民俗学などの統合が進んでいる。もしも民俗学の最終目標を全世界規模の文化の比較検証とするならば、東洋的視点、西洋的視点、その他様々な地域の視点を総動員することによって、人間という種の本質が見えてくるはずだ」

人間という種の本質……。

何か大事なことな気がして、理緒はその言葉をノートに記す。

「では早速、本題に入ろう。西洋の民俗学を深く学び、この国の民俗学を確立した柳田國男。彼はその研究過程で面白い知見を残している。一例として、西洋と東洋は何千何万キロと離れているが、遠く離れた各々《おのおの》の土地において、似たような伝説や伝承が語り継がれていることがある。諸君もそうした話を一度は耳にしたことがあるだろう？」

ペンを揺らし、理緒は考える。確かにテレビや雑誌などで見たことがある気がする。たとえば竜とか巨人の伝説は世界中にある、とか。

「柳田はこれについて具体的な土地と伝承を照合している。ここでは日本の飛騨《ひだ》地方に伝わる『味噌買橋《みそかいばし》』と英国のロンドン橋を主題とした『スワファムの行商人』を例として比較していこう」

プロジェクターの画面が切り替わり、日本とイギリスの部分に色づけされた世界地図が映し出された。こうして改めて見てみると、ヨーロッパの国々は日本からかなり距離がある。こんなに離れた国同士で似たような伝承があるなんて確かに興味深い。

そう思って氷室教授の話に聞き入っていると、突然、スマホの着信音が鳴った。

講義の最中は電源を切っておくのがマナーだが、そんなお小言が頭に浮かんでくる余裕はなかった。なぜなら自分のスマホだったから。

「ああっ、すみません！」

さっきウールとの話し声を誤魔化そうとして取り出した時、マナーモードにするのを忘れていた。

大慌てで手を伸ばし、落っことしそうな勢いでスマホを操作。音量をオフにするつもりが焦って通話ボタンを押してしまった。当然のように通話相手の声が聞こえてくる。

「──よお、理緒！　今日の昼は食堂くるか？　月末でピンチでさー、五百円だけ貸して！　お願い！」

通話相手は親友のリュカだった。陽気な留学生のリュカは今日も元気で声が大きく、静まり返った大教室に熱心な『お願い』が響き渡った。

学生たちの視線が突き刺さり、理緒はもう涙目だ。

終わった。完全に終わりました……っ。

胸ポケットからは『うわー……』という居たたまれない気配が伝わってくる。あやかしのウールにもこの状況のどうしようもなさはわかるらしい。

衆人環視のなか、通話を切った。理緒は起立し、死刑台に首を捧《ささ》げるような気持ちで深々と頭を下げる。

「お騒がせしてすみませんでした……」

教室のなかには非難よりも哀れみの空気が流れていた。氷室教授は真面目な学生には寛容だが、不真面目な学生に対しては殊更《ことさら》厳しい。あの彫刻のように整った顔立ちに一睨《ひとにら》みされれば、どんな学生も震え上がってしまう。

講義中にスマホを鳴らしてしまった間抜けな学生がどうなるか、皆、骨身に沁《し》みて理解しているのだ。氷室教授がこちらを見据え、トントントン、と指先で教壇を叩《たた》き始める。

「学生番号22N７６８９番、神崎理緒。また、お前か」

理緒はビクッと肩を震わせる。わざわざ『また』と『お前』の部分を区切った言い方。これはお怒りだ。大変なお怒りだ。

「はい、また僕です。すみません……」

理緒がこの講義でやらかすのは初めてではない。以前にも大きな声を出して講義をストップさせてしまったことがあった。

二回目となってはたぶん極刑は免れない。……と絶望していたら再びスマホが鳴った。

思わず「ひっ!?」と仰《の》け反ってしまう。リュカだ。いきなり通話が切れたから掛け直してきたのだろう。

「また鳴っているようだな。出たらどうだ?」

「いえ、大丈夫です……っ」

「通話相手がお前の身を案じて掛け直してきているのかもしれないぞ? ならば安心させてやるのが人の道だ」

「や、でも……っ」

そんなことをしたら針の筵《むしろ》だ。すでに火に油を注いで大炎上してるのにこれ以上は身が持たない。

「出ろ」

「はい……」

だけど氷室教授には逆らえなかった。通話ボタンを押し、おずおずとスマホを耳に当てる。学生たちの視線が集まっていて、許されるなら今すぐにでも逃げ出したい。

ああ、これは教授からの罰なんですね……。

色々悟りながら口を開いた。

「ええと、リュカ……？」

「おっ、なんだよ、理緒！　ぜんぜん出ないから何事かと思ったぜ。んでさ、今日の昼飯代なんだけど——」

「……お金の貸し借りについてはあとでちゃんと話し合いましょう。確か先週もジュース代を貸した気がしますし。なにより今は長く話せなくて……」

「え？　なんでだ？」

「今、講義中なので……」

「へ？　じゃあなんで電話に出てんの？　真面目な理緒が教室出てまで電話するなんてことないだろうし、一体どういう状況——あっ」

何か気づいた様子だった。ちなみにリュカも氷室教授の性格はよく知っている。

「すまん。理緒、本当すまん……」

「いえ、今回は僕が百パーセント悪いので……」

「今日は俺が昼飯おごる。だから二人分で千円貸してくれな」

「それについてはあとでじっくり話し合いましょう。そろそろリュカの金銭感覚をどうにかしなきゃと思うので。……それじゃあ」

通話を切った。友人からお金の無心をされる話を聞き、学生たちの視線はさらに哀れみのこもったものになっていた。

もう穴があったら入りたい。理緒は虚《うつ》ろな目で教壇の方へ報告する。

「終わりました……」

「そうか。友人の金銭感覚を矯正できるといいな?」

堪《こら》え切れなかった学生たちから笑い声がこぼれる。恥ずかしさで顔が熱くなるのを感じた。理緒は思いきり頭を下げる。

「すみませんでした、氷室教授。次からは必ずマナーモードにします。絶対します。反省してます。だからどうか許して下さい……っ」

必要なら土下座するぐらいの気持ちで懇願。しかし教授の返事はない。

「……?」

不思議に思ってちらりと教壇の方を見る。

すると氷室教授はあご先に指を当て、じっとこちらに視線を送っていた。ほんのわずかに口角が上がっている。ぱっと見は怒っているような無表情だが、理緒でなければ気づかないぐらいのかすかな笑みだった。瞬時に気づく。

あの人、楽しんでる……!

講義を中断せざるを得なくなった怒りはもちろんあるだろうが、それ以上に教授はこちらを困らせて楽しんでいた。そうだった。こういう人だった。頰が引きつる。叱るならともかく楽しむのはどうなんでしょう、と言いたい。だけど今回はこっちが悪いのでさすがに言えなかった。まわりに他の学生の目もあるし。

「神崎理緒。ペナルティを科す。講義が終わったら私の研究室にくるように」

「わかりました……」

色々諦《あきら》めてうな垂れる理緒だった。胸ポケットから「がんばれ、りお……」と慰めてくれる声だけが救いである。

氷室教授の研究室は教員棟の九階にある。

扉を開けると部屋奥に英国製のロッキングチェアとデスクがあり、壁際には北欧から取り寄せた棚が並んでいる。研究室の雰囲気はさながらアンティークな高級家具店のようだ。

そんな部屋の真ん中で今、理緒は正座させられていた。背中を丸めて縮こまり、まわりには——あやかしのコウモリたちがいる。動物的な姿ではなく、ファンシーなぬいぐるみのような見た目をしていて、コウモリたちはきゅーきゅー鳴きながら理緒の頬や体を羽の先で突《つつ》いてくる。

こいつめ、こいつめ。

反省したの？　本当にしたの？

何を言っているかはわからないけど、そんな雰囲気の突き方だ。

痛くはないのだけど、ぬいぐるみのようなコウモリに叱られている構図は人間としての尊厳をガリガリと削られる。情けなくて泣きそうだ。

「氷室教授、もう勘弁して下さい。本当に反省してますから……」

涙目で懇願。しかし当の教授は一切許してくれない。

ロッキングチェアで大仰に足を組み、実に楽しそうにこちらを見下ろしている。教室ではまだ隠していたが、ここではもう口元が完全に上がりきっていた。

「反省するのは当然だ。この私の講義を二度にわたって中断させたのだからな。仏の顔も三度まで、とこの国ではよく言うだろう？　さてここで問題だ。仏は二度間違いを犯すと、三度目で仏罰を下すのか。それとも三度目までは許し、四度目で後の祭りとなるのか。お前はどちらだと思う？」

「えっ、いやわかりませんけど……」

確かに『仏の顔は三度まで』とはよく聞くけど、具体的に何度目までセーフなのかなんて考えたこともない。

「正解は前者だ。諸説あるものの、語源は江戸《えど》中期のことわざでもともとは『仏の顔も三《さん》度撫《どな》ずれば腹立つ』というものだった。つまり間違いを二度繰り返し、三度目を犯した時点で仏罰が下る」

あれ？　と理緒は目を瞬《しばたた》く。

コウモリにきゅーきゅーと頬《ほ》っぺたを突かれながら口を開く。

「ってことはまだ二回講義を中断させちゃっただけの僕はセーフなんじゃ……？」

都合のいい解釈なのはわかっているけど、教授の言うことを真に受けるならそういうことになると思う。しかし教授はしれっと足を組み替える。

「私は仏よりも寛容だ。お前が三度目の失態を犯す前にこうして罰して間違いを正してやっている。ヴァンパイアの顔は二度まで、とでも呼ぼうか。お前の弱り果てた顔を楽しむこともできるから一石二鳥だな」

「いや寛容っていうなら楽しんじゃダメですよね？　歪《ゆが》み過ぎじゃないですか、ヴァンパイア」

「何を他人事《たにんごと》のように言っている？　お前もヴァンパイアだろう？」

「僕は半分だけです！　それにきっと人間に戻りますから！」

「罰せられている最中に大声でわめき散らすとは……やれやれ、礼儀のなっていない眷属《けんぞく》だな」

「毎日毎日言ってますけど、眷属呼ばわりはやめて下さいってば！」

堪《たま》らず叫ぶと、まわりのコウモリたちが大声に驚いてきゅーきゅーと飛んでいく。一方、理緒はなんだか疲れてしまって、ぐったりする。

何を隠そう、目の前にいるこの氷室教授は人間ではない。

彼の正体はヴァンパイアである。しかも相当力の強いヴァンパイアだとかで、陽の光も十字架もまったく意に介さない。人間の血を飲むことすら数年に一度程度でいいらしい。

そして理緒自身も胸を張って『人間です』とは言い切れない立場だった。

四月の入学式の夜に運悪くあやかしに襲われてしまい、命を失いかけたところを理緒は氷室教授に助けられた。

その際、彼によって半分人間で半分ヴァンパイアという、ハーフヴァンパイアになってしまったのだ。

教授と違って理緒は陽の光に長く当たっているとひどく眠くなるし、十字架を触ると頭痛で動けなくなってしまう。ニンニクの匂いなんて嗅《か》いだ日には涙が止まらない。

またヴァンパイアには鏡に映らないという特性があり、理緒の場合はぼーっとしていると鏡に半透明に映ってしまう。以前、一度目に教授の講義を中断させてしまった時は、他の学生から鏡を向けられて大慌てしたのが原因だった。

普通に生活するには色々と厄介過ぎるので、なんとしても人間に戻りたい。それが理緒の現状だった。

ちなみに戻る方法はあるらしく、教授はそのための道具も持っている。だけど与えてはくれず、むしろ理緒を立派なヴァンパイアとして育てようとしている。

命を助けてくれたことには感謝しているけれど、眷属として立派なヴァンパイアにされては堪らない。そんな相反する感情を抱えて、理緒は今日も教授のそばにいる。

「あの、もう行ってもいいですか？　僕、リュカにお昼代を貸してあげないといけないので」

「金銭感覚を矯正すると言いながら律儀に金を渡すとは。そうして甘やかしているうちはリュカの浪費癖は直らんぞ？」

「うっ、ごもっともな気がします……」

ちなみに氷室教授はリュカとも面識がある。もともとヨーロッパからやってきたリュカにこの大学の学籍を与えたのが教授らしいので、理緒よりも付き合いは長いくらいだ。

「それにお前はまだ私からのペナルティを終えていない。リュカを甘やかすのは為《な》すべきことを為してからだ」

「えっ」

耳を疑った。

「ペナルティって……僕、今ごっそり人としての尊厳を傷つけられましたよね？」

蛍光灯や本棚の上に留まっているコウモリたちを指差す。

きゅー？　と揃って首を傾げる姿は可愛らしいが、あんなファンシーなものに責められていた事実は当分忘れられそうにない。

「あれはお前に反省の念を促しただけだ。講義を中断させたペナルティはまた別にある」

「そんなぁ……」

「何を不服そうな顔をしている？」

教授がロッキングチェアから立ち上がる。そして何をするかと思えば、細い指がこちらの胸ポケットを押した。

「講義にペットを持ち込んだ罰は不問に付《ふ》してやっているんだ。お前はむしろ仏のような私の寛大さに感謝するべきだぞ？」

「ほわっ⁉」

ポケットのなかにいたウールがお腹を押されてくすぐったそうに体をよじった。丸いお尻《しり》がひょっこりとポケットから飛び出す。

教授は虫を弄《もてあそ》ぶ子供のように楽しそうな顔でふにふにと押し続け、ポケットからウールの手、足、しっぽが出たり入ったりする。そして何度目かでようやく顔が出てきた。

「やめろって！　ひむろこのやろー！」

「おお、元気のいいペットだな」

「おれはペットじゃないぞ⁉　りおの友達だ！」

「ほう？　では私の講義も理解できると？」

「それはよくわかんなかったけど！」

「やれやれ。まあ、正直なのは良いことだ」

教授はもとから大して期待していなかったというように首を振る。

一方、理緒は「あー……」と気まずく目を逸《そ》らした。

「気づいてたんですね、僕がウールを連れてきてたこと……」

「この私があやかしの気配に気づかないと思ったか？」

確かに、と思った。

本棚の方を見れば、そこには妖怪《ようかい》や怪異関連の資料が数多く収まっている。専門家が記した研究書から古文書や絵巻物のようなものまで、ありとあらゆる資料の宝庫だ。

大学では海外民俗学を教えている氷室教授だが、その個人的な研究テーマは日本のあやかしについてである。教授は普段からコウモリたちを街に放ってあやかしの情報を集めていて、怪しい噂《うわさ》などを聞きつけると嬉々《きき》としてあやかし調査に乗り出す。そんな教授がウールの気配に気づかないわけがなかった。

「……すみませんでした。でもウールは僕と違って講義の邪魔になったりは絶対しないので……」

「構わん。学びの機会があるのは素晴らしいことだ。今は私の講義を理解できずとも、聞き続けているうちにウールにも知ることの喜びを覚える日がくるかもしれん」

思わずウールと顔を見合わせてしまった。講義を中断させたことには罰を与えるけれど、無関係なウールを連れてきたことには学びの機会だといって受け入れる。そういうところは本当に寛容な人だった。

その寛容さで早く僕のことも人間に戻してくれるといいんですけど……。

望み薄なことを考えつつ、理緒は観念して尋ねる。

「それでペナルティっていうのは……？」

「なに、案ずるな。簡単なことだ」

教授は肩をすくめ、研究室のなかを手で示す。

「お前には私が所蔵している資料をリスト化してもらう」

「リスト化？」

「先ほどの講義で『柳田文庫』のリストを見たろう？　私もそろそろ所蔵している資料を整理せねばと思っていたところでな。タイトルと著者名、あとは発刊年月日をまとめてもらおう。なあに、柳田國男の所蔵量には遠く及ばん。気軽に取り掛かるといい」

「や、気軽にって……っ」

研究室のなかにはズラッと本棚が並んでいる。資料は本棚の上やテーブルにも積み重なっており、所蔵量は下手をすると図書館の一区画分ぐらいにはなるだろう。

「これ、一時間や二時間で終わる量じゃないですよ……っ」

「ん？　終わらないのか？」

「終わりませんて。一週間ぐらいは見てもらわないと」

そう言うと、ちょっと可哀想なものを見る目を向けられた。

「なんということだ。お前はそんなに能力の低い学生だったのか……」

「びっくりするぐらい失礼ですね……。普通です、普通。こんな量、誰だってすぐにはリスト化なんてできませんよ」

「確認するが、まさかペナルティにへそを曲げて手を抜こうとしてるわけではないだろうな？」

「抜きません、抜きません。スマホを鳴らしちゃったのは僕のせいですから、言いつけられた仕事はちゃんとします。でも時間は掛かりますから」

「ふむ……」

あご先に手を置き、教授は息をはく。

「仕方がない。ならば一週間を目途に、ということにしておこう」

なんとか譲歩してくれた。氷室教授は自分が優秀な分、たまに当たり前のように高いレベルを求めてきたりする。だけどちゃんと話せば、一応わかってはくれるみたいだ。

「じゃあ、今日の講義終わりから――」

始めますね、と言おうとして途中で気づいた。

「あ、やっぱり明日《あした》からでもいいですか」

「ん？　何か用事でもあるのか。友人のいないお前にしては珍しいな」

「友人がいないは余計です!」

確かに入学当初はひとりでいることが多かったけど、最近は結構知り合いも増えてきている。なんて言っても教授は右から左に聞き流すだろうから、諦《あきら》めて話を続けた。

「今日は僕、病院にいかなきゃいけなくて」

「えっ、りお、病気なのか……っ」

驚いて叫んだのは胸ポケットのウール。

心配させてはいけないので「ああ、違うんです」とすぐに答える。

理緒は子供の頃、ひどく体が弱かった。何度も入退院を繰り返し、中学ぐらいまではまともな学生生活を送れなかった期間も結構あったぐらいだ。友達が少なかったり、誰にでも敬語を使う癖ができたりしたのもそうしたことが原因だったりする。

それでも徐々に体力がついていきて、大学に上がる頃には担当医から『もう過不足なく日常生活が送れるだろう』とお墨付きをもらうことができた。ただ、念のために定期的な検査は受けるように、と言われている。今日は先月分の結果を聞きにいく日だった。

「じゃあ、りおは大丈夫なんだな？　ちゃんと元気なんだな？」

「はい。今の僕はもう平気です。元気いっぱいですよ」

ありがとうございます、とウールの小さな頭を指先で撫《な》でる。

一方、教授は真顔でこっちを凝視していた。

「ハーフヴァンパイアが人間の病院で検査を受けたのか。どんな結果になっているのか、興味深い。理緒、私も一緒にいこう」

「いかせませんよ!? どんな顔してついてくる気ですか!?」

「お前の主人として堂々と同行する」

「本当に堂々とついてきそうで怖い! ダメですよ!? 教授は絶対連れていきません!」

ウールとの和やかな空気が台無しだった。

結局、資料のリスト化は明日から始めることになり、リュカにお昼代を貸して、五限目終わりに理緒は街外れの病院へ向かった。


霧峰北《きりみねきた》病院は大学から一時間ほどの場所にある。昔からある地元密着型の病院で、子供の頃の理緒は『お化け屋敷みたいな病院だなぁ……』なんて思っていた。慣れるまでは通うのが怖く、入院している時なんかは夜中ひとりで泣いていた記憶がある。

建物自体もかなり古びていて、広い敷地のなかは林に囲まれている。晴れている日は森林浴が出来てとても気持ちがいいのだけど、反面、天気が悪いと薄暗くてなんだか不気味な印象だった。

患者もご新規さんは少ないらしく、常連のおじいさんおばあさんがずっと通っている病院、というのが地元のイメージだ。

まあ、僕もずっと通っている一人ではあるんですが……。

待合室で順番待ちをしている最中、壁に飾られている昔の写真を眺めながら、そんなことを思った。

子供の頃からなのでこの病院との付き合いは、かれこれ十五年以上になる。通院や入退院を繰り返していたからお医者さんも看護師さんもほぼ顔見知りだ。

ただ最近までコミュニケーション能力が本当に低かったので、あまり和気藹々《あいあい》と話せたことはない。

考えてみれば、今見ている壁の写真についても何も知らない。主にこの病院の内外が写っているけれど、折に触れて撮られたものらしく何枚もあって、古いものに至っては昭和初期のような白黒写真もある。

「きっとこの病院にも色んな歴史があるんですね……」

大学に入ってから氷室教授の民俗学の講義を受けているせいか、しみじみとそんなことを思った。

そうこうしているうちに順番がきて名前を呼ばれた。診察室に入ると、五十代ぐらいの男性の先生が待っていた。主治医の先生だ。机には数字がいくつも書かれた書類が置いてある。子供の頃から見慣れている、検査結果報告書。

肌感覚で体調がいいことはわかっている。でもやっぱり氷室教授の言っていたことが気になった。

今回の結果は一か月前に受けた検査のもの。つまりは四月の末、すでにハーフヴァンパイアになった後だ。変な結果になってませんように、とドキドキしながら先生の言葉を待つ。

「概《おおむ》ね問題ないけれど、運動に関する値が大きく変動しているね」

「え、どういうことですか？」

思わず椅子から前のめりになる。一方、先生は落ち着いていた。

「主に骨格筋や心筋に関する数値なんだけどね。心配するようなレベルではないんだけど、すごく運動している人の数値になってる。神崎君、大学生になって運動系のサークルにでも入ったのかな？」

「運動……？」

数秒、真剣に考えて、はっと気づいた。普段の理緒は人並みの運動能力しかないが、ハーフヴァンパイアの力を解放すると、常識を超えたような力を発揮できる。

人間からどんどん離れていってしまう気がして、なるたけ使いたくないのだけれど、氷室教授のせいで入学式からこっち、何メートルもの高さから着地したり、風のような速度でキャンパス内を駆け抜けたりなんてことをしょっちゅうしていた。たぶんそのせいだ。

「えっとその、大学に入ってから……や、野球サークルに入りまして」

とっさにゼミの先輩が入っている野球サークルを口にして誤魔化した。

「そうかそうか、じゃあこの数値も不自然じゃないね。いやそれどころか大したもんだ。ひょっとしたら神崎君、一流アスリートにもなれるかもしれないよ？」

「い、一流アスリート？」

なんてことだろう。ハーフヴァンパイアになっても人間の検査に引っ掛かるような項目に変化はないようだけど、代わりにちょくちょく力を使うことによって、体がやたらと鍛えられてしまっているらしい。筋力が上がっているような自覚はないけれど、体のなかから強くなり始めているようだ。正直、思いっきり頭を抱えたくなった。

この病院で入退院を繰り返していた時、理緒は当たり前の穏やかな日常を夢みていた。おかげさまで今は元気に大学に通えているけれど、さすがに一流アスリートになりたいとまでは思ってない。

「昔から知っている患者さんがスポーツ選手になったらと思うと夢が広がるなぁ。野球をしているなら神崎君、ゆくゆくはメジャーリーガーになっちゃったりしてね？」

「い、いやぁ……あはは、が、頑張ります」

早く人間に戻らなきゃ。体がメジャーリーガーレベルになる前に……っ。

笑顔を引きつらせ、改めて決意した理緒だった。

その後、会計で支払いを済ませ、帰ろうとしていると、廊下の途中で女性の看護師さんが早足で歩いてくるのが見えた。

この病院は大きく二棟に分かれている。正面玄関から左に進むと外来を受け付ける第一病棟があり、右に曲がると入院施設の第二病棟に行き着く。

理緒はちょうど正面玄関に向かっている最中で、看護師さんは第二病棟の方から歩いてきていた。

「あら、神崎君」

「あ、こんにちは」

やはり顔見知りの看護師さんだったので会釈で挨拶《あいさつ》をした。

「久しぶりね。今日は定期検査？」

「はい。検査の結果を聞きに。おかげさまで問題なしでした」

もし迷惑じゃなければ、近況報告とか世間話ができるだろうか、と思った。

昔は人との距離感が上手《うま》く摑《つか》めなかったけれど、大学に入ってからは少しずつ改善してきたような気がしている。主治医の先生ともちゃんと話せたし、看護師さんとも……と思ったけど、なんだか忙しそうだった。

看護師さんは立ち止まり、窓の向こうや廊下の奥へと視線を送る。

「ごめんね、今ちょっと患者さんがどこかへいっちゃって」

「患者さんって……入院してる人ですか？」

「そう。五十三号室の清一《せいいち》おじいちゃん。神崎君、会ったことはあったっけ？」

「あ、いえ……」

ただでさえ人と距離を置いてたから他の入院患者の知り合いはいなかった。

「そっか、清一おじいちゃんも長く入院してるけど、神崎君のいた小児病棟からは離れてるものね。目を離すとたまにふらっとどこかへいっちゃうのよ、あのおじいちゃん。まさか病院の外にはいってないと思うけど……」

「一緒に捜しましょうか？」

「あ、いいのいいの！　これはわたしたちの仕事だから気にしないで」

「じゃあ、もし見かけたら連絡します」

「本当？　ありがとね、助かるわ。最近、変な噂《うわさ》が流れてるから早く見つけてあげないと他の患者さんたちも不安がっちゃうし」

変な噂……？

ちょっと気になった。だけど独り言だったようで看護師さんは「じゃあね」と手を振ると忙《せわ》しなく第一病棟の方に歩いていく。待合室におじいさんが何人かいたから、もしかしたらそのなかに『清一おじいちゃん』がいるかもしれない。

変な噂というのは少し気になるけど、忙しそうなので理緒も歩きだした。正面玄関を出ると、病院の敷地には青い芝生が広がっていて、真ん中にアスファルトの舗装路がある。

子供の頃に怖かった林はというと、芝生の外周に沿って並んでいる。今は青空が広がっているから小児病棟の子供たちも怖くはないだろう。むしろ木々のそよぐ音が気持ちいいくらいだった。

舗装路の先には古い門扉のようなものがあって、そこから十数段の階段を下りると一般道だ。ただ階段はそこそこ角度があり、理緒のような若者には問題がないけれど、お年寄りがひとりで上り下りするのはちょっと大変かもしれない。『清一おじいちゃん』のことを看護師さんが外にはいっていないと思う、と言っていたのもその辺りが理由かもしれない……と思っていたら。

「……えっ」

階段を一段下りたところで理緒の足は動きを止めた。

視線の先、階段の一番下の段に――おじいさんが腰を下ろしていた。もしやと思って足早に階段を下りていくと、次第に深いしわの刻まれた横顔が露《あら》わになっていく。

人の好《よ》さそうな雰囲気が滲《にじ》み出ているおじいさんだった。背は高そうだけど、なだらかな猫背のおかげで威圧感のようなものはまったくない。少し長めの白髪は自然に整っていて、目じりのしわがとても優しそうだ。

そして荷物の類《たぐい》を何も持っていない。というか、病院の入院着姿だった。

もしかして、このおじいさんが……っ。

ほぼ確信を抱きつつ、いざ遭遇してしまうとかなり戸惑った。

急いで病院に戻って看護師さんに伝えればいいだろうか。でもそうしている間にどこかへいってしまうかもしれない。病院の番号はスマホに登録してあるからおじいさんの姿を確認しながら電話することもできるけど、それはそれで失礼な気もしてしまう。

どうしよう、と悩んでいると、気づけば真横で突っ立っているような状態になってしまっていた。これじゃあ自分が怪しい人だ。うわ本当にどうしよう、と思っていたら、おじいさんがこっちに気づいて顔を上げた。

「おや……？」

「……っ」

「こんにちは。今日はいい天気だねぇ」

「あっ、こ、こんにちはっ。そうですね、いいお天気ですね」

どうにか返事をし、挙動不審気味に何度も頷《うなず》く。

おじいさんはこっちの様子は気にせず、目じりのしわを深くした。

「せっかくの青空だから、ちょっと遠出をしてみようと思ったんだ。でも歳は取りたくないもんだねぇ。ほんの少し階段を下りたら、もうくたびれちまって。お恥ずかしい限りです」

「い、いえそんな……っ」

フランクに会話が始まってしまった。お年寄りらしい距離感だが、理緒はどうにもこういう状況に免疫がない。

「学生さんかな？」

「あっ、は、はい、そうです。この街の霧峰大学に通ってます」

「霧峰大学？」

ほう、とおじいさんが驚いた顔をする。

よくわからないけど、何か琴線に触れるものがあったみたいだ。

「そうかい、そうかい。あそこの学生さんかい。どうぞどうぞ、良かったら隣にお座りなさい」

「えっ」

ここ、普通の階段ですが……っ。

と思ったけど状況的に言えなかった。階段の上下を見て、人が来てないことを確認し、おずおずとおじいさんの隣に座る。

「私もね、昔は大層お世話になったんだ」

懐かしそうに言われ、目を瞬《しばたた》いた。

「お世話に……？　もしかして……ウチの大学の卒業生の方とかですか？」

「いやいや、とんでもない。若い時分の私なんかじゃひっくり返ってもあそこに入れてはもらえなかったろうさ。ほら、私は勉強なんかはとんと出来なかったから」

「そ、そうなんですか……」

なんか会話が難しい。知ってる体《てい》で話されても上手く返せない。

「学生さんはどんな勉強をしてるんだい？」

尋ねられ、一瞬考えた。理緒が所属しているのは文学部だ。まだ一年生なので基礎科目も多く、これを勉強していると胸を張って言えるものはないけれど……。

「民俗学を教えてもらってます。まだぜんぜんわからないことばかりですけど」

気づけばそう答えていた。おじいさんは「ほう、そうかいそうかい」と大げさなくらい頷いてくれる。

「じゃあ、こんな話は知ってるかな？」

骨ばった指を立てて見せる。まるで学生に講義でもするような仕草だった。

「あの大学に並木道があるだろう？　春には満開の桜が咲く、有名な並木道だ。でもねえ、その桜の並びの端っこに一本だけ、椿《つばき》の木が立っているんだよ」

あ、と思った。その話なら知っている。『夢喰《ゆめく》いの古椿《ふるつばき》』もとい『古椿の霊』の話だ。

霧峰大学に入学して少し経った時のこと、理緒は氷室教授のあやかし調査の一環で『夢喰いの古椿』の噂を調べることになった。

キャンパス内の噂によると、古椿は学生たちに悪夢をみせて襲ってくるという話だった。

しかし真実はそれとは少し違っていた。

確かに古椿は長い歳月を生きるうちに血を求めるあやかしになってしまっていた。けれど実際に学生を傷つけたことはなく、それどころか古椿はこの霧峰の土地で何百年もの間、人間たちの営みを見守ってくれていたのだ。

そして最期には理緒と心を通わせ、天へと還《かえ》っていった。理緒は古椿の真実を多くの人に伝えたくて、学園祭で古椿に関する研究発表をしている。その古椿のことをまさかこんなところで聞くとは思わなかった。そしておじいさんは言う。

「私が大学でお世話になっていた頃ね、その椿の木は人の血を吸うと言われていたんだ。怖いだろう？」

「……ええ、そうですね」

少し寂しく思いながら相槌《あいづち》を打った。

理緒が学園祭で発表をしたのはつい最近のことだし、それも学生たちの間ぐらいにしか伝わっていない。おじいさんが霧峰大学に関わっていたのがどれくらい昔のことかはわからないけれど、その頃の噂は間違いなく『学生を襲う恐ろしい椿の木』というものだっただろう。

「だけどね」

おじいさんは頬を緩ませる。

「私はその噂はちょっと違うんじゃないかと思っているんだ」

「え？」

目を細め、どこか遠くへ思いを馳《は》せるようにおじいさんは空を見上げる。

「きっと椿の木は淋《さみ》しかったんじゃないかなぁ。誰も通らないような並木道の端っこにぽつんと一本だけでいるんだ。そりゃあ誰かに気づいてほしいと思うさ。それにね、何百年もずっとそこで孤独を耐え忍んでくれていたことを思うと、きっとあの椿の木は……優しい子だったんじゃないかなぁ、と私は思うんだ」

息をのんだ。

それは……まぎれもない真実だ。古椿はずっと淋しさを抱え、『忘れられたくない』と願っていた。だけど同じくらい、人間たちが健やかに暮らせているのならそれでいい、と思ってくれる優しい存在だった。

「どうして？　どうしてそう思うんですか!?」

思わず前のめりになってしまった。

「おや？　学生さんも椿の木のことを知ってるのかい？」

「知ってます、よく知ってますっ。つい最近まで大学のなかでも『夢喰いの古椿』って噂はあったんです。でも古椿の気持ちをそこまで気づいてくれる人はいなくて……っ」

「ん—？　まるで椿の木と知り合いのような口ぶりだねえ？」

「あっ、いえ、そんなことはないですけど、木と知り合いなんて、そんなそんな……っ。でも古椿はウチの大学の並木道に今も立ってますし、僕もちょこちょこあそこを通ったり、ゼミの友達とたまに古椿の根元でご飯を食べたりもするので……」

つい早口になってしまった。でもおじいさんは「そうかい、そうかい」と自然に頷いてくれる。

「どうして椿の木が優しい子だと思ったか、ってことだけれど、なんだろうねえ、一番しっくりくるのはなんとなくかなぁ」

「なんとなく、ですか？」

「子供の頃に似たような椿の木の話を聞いたことがあったんだ」

おじいさんは懐かしそうに言う。

「今の若い人たちにはピンとこないかもしれないけれど、昔は町っていうのは一つの大きな家族みたいなモンだった。どこいっても馴染《なじ》みのおっちゃんおばちゃんが声掛けてきて、よそん家《ち》のじいさんばあさんの家で夕飯を食べさせてもらったり、親が帰れない日は近所で寝床の世話をしてもらったこともあった。するとね、大人たちから色んな話を聞くんだよ。その土地の昔話というやつさ」

大人たちから聞いたもののなかに椿の木の話もあったのだという。

むかしむかし、お侍さんたちが大きな合戦をしました。

その合戦の跡に椿の木が生え、椿はお侍さんたちの血を吸ってすくすくと育ち、人に化ける術《すべ》を覚えました。

「悪い子のところには椿の木が化けて出るぞ、と大人たちは言うんだ。当時はちびってしまいそうなほど怖かったもんさ。そんな私も大人になり、あの大学にお世話になるようになって並木道の椿の木のことを聞いた。すぐに思ったよ。ははぁ、ひょっとすると大人たちが言っていたのはこの椿のことだったんじゃなかろうか、とねえ」

だけどね、とおじいさんは続ける。

「こうも思ったんだ。思い返してみると、大人たちの言っていた椿の所業はそんなに恐ろしいものじゃなかった。『化けて出るぞ』と謳《うた》ってはいるけれど、椿がするのは娘さんに化けて遊びに交じるとか、友達に化けてオヤツを食べちまうとか、可愛いものさ」

だからおじいさんはなんとなく思ったのだという。

霧峰大学の椿の木が血を吸うのだとしても、きっと何か事情があったのだろう。ひょっとすると椿はこんな並木道に一本だけで淋しかったのかもしれない。もともとはちょっと悪戯《いたずら》をするだけの優しい子だったのかもしれない、と。

「まあ、子供の頃の昔話と大学の怪談話をくっつけただけの空想だけどねえ」

からからとおじいさんは笑う。

一方、隣に座っている理緒は胸がいっぱいになっていた。

事件を解決した時、理緒は古椿の記憶を夢として見てみた。

大昔、古椿は人間に化けて村の祭りに交じったり、若者たちの婚礼にお客さんとして参加したりしていた。そうやって人間の営みを見守っていたのだ。まったく同じではないけれど、今、おじいさんがしてくれた話にはそうした古椿の生き様の片鱗《へんりん》が残っているように感じられた。

キャンパス内の噂《うわさ》だけでは気づけなかったけど、ちゃんと残っていたのだ。この土地の人間たちは言い伝えていた。――古椿は忘れられてはいなかったんだ。

「おや？　どうしたんだい、学生さん？」

「いえ、その……嬉《うれ》しいな、と思って」

潤みかけた目じりをさりげなくぬぐい、理緒は顔を上げる。

「今まで上の世代の人のお話をちゃんと聞く機会があまりなかったから……なんていうか、すごく為になります」

「はっはっは、こんな年寄りの話をありがたがってくれるのかい？　嬉しいねえ。恐縮です」

「えっと、古椿の話をご存じなら鬼籍《きせき》についても聞いたことはないですか？」

「鬼籍？　『鬼籍に入る』の鬼籍かい？　老い先短い年寄りにはちょっときつい冗談だね

え」

「あっ、す、すみません……っ」

「あっはっはっ！　冗談だよ。そいつはひょっとして大昔の合戦の後、偉いお坊さんがこの土地の弔いのために作った『鬼籍』のことかい？」

「――っ！　そうです、その鬼籍ですっ。あと朧鬼《おぼろおに》っていう鬼が出るって話もあって」

「合戦のお侍衆の亡霊だねえ。百年ごとに出て国を荒らすってやつだ」

「そうですそうです！　ご存じなんですね……っ」

鬼籍や朧鬼も以前に氷室教授のあやかし調査で理緒が関わった存在だ。

つい夢中になって話し込んでしまう。おじいさんの知識は理緒の知った真実とは少し違っていて、でも共通しているところもしっかりあって、すごく面白い。階段下に座り込んだまま、とても盛り上がった。

「資料を調べるだけが土地の歴史を知る方法じゃないんですね。昔のことがこんなふうに色んな人の口から口へ伝わっているなんて思いませんでした」

「それが口承文芸学《こうしょうぶんげいがく》というやつだね。柳田國男先生が樹立してくれた、民俗学の大事な柱の一つだ」

さらりと告げられた言葉に理緒は驚いた。

さっきこちらが『民俗学を教えてもらっています』と言った時、おじいさんは大げさなくらいに頷《うなず》いてくれた。さらには卒業生ではないけれど、霧峰大学にお世話になっていたという。ひょっとして大学関係者か何かだったのだろうか。

「あの、失礼ですけどおじいさんは……あ、えっと」

おじいさんという呼び方も失礼かもと思い、口ごもった。

するとそれを察したのか、笑って言ってくれた。

「清一でいいよ。まわりからは清一おじいちゃんなんて呼ばれてる」

「あ、僕は理緒です。神崎理緒と言います。霧峰大学の一年生です」

反射的に頭を下げ、直後にはっと気づいた。

やっぱり『清一おじいちゃん』だった……っ。

楽しくてついつい話し込んでしまった。ここに清一おじいちゃんがいるってことは看護師さんは今も捜してるに違いない。

どうしよう、スマホで知らせようか。いやでも目の前でそんなことするのも失礼だ。

「せ、清一さん……は、なんで今日ここに……？」

病院から抜け出してるから、ということはわかりつつ、他に言いようもなくて尋ねた。

「せっかくの青空だから、ちょっと遠出をしてみようと思ってね」

ああ、そうだ。確かに最初にそう言っていた。

「でも看護師さんが捜してると思いますよ……？」

というか、はっきり捜してます。

見かけたら連絡します、と約束までしました。

「んー、でもねえ、ほらいい天気だから。人間、たまにはお天道様《てんとさま》の下を歩かないと」

「気持ちはわかりますけど……」

長くお天道様の下を歩いていると眠気に襲われるハーフヴァンパイアだから、本当に気持ちはわかる。人間に戻ったら丸一日ハイキングとかをしてみたい。

林の木陰に改めて体を寄せつつ、そんなことを思った。

清一さんはあごをさすりながら苦笑する。

「それに実はね、ちょっと……会いたい人がいるんだ」

「会いたい人……？」

話の風向きが変わってきた。

「ご家族とかですか？」

「いやいや親類縁者は全員死んじまってもう誰も残ってないよ。私はだいぶ以前《まえ》から天涯孤独だ。おかげさまで気楽なモンさ」

大笑いしながら明るく言われて、まったく返事ができなかった。なんだろう、お年寄り特有の冗談だろうか。どう返していいかわからない。

清一さんは笑いを収めると、振り仰ぐように空を見上げる。

「でも家族と言われたら、胸を張って頷くよ。あの子は私の向こう見ずな生き様に唯一理解を示してくれてねえ。風来坊気質だったから、今はどこでどうしているかもわからないけれど、死ぬ前に一目でいいから会いたいんだ」

「だから病院を出て捜しにいこうと……？」

「そう、看護婦さんの目を盗んでね」

「どこにいるかもわからないのに？」

「人生、とりあえず飛び出してみればなんとかなるモンさ」

「た、多少の目星ぐらいはついてないんですか？」

「運が良ければこの街のどこかにいるかもなあ」

「じゃあ、運が悪かったら？」

「日本にいるかどうかもわからないね」

「さすがに向こう見ずだと思います……」

清一さん、アグレッシブ過ぎるおじいさんだった。

あと看護師さんを看護婦さんって言っちゃうところも昔の人だ。

でもそこまでして会いたい人がいるのなら……何か力になれないかな、と思った。今の話を聞く限り、何も手掛かりがなさそうだけど。

そう思っていると、突然、頭の上から声が響いた。

「あっ、清一おじいちゃん！　こんなところにいたのね！」

驚いて振り向くと、階段の上で看護師さんが怒っていた。

「病院中捜したんだからね？　まさか本当に敷地の外にいるなんて！　あら、隣にいるのは……神崎君？」

「ごめんなさいっ。すぐに連絡しなきゃとは思ったんですけど……っ」

慌てて立ち上がると、看護師さんが小走りで階段を下りてくる。

「あー、いいわよいいわよ。清一おじいちゃんの話し相手をしててくれたのね。むしろどこかにいっちゃわなくて助かったわ。ほらおじいちゃん、病室に戻りましょう？」

参ったなぁ、と言うように清一さんは頭をかいた。

「見つかっちゃったかぁ。子供の頃は鬼ごっこは得意だったんだけどねぇ」

「あら失礼ね、わたしが鬼だって言いたいの？　ほら立って、先生にも無理はしないようにって言われてるでしょ？」

「でもね、看護婦さん、ちょっと野暮用があるんだよ」

「いけません。入院患者さんはきちんと院内にいて頂かないと困ります」

厳しい口調に変わり、看護師さんが注意する。

さすがに清一さんも「よっこいせ」と立ち上がるが、まだちょっとごねていた。

「戻りたくないなぁ。ちょっとだけでも駄目かねえ、看護婦さん」

「駄目です。あと看護婦じゃなくて看護師ね」

「じゃあ野暮用ついでにさ、源《げん》さんや峰子《みねこ》さんのために神社でお守りを買ってくるから」

それならいいだろう？　と清一さんは提案する。

「最近みんなさ、夜になると骸骨《がいこつ》が出るって怖がってるじゃないか。霧峰神社のお守りはよく効くって昔に本で読んだことがあるんだよ」

骸骨が出る……？

横で聞きながら理緒はひそかに眉《まゆ》を寄せた。そういえば看護師さんもさっき『変な噂が流れてる』と言っていた。さすがに気になり始めていると、シャツの胸ポケットがもぞもぞと動いた。ひそひそ声が話しかけてくる。

「（りお、りお……たぶんその骸骨の話ってマジだぞ。あの病院のなか、変なあやかしの匂いがしてた）」

「……っ」

思わず声が出そうになってギリギリで堪《こら》えた。ポケットのなかにいるのはウールだ。大学の講義終わりで病院にきたので、そのまま連れてきていたのだ。

驚いたのはウールにではなく、もちろんその言葉の内容。まだ押し問答をしている清一さんと看護師さんには聞こえないように少し顔を背け、こっそりとウールに訊《たず》ねる。

「（その話、本当ですか……？）」

「(当ったり前だろ。おれの鼻を信じろって)」

ウールは自信ありげに小っちゃな鼻をひくひくさせる。

羊のあやかしであるウールは匂いに敏感だ。以前、朧鬼に襲われた時も匂いでその接近を知らせてくれたりもした。確かにウールの鼻は信じられる。

「(変なあやかしの匂いって具体的には?)」

「(うーん、細かいことはわからん。怖い感じはするけど、そこまで怖くもない気がするし、なんか楽しい感じもする。そんな匂いだ)」

「(楽しい感じ? それは確かによくわかりませんね……)」

「(うん、わからん)」

これは氷室教授に話した方がよさそうだ。清一さんには古椿の嬉《うれ》しい話を教えてもらった。話していてすごく楽しかったし、力になりたい。

「骸骨の件、僕がなんとか出来るかもしれません」

そう言うと、清一さんと看護師さんが同時にこっちを振り向いた。

理緒はさらに言葉を重ねる。

「清一さんの野暮用のことも知り合いに聞いてまわってみますから」

たとえば親友のリュカは交友関係がとても広い。清一さんの会いたい人がこの街にいるならなんらかの情報が得られるかもしれないし、他にも方法はある。

看護師さんはこちらの言葉を援護射撃だと受け取ったらしい。我が意を得たりとばかりに清一さんの手を握る。

「良かったわね、清一おじいちゃん。神崎君が任せてくれって言ってくれてるわよ。これでもう安心ね？」

「ふうむ……」

濁りのない瞳《ひとみ》がこちらを見つめる。

「いいのかい？」

「はい、もちろんっ」

大きく頷いた。すると清一さんは目を弓のようにして笑いかけてくれた。まるで陽だまりのように温かい笑顔だった。

「悪いねえ。じゃあ……理緒君にお願いしようかな」

名前で呼ばれたことが妙に嬉しくてそわそわしてしまう。

清一さんもまさか理緒が本当に骸骨をどうにかしようと考えてるなんて思ってはいないだろう。孫のワガママを聞いてくれるおじいちゃんのような雰囲気だった。

理緒の本物の祖父母は父方母方の両方ともすでに他界してしまっている。おじいちゃんやおばあちゃんというものにあまり触れ合ったことがないから、清一さんに『お願いしようかな』と頼られてなんだかやる気が漲《みなぎ》ってきた。

清一さんを支える看護師さんを手伝い、一緒に階段を上る。そうして病院まで送り届けた後、二人と別れて理緒は林の木陰に身を寄せた。

ウールもポケットから顔を見せ、スマホを出して電話を掛ける。もちろん相手は氷室教授だ。コール音代わりの音楽が鳴った直後、ほぼ待つことなくすぐに教授が出た。

「――理緒か」

「うわ、出るの早くないですか」

「当然だ。お前の連絡を心待ちにしていたからな」

「心待ちに……？　なんですか、それ。どういう風の吹き回しですか？」

「検査の結果はどうだった？」

「え？」

「ハーフヴァンパイアが人間用の検査を受けた。その結果はどんなものだった？」

「あー……」

なんだか一気に気持ちが冷え込んだ。

一瞬、心配でもしてくれたのかと思った自分を叱りつけたい。

「検査結果の話はあとでいくらでもしてあげます。それより今は聞いてほしいことがあるんです」

真面目な口調で病院内の噂《うわさ》のことをざっと説明する。

すると教授も興味を惹《ひ》かれたらしく、話に乗ってきた。

「ほう？　骸骨が出る……か。骨のあやかしというと、がしゃ髑髏《どくろ》などが有名だが、場所が建物内ということはまた別の可能性が考えられるな。面白い」

「それで教授に調査してもらえないかと思いまして」

「珍しいこともあるものだ。お前が調査に乗り気とは」

「僕だってなるべくだったら危ないことはしたくありません。でも困っている人がいるなら別です。困った時は助け合うのが人間ですから」

「なるほど、まあ悪くはない心掛けだ」

さすがの教授もこういう時は『半分はヴァンパイアだろう？』とは言わない。

スマホ越しに頷《うなず》きの気配がする。

「いいだろう。民草が困り果てているのであれば、手を差し伸べるのが高貴なる者の義務《ノブレス・オブリージュ》の精神だ。この私が調査を行ってやる」

「ありがとうございます」

「それでどこの病院だ？　街の中央《ちゅうおう》病院辺りか？」

「霧峰北病院です」

「………」

なぜか一瞬、間が生まれた。

「……霧峰北病院だと？」

「それがどうかしましたか？」

「いや、いい。構わん。高貴なる者に二言はない」

「……？」

なぜか妙に歯切れの悪い言葉だったが、ともあれ調査はしてもらえることになった。

通話を切ると、ウールがポケットから見上げてくる。

「ひむろの奴、なんだって？」

「調査してくれるそうです。僕も一度大学に戻って、教授の道具を取ってくることになりました」

空を見ると、西からじんわりと雨雲が漂ってきているのが見えた。雨が降らないといいな、と思いながらスマホをしまい、理緒は病院の敷地を一旦《いったん》出ていく。

時刻は夜。

入院施設の第二病棟の消灯時間が過ぎたのを見計らい、氷室教授と連れ立って理緒は再び霧峰北病院を訪れた。

正面玄関はすでに施錠されていたが、かつての長い入院生活のおかげで施設の内情は色々と知っている。職員が出入りするための通用口は施錠されていないので、そこからこっそりと病院のなかへと入った。

理緒はシックなアンティーク調の鞄《かばん》を手に持っている。昔の映画に出てきそうな革張りの旅行鞄だ。これは氷室教授の私物で、あやかし調査のための道具が入っている。貴族気質の氷室教授は重い物など持たないので、こういうものを運搬するのはいつも助手の役目だ。

教授が調査をする際、理緒はいつも助手役をさせられている。

「ここが霧峰北病院……か」

通用口から入ったところで一度足を止め、教授がぽつりとつぶやいた。

後ろからついてきている理緒は「はい」と頷く。

「今いるのは病院のちょうど真ん中です。真っ直ぐいくと正面玄関があって、そこから左右の廊下で第一病棟か第二病棟にいけます」

「わかった」

一拍置き、教授が歩きだす。

「骸骨が出るというのは第二病棟だったな？」

「ええ、入院患者さんたちが見たとかで……」

スーツの背中についていきながら理緒は話す。

骸骨の噂については、看護師さんを手伝って清一さんを送り届けた時に詳しく聞いておいた。

初めて骸骨が目撃されたのはほんの数日前のことらしい。

三十一号室に入院している源さんという人が夜中、ふと目を覚ました。少し蒸し暑く、寝苦しい夜だった。しかし目が覚めたのは寝苦しさからではない。

扉の向こうからかすかに音が聞こえてきたからだ。

ガッタ、ガッタ、ガッタ……。

何かが揺れる音だ。硬い物同士が激しくぶつかり合っているようにも聞こえる。音はどんどん近づいてくる。扉の向こうは病院の廊下。看護師が何か荷物を運んでいるのだろうか？　いやそんなはずはない。こんな夜中に騒音を立ててまで運ぶものなんてありはしない。

さらに音は近づき、歌声のようなものも聞こえ始めた。

調子っぱずれで、楽しげで、どことなく不気味な歌声だった。

うすら寒いものを感じながら、それでも源さんは『ははーん』と思った。この病院の入院患者には不心得者の年寄りが多い。誰かが酒を持ち込んで酔っぱらっているのだろう。

これは一言言ってやらねばならん。ついでにご相伴に与《あずか》ろう。

半分は怖気《おじけ》づきそうな自分を誤魔化すため、源さんは過度に悪ぶってベッドから起き上がった。さあ不心得者の酔っぱらいは誰だ、と病室の扉を開ける。

そして見てしまった。

不気味に歌い踊る、骸骨の姿を。

源さんは腰を抜かしてその場にへたり込んでしまった。骸骨は真っ黒な洞穴のような眼《がん》窩《か》で源さんの方を見ると、また歌い踊りながら廊下を歩き始める。そしていくらもいかないうちに霧のように消えてしまったという。

「他の入院患者さんも同じように骸骨を見たそうです。それもこの数日で立て続けに。おかげでみんなとても怖がってるみたいで……」

「わかった。ならばまずは……目撃談のあった第二病棟へいくぞ」

ちょうど正面玄関にきたので角を曲がり、第二病棟へ向かう。

とくに会話もなく廊下を歩き続け、理緒はふと違和感を覚えた。

……あれ？

今日はなんだか教授の様子が違う気がした。調査の時はいつにも増して饒舌《じょうぜつ》になるのにさっきから妙に口数が少ない。あやかし調査の時に理緒の方がしゃべっているなんてなかなかないことだ。

「あの、氷室教授……？」

「どうした？」

「あ、いえ……いつもみたいにあやかしのことを語り始めないのかなと思って」

日頃、ちょっとでもあやかしの情報があると、教授は講義のように語りだす。日中に電話した時もがしゃ髑髏がどうとか言っていたから、病院についたらすぐにそれが始まるものだと思っていた。

すると前をいく教授が肩越しに振り向いた。

「私の講義が聴きたいのか?」

いやそういうわけじゃないですけど、と言う間もなく、教授は口角を上げる。

「仕方のない奴め。そこまで乞われては、応《こた》えてやるのが主人の務めだろうな」

「誰が主人ですか、誰が」

しかし教授はこっちのクレームなんてまったく聞いてない。

いつもの調子を取り戻し、意気揚々と語りだす。

「昼間もいったが、骸骨《がいこつ》のあやかしといえば有名なのは、がしゃ髑髏だろう。しかしあれは昭和中期に作られた創作上のあやかしだ。よしんば人間たちの想念によって生まれ出たとしてもがしゃ髑髏の特徴は見上げるほどに巨大な体軀《たいく》。建物内に現れるという今回の骸骨とは勝手が違う」

窓の向こうには月が昇っていて、その光を浴びるように優雅に歩きながら教授は語る。

「お前の仕入れた話を聞く限り、今回の件に最も近いのは新潟や岩手に伝わる『踊る骸骨』の逸話だな。それはこんな話だ――」

ある時、二人の男が村から出稼ぎにいく。数年にわたって働き、いくらか金も溜《た》まったので里へと帰ることになったのだが、その道すがら、ひょんなことから一方の男が相棒の男を殺してしまう。

しかし悪びれることなく、殺した男は里に帰って悠々自適に暮らす。やがて金を使い果たし、再び出稼ぎに行く男。すると橋のそばで踊る骸骨に出会う。

「人を殺してしまうなんて、なんか怖い話ですね……」

「骸骨にまつわる逸話というのは復讐譚《ふくしゅうたん》が多い。自然、人死には多出する。さて、男はこの骸骨を見世物にして一儲《ひともう》けしようと企《たくら》む。骸骨が踊る様は珍しく、男は金だけでなく名声も手に入れ、やがて故郷の村に凱旋《がいせん》する。そして今度は村人たちに件《くだん》の骸骨を見せようとするが……理緒、この話のオチはわかるか？」

「えっと……」

宙を見上げて少し考える。

復讐譚ということならばなんとなく想像はできる。

「骸骨の正体は殺された男だった、っていう感じでしょうか？」

「正解だ。殺された男は怨念から骸骨のあやかしになっていた。村人たちの前で骸骨は盛大に語る。自分はこの村の人間でこの男に殺されたのだ、とな。因果応報、殺した男は怒りを露《あら》わにした村人たちに罰せられる。これが『踊る骸骨』の逸話だ」

他にも、と教授は続ける。

「近い例でいえば、『歌い骸骨』も挙げられるだろう」

「歌う骸骨？」

「『歌い骸骨』だ。こちらは九州南部や東北などで多く語られている。話の流れは『踊る骸骨』とほぼ変わらない。一方の男がもう一方に殺されて骸骨のあやかしとなり、最終的に村人や長者の前でその罪を告発する。違いは骸骨が頭の部分――髑髏《どくろ》しかないというところだろう。体がないので踊りではなく、歌によって周囲を魅了するという塩梅《あんばい》だ」

「歌ですか。この病院の噂でも骸骨は歌を謡《うた》ってますね」

「ああ。この病院の骸骨は歌を謡い、その上踊りめいたこともしている。『踊る骸骨』と『歌い骸骨』の両方取りと言ったところか。興味深い話だ。単純に考えれば、あやかし化する時に体が残っていれば『踊る骸骨』になり、頭しか残っていなければ『歌い骸骨』になるということだろうが、しかし『踊る骸骨』になったところで歌ってはならないというルールもない。ゆえにこの病院の骸骨は歌って踊る――そう考えると実に奔放なあやかしだな。生前にどんな人間だったか、知りたいものだ」

「骸骨の生前って僕は怖くてあんまり考えたくないです」

教授の話によれば、『踊る骸骨』や『歌い骸骨』は殺された者がその恨みによってあやかしになるようだ。だとするとその生前の話を知るのはかなり恐ろしい。

……とそこまで考えて、はっとした。

「今回の骸骨って、元は人間ってことですか？」

「その可能性はあるな」

返ってきたのは何気ない頷《うなず》き。しかし理緒は聞き流せない。

「っていうことは教授の研究テーマにぴったり当てはまりますよね？」

氷室教授は日本のあやかしを研究している。それは突き詰めるとヴァンパイアという種のルーツを知るためである。

理緒が氷室教授によってハーフヴァンパイアとなったように、すべてのヴァンパイアはもともとは人間だ。普通の人間が血を吸われ、その後にヴァンパイアの高貴な血を与えられることで新たなヴァンパイアになる。ということは大本をたどっていけば、いつかは始まりのヴァンパイアに行き当たるはずだ。

その原初のヴァンパイアのことを『真祖《しんそ》』といい、氷室教授は長年にわたって真祖のことを調べている。だが世界中を旅しても真祖の足跡は見つからず、やがてこの国にたどり着いた。

能の『紅葉狩《もみじがり》』や平安《へいあん》の歌集『梁塵秘抄《りょうじんひしょう》』など、日本には『人間が鬼になる』という逸話が多くある。鬼と吸血鬼の違いはあれど、人間が『人ならざるモノ』になるという事象は『人間がヴァンパイアになる』ことと遠くはない。

よって日本のあやかしについて調べることで、何かしら真祖のヒントが摑《つか》めるかもしれない、と考えて氷室教授はあやかし調査を続けている。今回、噂《うわさ》になっている骸骨が『踊る骸骨』や『歌い骸骨』だとしたら、まさに教授のテーマに当てはまるはずだ。

「随分と期待に満ちた顔だな？」

「当たり前じゃないですか。教授の研究が進むなら、僕にとっても人間に戻るチャンスですから」

ハーフヴァンパイアになった夜のこと、理緒は人間に戻ることを望んで、氷室教授と契約を交わした。

それは助手として教授の研究を手伝うこと。

あやかし調査を続けることでいつか真祖の存在にたどり着き、ヴァンパイアのルーツを解き明かすことができたなら、その時は人間に戻してもらえる。それが教授との契約だ。

「教授、ちゃんと覚えてますよね？　貴族は契約主義なんですから、もしもこの病院の骸骨を調べて研究が完了したら、僕を人間に戻してくれるんですよね？」

「やれやれ、お前が私を貴族扱いするのは人間に戻る話の時だけだな。わかっている。高貴なる者に二言はない」

ジャラ、と鎖の音が響き、スーツのベストのポケットから銀色の懐中時計が取り出された。

「お前が助手として有能に働き、私がヴァンパイアのルーツを解き明かした暁には、この懐中時計を与えてやる。心配するな」

どういう理屈かは知らないけれど、教授が言うにはこの懐中時計を使うと理緒は人間に戻ることができるらしい。目の前で揺れる銀色を眺めていると、期待が膨らんでくる。

「信じてますよ？　僕は信じてますからね？」

「信頼を口にするのならそう何度も確認するな。私がお前に嘘《うそ》を言ったことがあるか？」

「ない……気がしますけど、隠し事ならしょっちゅうされてる気がします」

「それは言う必要のないことを言わずにいるだけだ」

「そういうところです。そういうところがあるから僕も何度も確認したくなるんです。教授ももうちょっと僕を信じて下さい」

「私が？　お前を？　理緒、私は高貴なるヴァンパイアだぞ？」

革靴の音が止まり、教授が振り向く。

形のいいあごに指を当て、すごく不思議そうな顔をされた。

「いまだに人間という愚かな種に固執しているお前をどう信頼しろというのだ？」

「そういうところ！　本当にそういうところですからね!?」

「眷属《けんぞく》としてならば信頼を置いてやっている。私が育てることで、お前はいずれ一人前のヴァンパイアになることだろう」

「あーもう！　本当、根本的なところで嚙《か》み合わない！　もう知りません！」

横を通り、教授を放っておいて歩きだす。

正直、感謝はしているのだ。入学式の夜、氷室教授は命を救ってくれた。結果としてハーフヴァンパイアにするという方法しかなかっただけで、教授はあやかしに襲われて死にかけていた理緒の命を繫《つな》ぎ留めてくれたのだ。たぶん。

だから本当はもうちょっと素直に敬意を表にして接したい。でもこの唯我独尊ぶりというか、ぜんぜん聞く耳を持ってくれない感じを前にすると、どうしても憎まれ口が出てしまう。

「……はぁ、自己嫌悪です」

「いや……優しいりおにここまで言わせる、ひむろの方がどうかしてるんだと思うぞ、おれは。あやかしのおれが言うんだから、わりと間違いないぞ、うん」

ポケットからウールがひょっこり顔を出してフォローしてくれた。病院関係者や入院患者に会ってしまった時のために隠れていたのだが、昼間に引き続きウールも一緒に連れてきている。

「……ありがとうございます、ウール。大好きです」

「おれもりおが大好きだぞー」

ほろりと涙しながらお礼を言うと、小っちゃな前脚でぽんぽんと胸を叩《たた》いて慰めてくれた。

　そうして歩いているうち、目の前に階段が現れた。ここを通り過ぎると、すぐにスタッフステーションの前に出てしまう。第二病棟は入院施設だから夜勤の看護師さんたちがいるはずだ。バッティングを避けるには階段を使って、病室のある上の階にいくのがいいだろう。骸骨の目撃談もそちらに集中している。

　もう知りません、と言った手前、こっちから話しかけるのもなんだけど、これぱっかりは意地を張っていいことじゃない。

「教授、この先はスタッフステーションなので――」

　そう言って振り向いた直後だった。ふいにウールが叫んだ。

「うわっ、匂いがいきなり濃くなった！」

　鼻をすんすんと動かし、階段の方を向く。

「近づいてきてる……っ！　あっちだ！　りお、来るぞ⁉」

「え、来るって……」

「ふむ、確かにあやかしの気配がする。噂の骸骨の登場か」

「えっ⁉」

　教授が階段の方へ視線を向け、理緒は息をのむ。

　途端、何かが激しく揺れる音が響いてきた。

ガッタ、ガッタ、ガッタ……ッ！

硬い物同士がぶつかり合う音。消灯時間を過ぎた階段は最低限の明かりはあっても薄暗い。その薄闇が深くなり、黒い霧のように暗がりが広がっていく。

そして、骨が見えた。

白く歪《いびつ》なつま先。すらりとした脛《すね》。太ももはあり得ないぐらい細い。なぜなら肉がないから。骨盤から背骨が伸び、肋骨《ろっこつ》だけは強固そうなことが印象的だった。逆に肩から腕にかけてはまるで枯れ枝のよう。そして頭部の髑髏《どくろ》。眼窩《がんか》と鼻は空洞で、ところどころ欠けている歯が恐ろしい。

まぎれもない骸骨《がいこつ》だった。

白装束のようなものを着ているが、布地がぼろぼろに傷んでいて、そこかしこの骨が見えている。笠《かさ》のようなものが首に掛かっていたり、腰には帯が巻かれたりしているが、やはりぼろぼろだった。

黒い霧のような闇をまとって、骸骨が階段を下りてくる。

「ひ……っ!?」

理緒は思わず後退《あとず》さる。ウールもポケットで震えていた。

一方、氷室教授だけは興味深そうにしげしげと骸骨を眺めている。

「ほう？　これはまたなんとも立派な身なりの骸骨だな」

「立派な身なりって！　そんな皮肉みたいなこと言ってる場合ですか!?」

骸骨の着ている白装束はほぼ朽ちかけている。

変なことを言って怒らせてしまったらどうするつもりなのだろう。

「皮肉？　馬鹿を言うな。私は心からの賛辞を送っているのだぞ」

「いや伝わりません！　教授の褒め言葉っていつもわかりづらいんですよ！」

骸骨は一歩一歩確実に下りてくる。そのまま階段のなかほどまでくると、上下の歯が擦《こす》り合わされ、歌のようなものが響き始めた。怖がってウールが耳をぺたんと折り畳む。

「こ、これ歌か……!?」

「そのようだな」

噂通り、骸骨は全身の骨を鳴らして踊り、欠けた歯を擦り合わせて歌っていた。

その歌声は噂通りに不気味で、調子っぱずれで、同時にどこか楽しげだった。

骸骨はついに階段を下りきると、踊りながらこちらに向かってくる。理緒は反射的に道を空け、手にしている鞄《かばん》を示す。

「教授っ、か、鞄を……！　どうするんですか!?　何かしないと！」

「いや、いい。このままだ」

「このまま!?」

「嘘だろ!?」

まさかの指示にウール共々固まった。

骸骨はどんどん近づいてくる。もう目と鼻の先だ。空気が変わることが怖くて声も出せない。理緒は自分の口を手で塞《ふさ》ぎ、固唾《かたず》をのんで立ち尽くす。

調子っぱずれな歌声は響き続ける。

冷や汗をかいて見ていると、骸骨はこちらには目もくれず、理緒と教授の間を通っていった。真っ黒な眼窩に一瞬ちらりと見られたような気がしたが、それだけだ。

歌声が遠ざかっていく。骸骨は正面玄関の方へと向かっていた。やがて黒い霧にまぎれるようにその姿が薄くなっていく。

噂では骸骨はひとりでに消えるという話だった。まさにそういう状況だった。

「やはりな」

ひとりだけ納得したように頷いたのは、氷室教授。

骸骨が遠のいたことで理緒はほっと胸を撫《な》で下ろした。

「何かわかったんですか？」

「ああ。実物を一目見ておおよその見当はついた。あとは検証するだけだ」

アンティーク調の鞄をこちらの手から受け取る。

さすが教授、普段の言動には色々と言いたいことがあるけれど、あやかし相手には本当に頼りになる。と思っていたら、美しい指が無造作に正面玄関の方を指差した。

大変無造作に、当たり前のように命じられる。

「理緒、骸骨を羽交い締めにしろ」

「何言ってんですか!?」

度肝を抜かれた。あんな得体の知れない骸骨に近づいて、さらに羽交い締めにしろなんて無茶ぶりが過ぎる。

「検証に必要なことだ。急げ。消えてしまったら、次はいつ出てくるかわからんぞ」

「そ、そうかもしれませんけど、でもほらもうすでに消えかかってますし！　なんか触ろうとしてもすり抜けちゃうような気がしません!?」

「問題ない。ヴァンパイアの力を使え。完全に消えてしまう前ならば、掴めるはずだ」

「……っ」

この人はまた気軽にそういうことを……っ。

思いきり顔が引きつった。

「い、嫌です」

「どうした？　骸骨に怯《おび》える入院患者たちを助けたいのだろう？」

「そ、そうですけど！　でも嫌なものは嫌なんですっ」

「なぜだ？　理由を明確にしろ」

「そんなのわかるでしょう？」

「わかるものか」

「ああもうっ、僕は――」

地団太を踏みたい気分で叫ぶ。

「メジャーリーガーにはなりたくないんです！」

「……どういうことだ？」

「あっ」

間違えた。教授は珍しく本気の不思議そうな顔。恥ずかしくて顔から火が出そうになった。

「……違いました。言いたかったのは、ヴァンパイアになりたくない、です。いやメジャーリーガーもなりたくないんですけど、話が長くなるのでとにかくそういうことです」

ちょくちょくヴァンパイアの力を使っているせいで、体がやたらと強くなり始めてしまっている――というのは昼間の検査結果でわかったこと。たぶんこれは人間としての体の変化なのだと思う。理緒が欲しいのはあくまで当たり前の日常だ。メジャーリーガー級の体力なんて必要ない。

そしてもう一つ、力を使いたくない理由がある。

理緒は力を使えば使うほど、どんどんヴァンパイアに近づいてしまう……らしい。

人間に戻りたいのに、自分から人間から遠ざかるようなことはしたくない。そんなの当たり前のことだ。

ちなみにこれも教授が『言う必要がない』という理屈でしばらく教えてくれなかったことである。うん、思い出したらすごく腹が立ってきた。

「ぜったいに嫌です。もう僕はヴァンパイアの力なんて使いませんからね」

「まったく、ワガママな奴め」

「どこがワガママなんですが、どこが」

「いいのか？　このままだと看護師たちがこっちにくるかもしれんぞ？」

「えっ、あ……っ」

スタッフステーションの方に人の気配があった。巡回の時間なのかもしれない。正面玄関側のこちらにはこないかもしれないが、万が一にも消えかけの骸骨を看護師さんたちに見られるわけにはいかない。

「どうするのだ？」

「……っ、わ、わかりましたよ！」

悔しいけど、観念するしかなかった。

「……りお、たぶんこいつ、わかってて言ってるぞ。りおは他の奴のためならヴァンパイアの力を使うってわかってて断れない感じにしてるんだぞ、きっと」

「当然だ。契約は順守するが、それはそれとして私は理緒を一人前のヴァンパイアに育てるつもりだからな。懐中時計を与える前に理緒が完全なヴァンパイアになってしまえば、それは不可抗力だろう？」

「最悪だっ、すごい最悪なこと言いましたよ、今⁉」

「ほら早くいけ。私の眷属《けんぞく》として、ヴァンパイアの道を突き進め」

「だから眷属はやめて下さいってば！　僕はヴァンパイアになんてなりませんからね！」

そう言いつつ、ヴァンパイアの力を発動。

全身の血が滾《たぎ》り、両目が赤く輝いていく。人間の限界を超えた力が漲《みなぎ》って、一歩を踏み出すと次の瞬間には数メートルを駆け抜けた。

その勢いによって、廊下の窓がガタガタと揺れた。骸骨はもう目の前。すでにかなり消えかかっているが、言われた通りに背後から羽交い締めにした。

「よし！　捕まえまし――ひぃ⁉」

直《じか》に触れた骨はゾッとするほど冷たかった。髑髏がぐりんっとこちらを向き、虚空のような眼窩で凝視してくる。なのに楽しげな歌は歌い続けているので一層怖い。

教授の言う通り、ヴァンパイアの力を使った状態だと触ることができるようだ。こちらが触れると、消えかかっていた骸骨の体ははっきりと形を取り戻した。

「が、がんばれ、りおっ。がんばれ……！」

ポケットから出て頭の方へ上ってきたウールが応援してくれる。でも返事をする余裕はない。至近距離の髑髏が怖すぎる。

「教授っ、捕まえましたよ！　どうするんですか⁉　何かするなら早くして下さい！　本当にっ、本当に早くして……っ！」

「まあ待て、焦るな」

教授の動きはあくまでマイペースだった。アンティーク調の鞄を携え、まるでロンドンやパリの街並みを楽しむかのように優雅に歩いてくる。

「講義を続けよう。推測通り、そのあやかしは『踊る骸骨』と『歌い骸骨』の両方取りのようだ。つまりおそらくは何かしら生者に伝えたい悲劇を抱えている」

だが、と言葉は続いた。

「どうやらこの骸骨は踊りと歌をもってしても、その何かしらを伝えることができずにいるらしい。ならば踊りと歌に連なる、新たな要素を加えてやろう」

「あ、新たな要素……⁉　なんでもいいから早くしてほしいんですが……⁉」

「理緒、昼間の講義の内容は覚えているか？」

こっちの話なんてぜんぜん聞いていない。鞄がゆっくりと床に置かれる。

「柳田國男はこの国の民俗学を確立する過程で、海外の民俗学にも深く目を向けていた。それはなぜか？　今となってはその真意を確かめる術《すべ》はないが私はこう想像する。日本民俗学と海外民俗学、それらはどちらも同じく『人間』を主軸とした学問だからだ。たとえ文化の土壌は違っても、人間は楽しければ笑い、哀《かな》しければ泣く。無論、感情表現が別の形になる民族も存在するが、共通項を集め、比較し、検証することで一方だけでは見えなかった事実が浮かび上がってくることはある。端的に言おう。日本民俗学だけでは説明のつかない事象も海外民俗学で補強できる。同様に正体不明なあやかしの生態は既知《きち》の幻妖《げんよう》の生態によって解き明かせるのだ」

幻妖とは氷室教授が使っている、『海外のあやかし』を指し示す言葉だ。

本来、日本語としての『幻妖』の意味は『正体のわからない化物』や『妖怪』という意味なのだが、教授は勝手に海外のあやかしという意味で用いている。

「き、既知の幻妖の生態で解き明かすって……っ」

骸骨《がいこつ》を羽交い締めにしながら理緒は混乱した。

教授はこの骸骨について『見当はついた』と言っていた。つまりまだ確証を得られたわけじゃない。依然として未知の状態だ。それを既知の幻妖の生態で解き明かす、というのは一体どういうことだろうか。

「インドのパンジャブ地方に『笛を吹く骨』という逸話がある」

インド？　それに……骨？

「笛の達者な羊飼いの少年がいた。少年はある時、叔父《おじ》に見捨てられ、狼《おおかみ》に喰《く》われてしまう。少年は喰われる直前、狼に頼んだ。自分を喰った後、笛と自分の骨を十字路の木に下げてくれ、と。叔父に見捨てられた少年を不憫《ふびん》に思い、狼は言う通りにしてやった。それ以来、十字路では風が吹く度、骨が笛の音を奏でるようになった。十字路を通る盗賊や王は音色と共に骨の声を聞いたという。『狼が僕を喰った。叔父さんは僕を忘れた。ただ笛を吹こう』と」

一瞬恐ろしさも忘れて、理緒は不思議な気持ちになった。

インドという遠い土地の話なのに、今の『笛を吹く骨』の逸話は日本の『踊る骸骨』や『歌い骸骨』の話とどこか似ている。

非業の死を遂げた人物がいて、その無念さは死した後も晴れることはなく、彼らは骨になってまで哀しみを他者へと伝えている。

日本とインドという離れた場所で、どうしてこんなに似通った話があるのだろう。

少し考え、あ、と思った。答えはすでに教授が教えてくれていた。

人間だからだ。

哀しいことだけど、どんな土地にも非業の死を遂げる人物はいる。そして人間は死ねば骨になる。骨となっても自身の悲劇を誰かに伝えたいと願う、そんな人物はどこの土地でもきっと出てくる。

遠く離れた場所でもそこに人間がいる限り、似たような悲劇は起こり、似たような逸話は生まれるのだ。

こちらの表情を見て、氷室教授が口元を緩めた。

「人間という種は絶対数が実に多く、ゆえに世界中に似たような逸話が生まれてくる。理緒、見るがいい」

パチン、と弾《はじ》けるように鞄《かばん》の留め金が外された。鞄から取り出されたのは、竹でできた横笛だった。リコーダーに似ているけど、それよりもずっと大きい。

「これは『笛を吹く骨』に登場した羊飼いの少年の笛、そのものだ」

「えっ、本物なんですか……!?」

「おそらくはな。私がかつてインドを訪れた際、伝承の十字路で発掘し、元通りに復元したのがこの笛だ。インドの歴史は長大ゆえ、鬼籍の時のようにどこかの時代で誰かが逸話を真似て作った複製品の可能性もあるが、機能自体は本物と遜色《そんしょく》ない」

ブロンドをかき上げ、氷室教授が前に出る。

「この笛の音色は骨と化した者の心を慰め、その本音を露《あら》わにする。さあ、名もなき骸骨よ。踊りでも歌でもお前の遺志は人間たちに届かなかった。ゆえに私が笛という第三の手段を与えよう。遠き地の羊飼いのようにこの笛を用いて、お前の嘆きを吐露するがいい」

羽交い締めにされている骸骨の胸元へ、横笛が静かに捧《ささ》げられた。

すると、ぴくっと髑髏《どくろ》が反応した。骨を軋《きし》ませて首が動き、虚空のような眼窩《がんか》が横笛を見つめる。

沈黙が降りた。そう長くはないはずなのに永遠にも思えるような間があった。

「きょ、教授……？」

不安に駆られて、理緒は顔色を窺《うかが》う。

しかし教授は戸惑うことなく、骨と化した者に語り掛けた。

「遠慮は無用だ。明らかにしたい悲劇があるのだろう？　ならば吹け。この音色は私たちに必ず届く」

踊ろうとし続けていた骨の動きが止まった。

欠けた歯で響いていた歌も止まった。

首の骨がギギッとさらに傾き、骸骨の口元が笛に——触れた。

直後、強い風が吹いた。病院中の窓が揺れ、雲間から月灯《つきあ》かりが差す。骸骨の白さが淡い光のなかに際立つ。

踊りが終わって。

歌も終わって。

そして、笛の音色が響いた。

恐ろしい骸骨の姿とは対照的なひどく澄んだ音だった。

自然に腕から力が抜け、気づいた時には理緒は拘束を解いていた。音色に耳を傾けていると、その響きはどこか哀しそうで、でもやっぱりどこか楽しそうだった。

音色に乗って声が聞こえ始めた。今は骨と化した、かつては人間だった者の声。

「……ワタシはココだ……ココだ……ワタシはココにイル……」

月灯かりのなかで髑髏が天を仰ぐ。その声はどこに向けられたものだったのだろう。

笛の音が止むと、ふらりと骸骨が歩き始めた。白装束の切れ端が目の前を横切り、理緒はまた捕まえないといけないのだろうかと戸惑う。しかし教授が笛をこちらに渡しながら言った。

「構わん。いかせてやれ。私たちも後を追うぞ」

骸骨は先ほどのように消え始めたりはしなかった。踊るでもなく、歌うでもなく、一歩一歩と進み、やがて病院の外に出て、そのまま林のなかへと入っていく。子供の頃、理緒が怖がっていた林だ。

やがて骸骨は一本の木の前で止まった。

「あ……っ」

まとっている闇が薄れたかと思うと、骸骨の姿が陽炎《かげろう》のように消えてしまった。

「き、消えちゃいましたよ……っ」

理緒が振り向いて言うと、教授はひとりで納得したような顔をしていた。

「なるほど、ここか。理緒、木の根元を掘ってみろ。ヴァンパイアの力を使えば、そう時間は掛からないはずだ」

「この木の根元ですか？　どうして……」

病院の裏には正面玄関の花壇を整備するためのスコップなどが置いてある。何がなんだかわからなかったが、言われるままに根元を掘る。

すると程なくして理緒は度肝を抜かれた。

土のなかから白骨化した遺体が出てきたからだ。


「この国の『踊る骸骨』や『歌い骸骨』、そしてインドの『笛を吹く骨』。それにグリム童話の『歌う骨』やイタリア民話の『孔雀《くじゃく》の羽』もそうだな。人間が骨と化して何かを訴えるという説話において、モチーフの骸骨は『誰かに殺された被害者』であることがことさらに多い」

霧峰北病院であやかし調査をした翌日、場所は氷室教授の研究室。

教授はお気に入りのロッキングチェアで優雅に足を組む。

「あの骸骨を見た時、私が身なりに驚いたのはこれが理由だ。すでに古びてはいたが、あの骸骨は白装束を着て、笠《かさ》を下げ、帯もしっかりとしたものだった。あれらはれっきとした死装束だ」

「死装束……？　つまりちゃんとお葬式をしてもらった骸骨ってことですか？」

理緒が尋ねると、深い頷《うなず》きが返ってきた。

「そういうことだ。あの骸骨は殺されて打ち捨てられたものではない。きちんと葬儀を執り行い、弔われた死者だ」

「でも木の下に埋まっていましたよね？」

昨夜、教授の指示で木の下を掘ると、白骨化した遺体が出てきた。遺体は白装束のようなものを着ていて、ボロボロの笠や帯もつけていた。骸骨とまったく同じ姿だ。つまりあれが骸骨の生前の体なのだろう。

だけど今の日本に土葬の文化なんてない。江戸時代のような樽《たる》の棺桶《かんおけ》に入っていたわけでもない。ちゃんと弔われたといっても色々とちぐはぐな気がした。

「その謎についても数日もすればわかるだろう。警察や病院関係者が調べているようだからな。真相が判明した時点で、適当な人間の記憶をみてみればいい」

「また記憶をいじる系のことをするんですか……」

ヴァンパイアである氷室教授は人間の記憶を操作することができる。以前に『老《ろう》ペーターの御手《みて》』という道具で学生たちのトラウマを消してくれたことがあったけど、どうやら他にも様々な手段で記憶をいじることができるようだ。

昨夜もその力を使って、白骨化した遺体を『野良犬が掘り起こした遺体を夜勤の看護師が偶然見つけた』ということにしていた。人間の理緒としてはあんまり他人様の記憶をいじったりはしてほしくないので、複雑なところではある。

「あ、そういえば今回の骸骨の件で研究は進みそうなんですか？」

「研究？　私の研究のことか？　進むわけがないだろう」

肘《ひじ》掛けに頬杖《ほおづえ》をつき、教授は肩をすくめる。

「理緒、お前は一度死んでからハーフヴァンパイアになったのか？　違うだろう？　確かに『踊る骸骨』や『歌い骸骨』は人間が『人ならざるモノ』になった例だが、生者が変容したものでなければ、ヴァンパイアとの比較対象にはなり得ない」

「ええ、そんなぁ……」

結構怖い思いをしたのに割に合わない、と理緒はうな垂れる。すると教授がやれやれと苦笑した。

「情けない顔をするな。少なくとも『ワタシはココだ』と言っていた通りに我々はあの骸骨の遺体を見つけてやった。今後、霧峰北病院に骸骨の目撃騒ぎが起こることはもうないだろう。これはお前の望み通りの結果だ。違うか？」

「まあ……確かに」

これで清一さんや入院仲間の人たちが安心して過ごせるなら願ったり叶《かな》ったりだ。結果としては悪くない。……と納得したところで、ふと思った。

「そういえば今回、教授は知らなかったんですね」

「何をだ？」

「骸骨《がいこつ》の噂《うわさ》のことです」

いつも教授は使い魔のコウモリたちを街に放ち、あやかしが現れないか、もしくは噂でも流れていないかと監視している。あの骸骨の噂も事前に知っていてもおかしくないのに今回はそうじゃなかった。もちろんいくら教授でも街中の情報をすべて知っているわけではないだろうけど。

教授は窓の向こうに視線をやり、独り言のようにつぶやく。

「あの病院には極力近寄らないようにしていたからな……」

「？　どういう意味ですか？」

尋ねたけど返事はなかった。

青い瞳《ひとみ》は街の北側をただ無言で見つめている。

それから数日が経って理緒は再び霧峰北病院を訪れた。自分の検査などではなく、清一さんに会うためだ。

第二病棟のスタッフステーションで面会受付をし、病室へ向かう。途中、第一病棟の待合室と同じように壁に昔の写真が飾ってあった。

「あ、これが……」

一番古そうな写真の前で、理緒は立ち止まった。

そこには建て替え前の木造の霧峰北病院が写っていて、髭《ひげ》を生やした初代院長と看護師さんたちが写っていた。

この初代院長――霧峰北病院を建てた創立者があの骸骨の正体だ。

氷室教授がこの数日で手に入れた情報によると、遺体の歯型と大昔の初代院長のカルテが一致したそうだ。

初代院長が生きていたのは百年以上前の大正《たいしょう》時代。彼は医学に精通し、この病院を建てて、晩年まで多くの人たちに慕われていた。教授の言う通り、葬儀もきちんと行われたようだ。

ただ親族への遺言で自分の遺体はお墓ではなく、この病院の木の根元に埋めさせたらしい。今回のことで初代院長の子孫が家の蔵を調べてみたところ、古い記録にそう記されていたそうだ。

今となってはなぜそんなことをしたのかはわからない。だけど教授が引き続きその辺りも調べてみると言っていたから、そのうち判明するだろう。

「百年も経ってから骸骨になってでてきたっていうのも気になりますよね。うーん、自分の意思で埋めてもらったんだとしても、みんなに忘れられてしまうのが淋しくて、って感じでしょうか……」

骸骨の言っていた『ワタシはココだ』という言葉を思い出し、写真を見ながらそんなことを思った。

病室にいくと、清一さんはベッドでみかんを食べていて、「やぁ、理緒君」と手を上げてくれた。今日は抜け出したりしてなかったみたいだ。よく晴れていたので二人で敷地内の中庭にいき、ベンチに並んで座った。もちろん看護師さんの許可は取っている。

「今日は私に会いにきてくれたのかい？」

「はい。清一さん、元気かなと思いまして」

「おかげさまですこぶる調子がいいよ。骸骨の噂もぱったりとなくなってねえ。みんな、ほっとした顔をしているよ」

良かったです、と理緒は顔をほころばせる。

人間に戻れるチャンスはなかったけど、ここにいる人たちの役に立てたのなら嬉《うれ》しい。

中庭のベンチから昼間の青々とした林を見ながら、少し誇らしい気持ちになった。

すると同じ方向を見つめながら、清一さんが言った。まるで当たり前のことのように自然に。

「理緒君がやってくれたのかい？」

「えっ」

反射的に清一さんの方を向く。穏やかな目がこちらを見ていた。

「骸骨のことさ。なんとか出来るかも、って言っていたろう?」

「あっ、いやその……っ」

そういえば、勢いでついそんなことを言ってしまっていた。看護師さんは方便だと思ってくれていたし、実際教授のおかげで骸骨をどうにかすることもできたけど、まさか『そうです。頑張りました』と頷くこともできない。悩んだ結果、

「ぼ、僕は何もしてないです。本当に……っ」

なんとも挙動不審な態度になってしまった。

しかし清一さんは笑って頷いてくれる。

「そうかい、そうかい」

それ以上、清一さんは聞いてはこない。ほっとした反面、変なふうに思われてないかと心配になった。ここは話題を変えよう。

「清一さんの野暮用のことなんですが」

「んー?」

「ほら、会いたい人がいるって言ってたじゃないですか。どんな人なんですか」

病院の階段で初めて会った時、清一さんは人を捜すために外に出ていこうとしていた。

骸骨の件と一緒にその野暮用も手伝う、と理緒は約束している。確か家族のような相手だと言っていたけれど、まだ詳しくは聞いていない。

「ああ、そのことか。それはね、もういいんだ」

頭をかき、清一さんは苦笑する。理緒は目を丸くするばかりだ。

「でも病院を抜け出してまで捜しにいこうとするほど会いたかったんですよね？　なのにどうして突然……」

「ん－、どうやら元気でやってるらしい、とわかったからかなぁ」

「なにか連絡でもあったんですか？」

「いいや、ないよ。ないけど、なんとなくねえ」

「なんとなく……？」

どうにも曖昧《あいまい》な物言いだった。理緒が戸惑っていると、清一さんは続けて口を開く。どこか遠くを見つめるように目を細めて。

「便りのないのが元気な証拠と言うしねえ。元気でやってるならそれでいいんだ」

そう言う横顔はとても優しげで、でもどこか淋しそうだった。

やっぱり清一さんは会いたいのだと思う。家族のようなその誰かに。

「清一さん、僕――」

やっぱり捜しましょうか、と言いかけた時、他の入院患者さんが話しかけてきた。清一さんと同じ歳ぐらいのおじいさんだ。

「よお、孫がきてるのかい？」

「いやいや違うよ、源さん。でも理緒君が孫だったら嬉しいねえ」

名前でピンときた。清一さんの言っていた、骸骨を見た入院患者さんのひとりだ。かなり怖がってたという話だったけど、もう元気になったみたいだ。

二人は二言三言話し、あとで将棋をするという約束をして、源さんは早々に手を振って去っていく。

「じゃあ、またあとでな。氷室のじいさん」

清一さんが「はいはい、またあとで」と手を振り返す横で、理緒は小さな違和感を覚えた。

なにか今、ひどく不可思議なことを聞いた気がする。聞き間違いかと思って、清一さんの方を向く。

「あの、今、お友達の方が清一さんのことを……」

「ん？　ああ、源さんもいい歳なのに、じいさんなんてひどいもんだよねえ。理緒君みたいに若い人からしたら、私と源さん、どっちもじいさんだろうに」

「や、えっと、そうじゃなくて……」

疑問が上手《うま》く形にならない。明確に何かが引っ掛かっているのに頭がそれに追いついていない。戸惑っていると、「ああ、そうか」と清一さんが頷《うなず》いた。

「言われてみれば、ちゃんと言ってなかったねえ。理緒君にはきちんと名乗ってもらったのに私はおざなりだった。や、これは申し訳ない限りです」

ぺこっと律儀に頭を下げられる。

そして丁寧な口調で告げられた。

「改めまして。どうぞご贔屓《ひいき》に。私は――」

五月末の涼風のなか。

思い返せば、この日の空はどこまでも青く晴れ渡っていた。

そして理緒は聞く。屈託のない笑顔と共に、その人の名を。

「――氷室清一というものです」

第二章　人狼と妖精の輪

レオーネ＝L＝メイフェア＝氷室《ひむろ》。

それが教授のフルネームだ。

ブロンドに高身長、色が白くて鼻も高くて、どう見ても外国人。なのに教授は『氷室』という日本的な苗字《みょうじ》で呼ばれるのを好んでいる。

それを不思議に思ったことはある。でもなにせあの人はヴァンパイアだし、コウモリを使い魔にしているし、貴族がどうのと言うし、人間の理緒《りお》からしてみるとおかしなところが多すぎて、苗字のことなんていつの間にか頭の隅に追いやってしまっていた。

だけど、改めて思った。

氷室教授はヴァンパイア。

人間だった頃があるとしても、どう見ても外国人。

なのにどうして『氷室』という日本的な苗字を名乗っているのだろう。その名は一体どこから来たのか。

「りおー、考えごとかー？　たまご焦がしそうだぞー？」

「……え？　うわっ、すみません！　助かりました……っ」

フライパンを手にして思考に没頭していた理緒は慌ててヘラで卵をかき混ぜる。

間一髪、なんとか焦げる前にフォローできた。目玉焼きだったらアウトだったけど、作っているのがスクランブルエッグなのが幸いした。これくらいなら許容範囲内だろう。

「おれがいないとダメだなー、りおは」

そう言うのは肩に乗っている綿毛羊《わたげひつじ》のウール。

ポケットに入る時はキーホルダーぐらいのサイズだが、今は野球ボールぐらいの大きさで理緒の右肩に乗っている。綿毛羊は体のサイズを自由に変えられるのだ。

「確かに……ウールには何度も助けられてます。返す言葉もありませんね」

苦笑しながらレタスとミニトマトの載ったお皿にスクランブルエッグを移す。

白いお皿とのコントラストを見ると、やっぱり焦げが少し気になった。たとえば目玉焼きの場合、白身が焦げていると氷室教授はすぐ文句を言う。スクランブルエッグを焦がしたのは初めてだけど、せっかく作った朝食が低い評価を受けるのは出来れば避けたい。

……やっぱりこのお皿は僕用にしておきますか。

新しい卵をボウルに入れ、牛乳と塩を加えて泡立て器で混ぜ始める。

「そっちをひむろ用にするのか？」

「あ、わかります？」

「わかるって。毎日、見てるからなー」

霧峰北病院《きりみねきた》の骸骨の一件からしばらくし、暦は六月になった。

雨雲の多い日が増え始め、季節はそろそろ梅雨に入ろうとしている。

今日の理緒は早朝に学生アパートを出て、氷室教授が住んでいる高級マンションにきていた。教授は朝が弱い。本当にべらぼうに弱い。おかげで毎朝、教授の世話を焼くのが理緒の日課になっている。

今朝はすでにベッドの教授を起こして浴室へ向かわせた。なので一番の大仕事は終わっている……はずだったのだが。

「……理緒……どこだ？　どこにいる……？」

「教授？」

呼ばれて振り返ると氷室教授が冷蔵庫の扉を開け放ち、トマトに向かってお説教をしていた。

「……どこだ、理緒……眷属《けんぞく》が主人のそばを離れるとは……忠犬にあるまじき行為だ……ぞ……」

「いやどういう状況なんですか!?」

教授は寝間着代わりのシャツがはだけて素肌が見え、まだ整えていないブロンドが頬へ枝垂れている。足元がおぼつかないのか気だるげに壁に寄りかかっていて、無駄に色っぽい。

だけど話しかけているのは冷蔵庫のトマト。

見ているだけで頭が痛くなりそうな状況だった。

ウールが「またいつものか……」と呆《あき》れ、理緒はコンロを止めて冷蔵庫の方へ向かう。

「氷室教授、僕はこっちです。それはトマトです。僕はトマトじゃありません」

「トマト……？　お前は忠犬の如《ごと》く私に仕える、賢いトマトではないのか……？」

「ついに眷属扱いすらしなくなりましたね……。駄目だ、寝ぼけてまともな言葉すら出なくなってる」

教授はシャワーさえ浴びれば、はっきりと目を覚ますのだが、それまではこんな調子でずっと寝ぼけている。今朝は寝起きが比較的マシだったので自力で浴室にたどり着けるかと思っていたが、どうやら甘かったらしい。寝室からふらふらとキッチンにきてしまったようだ。

「はい、回れ右して下さい。浴室にいきますよ？」

「浴室……？　まさか……私を野菜のように洗う気か……？」

「それ、どういう絵面になるんですか？　教授をボウルに入れて丸洗いでもすればいいんですか？」

一応、ヴァンパイアの弱点に『流れる水が苦手』というのはあるけれど、教授はそうした弱点は克服している。そもそも野菜のように洗われるヴァンパイアなんて嫌すぎる。

「私は……トマトではない……」

「知ってます、って返事するのも頭痛がしてきそうですけど、知ってます」

「……忠犬は……嫌いではない。猫よりは……犬派だ……」

「それは知りませんでしたけど」

「コウモリについては……そこそこだ……」

「そこそこなんですか!?」

ヴァンパイアなのに。むしろ猫よりも犬よりもコウモリ派であってほしかった。

呆れていると、ブロンドが目の前で揺れ、教授が「トマト……」と寝言を言って肩にもたれかかってきた。意味がわからない。いや寝言に意味なんてないだろうけど。

さらには教授は長身で、こっちはどちらかと言うと小柄で細身である。支えようにも難しく、足を踏ん張ることでどうにか受け止めた。

「あー、もう……朝の教授は手が掛かり過ぎです」

右肩にウール。左肩に氷室教授。両手に花ならぬ、両肩に『人ならざるモノ』。

普通の生活からは程遠い、今の大学生活を象徴するような何とも言えない朝だった。

その後、教授の手を引っ張って浴室まで連れていき、調理を再開。しばらくするとパリッとスーツを着こなしたトマトの人がリビングに戻ってきた。

「ほう？　今日はスクランブルエッグか。悪くないな。付け合わせはレタスにミニトマトにベーコン……ん？　もう一皿あるのか？」

「はい。今、用意しました」

「トマト？　スクランブルエッグの皿にミニトマトがあるだろう？　どういうわけだ？」

「ちょっとした意趣返しです」

半月切りにしたトマトのお皿をテーブルに置く。

「教授が食べたいだろうなと思いまして」

「ふむ。お前は時折、意味不明なことを言う」

いや教授ほどじゃありませんから。というコメントは言わずにおいた。

とりあえず冷蔵庫で話しかけていたトマトは責任を持って食べてもらおう。最近、理緒はこういうちょっとしたイタズラ心でストレス解消することを覚えた。こうでもしないと教授の朝のお世話はしていられないのだ。

やがて二人分のスクランブルエッグ、半月切りのトマト、それからチーズとパセリを載せたトーストがテーブルに並んだ。教授の飲み物はコーヒー、理緒はミルクティーだ。

ちなみにウールの分はレタス中心のサラダを用意してあって、すでに理緒の隣で羊よろしくはむはむと食べている。

教授はタブレットで朝のニュースをチェックしていたが、理緒が椅子に座ると一旦《いったん》手を止めて、ナイフとフォークを握った。タブレットはスリープにしてテーブルの端へ。食事中にニュースは見ない。こういうマナーはちゃんとしている人だった。

「今日のスクランブルエッグはどうですか？」

「ふわりとした滑らかな口当たりだな。バターの風味もよく利いている。悪くない」

「それはどうもです」

さりげなく言いつつ、内心は『よし』と思った。自分の分のスクランブルエッグはちょっと熱が通り過ぎているけど、教授を唸《うな》らせることができたのなら、交換した甲斐《かい》があったというものだ。

……さて、と理緒は気持ちを切り替える。教授に聞きたいことがいくつかあった。ここしばらくひとりで考えていたけれど、どうしても答えが出ないのだ。これはもう本人に尋ねるしかない、と思っていた。

「氷室教授、聞きたいことがあるんですが、いいですか？」

「改まってどうした？」

コーヒーのカップがテーブルに置かれる。

「前期試験のことか？　出題範囲ならば講義中に言った通りだ。実際の試験問題に関してはいくらお前であっても教えはせん。我が眷属ならば実力でS評価を勝ち取ってみせろ」

「眷属はやめて下さいってば。だいたい大学の勉強はヴァンパイアとは関係ないじゃないですか。……って、いやそうじゃなくてですね」

「ならば、これまでの講義についての質問か？　いいだろう。そういうことならばお前が理解できるまでいくらでも付き合ってやる。11世紀ヨーロッパの開墾運動の意義についてか？　『遠野物語《とおのものがたり》』と『グリム童話』の類似性についてか？　『スワファムの行商人』のことならば研究室に英国の原文がある。必要なら一限目の講義前に見せてやっても構わんぞ」

「いやいやいや、講義方面の話でもなくってですね……っ」

教授の講義スイッチが入り始めたので慌てて遮った。

普段は『骸骨《がいこつ》を羽交い締めにしろ』とか平然と人でなしなことを言うのに、学生の勉強については教育熱心なのだから難しい。

「僕が聞きたいのは個人的なことです」

「個人的なこと？」

「えっと……」

どこから聞けばいいだろう。知りたいことは色々ある。でも下手な聞き方をしたら教授のご機嫌を損ないかねない。まずは外堀から埋めていこうと思い、細心の注意を払いながら口を開く。

「氷室教授って……か、家族とかいるんですか？」

「家族だと？」

形のいい眉《まゆ》がピクリと上がった。

うわ、いきなり地雷でしたか……!?

戦々恐々とする理緒。教授はじっとこちらを見つめてくる。

「理緒、お前……」

「い、いえ！　答えづらいことでしたら別に……！」

「眷属の兄弟が欲しいのか？」

「はい？」

難しい顔つきで教授は椅子に深く背中を預ける。

「私はヴァンパイアとしてのお前の『親』だ。たとえばの話、私が新たに人間を噛《か》み、血を与えてヴァンパイアにしたとする。その場合、新たな眷属はお前の弟ということになるだろう。もしくはその人物がお前より年上ならば、やや複雑なところだが人間的な価値観から見て、兄と言ってもいいかもしれない。つまりお前がヴァンパイアとしての兄弟を得ることは可能だ」

「いやいやいや……っ」

そんなの求めてない。まったくもって求めてない。こんな複雑な状況に追い込まれる不幸な人間なんて、自分ひとりで十分だ。

「まあ、そうだな……友人の少ないお前のことを慮《おもんぱか》ってやるとすると、兄弟として安心できるのは佑真《ゆうま》辺りか」

「ちょ……!? 広瀬《ひろせ》さんをヴァンパイアにするみたいな話してますか!? やめて下さい、本当やめて下さい、そんなの考えるのも嫌ですよ!?」

話題に出たのは三年生の広瀬佑真さん。

大学の氷室ゼミの一員で、野球部に所属しているスポーツマンな先輩だ。

氷室ゼミは基本的に教授が集めた幻妖《げんよう》たちで構成されていて、理緒自身もそこではハーフヴァンパイア的な扱いである。

そんななか広瀬さんは例外的に普通の人間だ。聞いたところによると、広瀬さんは遠くの街に住んでいる妖狐《ようこ》と知り合いらしい。

その妖狐と広瀬さんの親友が契約を結んでいて主従関係にあるとかで、氷室教授からするとそれは非常に強力なコネクションらしいのだ。

だが理緒からすれば、広瀬さんはハーフヴァンパイアという事情を知った上で付き合ってくれる人間の先輩。すごく稀有《けう》でありがたい存在だ。ヴァンパイアになんて絶対させられない。

「もしも広瀬さんに変なことしようとしたら、僕が教授を退治しますからね!? トマトなんかじゃ許しません。大量のニンニクを使って徹底抗戦しますよ!」

「ニンニクで体調を崩すのはお前の方だろう？　案ずるな、今のはたとえだ。私は妖狐の主人と『佑真の身の安全を保証する』という約定を交わしている。間違っても手は出さん。ただでさえ四月の朧鬼《おぼろおに》の一件では詫《わ》びを入れることになったからな。これ以上、妖狐の主人に借りを作れば、舞踏会への招待を断り切れなくなる」

「？　舞踏会ってなんです？」

「妖狐の主人が定期的に行っている宴《うたげ》のようなものだ。親睦を深めるためにと何度か招待されているが、すべて断っている」

「よくわからないですけど、親睦を深めるための会ならいけばいいんじゃないでしょうか。広瀬さんの親友の方なら他人ってわけでもありませんし」

「馬鹿を言うな」

取り付く島もなく、一言で切って捨てられた。

「舞踏会にはあちらの街のヴァンパイアも主賓として出席する。領地を食い合うことがないよう、ヴァンパイア同士は不干渉が基本だ。古い慣習ではあるものの、それが安寧を築くための法であるならば私は守る」

「教授以外のヴァンパイア……？」

思わず目を瞬《しばたた》いた。あまり考えたことはなかったけれど、言われてみれば教授の他にもヴァンパイアはいるのだろう。

やっぱり教授みたいに貴族気質なのかな……？

また疑問が増えてしまった。そして、ふと思う。

教授は今、『眷属《けんぞく》の兄弟が欲しいのか？』と聞いてきた。だけどこの場合、兄や弟ではなく、姉や妹でもいいはずだ。

なのに自然に兄弟という言葉が出てきたということは……。

「ひょっとして教授ってお兄さんか弟さんがいるんですか？」

次の瞬間。

コーヒーカップの取っ手がピシッとひび割れた。

「ひぃ!?」

「なんだなんだ……!?」

理緒は椅子から腰を浮かせ、サラダに夢中だったウールも驚いて顔を上げる。

氷室教授は無表情だった。無表情なのにコーヒーカップが割れかけている。その指先にどれほどの力がこもっているのかと想像すると、冷や汗が止まらない。

「――私に兄弟など存在しない」

地獄の底から響いてくるような、有無を言わせぬ声だった。

「理緒、二度は言わないぞ。私に兄弟など存在しない。……いいな？」

二度言っていた。二度は言わないと言いながら、二度言っていた。どれだけ地雷なのかが伝わってくる。

理緒は反射的にぶんぶんと音が出るほど頷《うなず》いた。隣のウールもワケがわからないままぶんぶんと頷いていた。

とにかく氷室教授に兄弟の話はタブーのようだ。でもそうなると、さらにわからなくなってくる。

脳裏に浮かぶのは清一《せいいち》さん――氷室清一さんのこと。

教授はどう見ても外国人なのに『氷室』という日本の苗字《みょうじ》を名乗っている。珍しいとまでは言わないけれど、そんなに多い苗字ではないはずだ。

確証なんて何もないけれど、なんとなく妄想半分に思っていた。

ひょっとして二人には何か関係があって、清一さんの会いたい人は氷室教授のことなんじゃないか、って。でもこの様子だともう他の質問なんて言いだしづらい。どうしようかと頭を悩ませていると、気づけば教授が食事を終えていた。

料理人に命じる貴族のように「下げておけ」と言い、椅子から立ち上がる。

タブレットを持ってそのまま自室にいってしまいそうになったので、理緒は慌てて椅子から立ち上がった。今を逃したらきっとタイミングを逸してしまう。だからなけなしの勇気を振り絞った。

「まだ質問があります！」

その背中には今もどこか不機嫌さがあり、無視されてしまいそうなぐらいの雰囲気だった。でも理緒は知っている。この人は学生からの質問を決して無下にはしない。

思った通り、足を止めてくれた。もう破れかぶれだ。ストレートに疑問をぶつける。

「ひ、氷室清一さんっておじいさんをご存じないですか⁉　こないだ病院でたまたま知り合ったんですけど、清一さんは『会いたい人がいる』って言ってて……っ。もちろんただの偶然だとは思うんですけど、でも氷室って珍しい苗字ですし、ひょっとして教授と何か関係があるのかなって……！」

スーツの背中は何も語らない。振り向くことさえしなかった。

耳が痛いくらいの沈黙が降りる。気まずさに耐えきれなくて、理緒が再び口を開こうとした矢先、ようやく言葉が返ってきた。

「知らんな。誰だ、それは？」

肩越しに振り返る。青い瞳《ひとみ》には兄弟のことを聞いた時のような威圧感はない。でも感情の読めない目だった。本当に知らないようにも見えるし、何かを誤魔化しているようにも見える。

「ただ偶然、名が同じというだけだろう。それ以外に何がある？」

「いや、でも……」

言うかどうか迷った。自分でもあるわけがないと思うから。だけどこうなったら勢い任せだ。

「清一さん、最初に会った時は病院を抜け出してまでその『会いたい人』を捜しにいこうとしてたんです。でも教授と僕で骸骨《がいこつ》騒ぎを解決した後に会ったら『元気でやってるらしいから、もういい』って言ってて……っ」

「その氷室某《なにがし》とやらはあやかしの存在を知っているのか？　私とお前が霧峰北病院で骸骨の遺体を見つけてやったことをなんらかの方法で知ることができた、と？」

「そ、それは……、さすがにないと思いますけど……」

「であればお前が二度目に会うまでにその氷室某に何かしらの状況の変化があったというだけのことだろう」

「だけど『会いたい人』から連絡があったわけじゃないらしいんです。なのに『元気でやってるらしい』っていうのはわかったみたいで……っ」

「氷室某の事情は知らん。私の知ったことではない」

取り付く島もない言葉だった。確かに教授と清一さんが赤の他人なら、知ったことじゃないのかもしれないけれど。

「質問は終わりか？」

「や、えっと……その……っ」

「終わりか？」

「……はい、以上です」

もう攻める手がない。理緒はうな垂れながら頷いた。氷室教授は「結構」と言ってリビングを出ていこうとする。しかしその途中で一度足を止めて、

「今日の朝食は悪くはなかったが、スクランブルエッグについては私はやや固めの方が好みだ。次はあと三十秒、火を入れるように心掛けるといい」

「ええ……っ」

こっちのお皿の方が正解だったんですか!?

まだスクランブルエッグの残っている自分のお皿へ視線を落とし、理緒は愕然《がくぜん》。質問の答えにもモヤモヤが残るし、なんとも上手《うま》くいかない朝だった。


……うーん、やっぱり何か引っかかります。

氷室教授のマンションを出て、理緒は大学にやってきた。教室に向かう傍ら、気になるのはやはり朝の教授の態度。偶然だと言われて反論はできなかったけど、どうもすっきりしない。

ちなみにウールはサラダでお腹いっぱいになってうたた寝を始めていたので、そのまま教授のマンションに寝かせてきた。今は理緒ひとりだ。

「ちーす、理緒」

「あ、リュカ。おはようございます」

中庭を歩いていると横から声を掛けられた。振り向くと、ひらひらと手を振ってこっちにくるのは銀髪の留学生。

理緒の親友、リュカである。毛先をワックスで遊ばせていて、服装は身軽なTシャツ姿。どことなく雰囲気が遊び人っぽく、あちこちにアクセサリーを身に着けている。

名前が示す通り、日本人ではない。というか、人間ではない。ヨーロッパからやってきた人狼《じんろう》、それがリュカの正体である。

「こないだはミスって悪かった。ごめんな、マジ反省してっから」

「こないだって、何かありましたっけ？」

「ほら電話したら、ちょうど氷室教授の講義中だったやつ」

「あー……」

思い出しても冷や汗が出てくるような状況だった。でもあれはリュカのせいじゃない。

「僕がマナーモードにしてなかったのが原因ですから。気にしないで下さい」

「やー、気にする。俺は気にするぞ。なんつってもこのリュカ君は義理と人情を重んじる男だからな」

「なんかセリフが薄っぺらくて、嫌な予感しかしないんですが……」

並んで歩きだしながら理緒はジト目を向ける。

「ひょっとしてまたお金がないんですか？　言っときますけど、お昼代は五百円までしか貸しませんよ？」

「んー、もう一声！　オヤツ代も合わせて八百円でどうよ!?　……って違うわ！　まるで俺が万年金欠みたいじゃんか」

「いや実際そうですよね？　先週も先々週もお昼代貸してあげましたよね？」

「今週は大丈夫！　なぜなら給料日まで耐え抜いたから！」

ドヤ顔で親指を立てて見せられ、ため息。

「まったくもう、今月は頑張って下さいね？」

と話をしていたら、近くにいた学生たちがクスクスと笑っていた。でも悪い意味ではなく、好意的な笑みだった。移動中なのか、学生たちは「神崎《かんざき》君、大変だね」とか「リュカ、あんま神崎を困らせんなよ」と言って三号館の方へ歩いていく。

理緒は慌てて返事をする。

「あ、ありがとうございます。頑張りますっ」

隣のリュカも笑って、

「うっせーよー。俺と理緒はマブダチだから持ちつ持たれつなんだってーの」

と言い、気軽に肩を組んでくる。

今の学生は顔見知りの人たちだった。

もともと、小中高と病気がちだった理緒は入学当初、なかなか知り合いを作れずにいた。

しかし先月、この霧峰《きりみね》大学で学園祭があり、その時にリュカが一緒にサークルをまわって色んな人を紹介してくれた。

いきなりだとまだどうしても緊張してしまうけれど、挨拶《あいさつ》をし合える相手は着実に増えている。リュカの言う、持ちつ持たれつ、というのは確かにその通りかもしれない。

「仕方ありません……八百円でいいんですよね？」

「え、貸してくれんの？　やった、ラッキー！」

ワンコのような愛嬌《あいきょう》で出された手のひらに硬貨を渡しかけ、はっと気づいた。

「いや貸しませんよ!?　お給料でたから今週は大丈夫って言いましたよね!?」

和やかな気持ちになったせいでついお財布を出してしまっていた。

「ちっ、気づかれたか。ってか、今理緒から貸そうとしてたよな？」

「なんかリュカにお金を貸すのが習慣になってるみたいです。恐ろしい……っ」

ぞっとして五百円玉と百円玉を自分のお財布に戻す。

氷室教授のお世話をして、リュカにお金を貸して、このままだと自分がどんどん世話焼き人間になってしまいそうだ。ある意味、ヴァンパイアになるより恐ろしい。

「んじゃ、話戻すぞ？」

「戻す？　なんのことです？」

「だーかーらー、このリュカ君が義理と人情を重んじるって話よ」

「ああ……」

てっきりノリと勢いの軽口だと思ってた。リュカの方は次の講義が入っていないのか、こちらと同じ十号館への道を進みながらキメ顔。

「持ってきたぜ、氷室教授の喜びそうなナイスな噂《うわさ》」

リュカも氷室教授のゼミに所属している。ゼミでは一般的な講義はなく、行われているのはもっぱら教授の研究に有益な情報——あやかしの目撃談や噂集めだ。

「最初はゼミの時に報告しようと思ってたんだけどさ。俺と世間話してて理緒があやかしっぽい感じに気づいたってことにしていいぜ。な？　これで講義の時にスマホを鳴らしちゃった件も挽回《ばんかい》できるだろ？」

「あ、それは結構ありがたいかもです」

「だろだろ？」

スマホの件についてなら教授はもう怒ってはいないと思うけど、それはそれとして学生への評価は厳格な人だ。海外民俗学の講義とゼミの違いはあるけれど、今後の成績のために学生としての心証は良くしておきたい。

「じゃあ、今日の夜、俺のバイト先に集合な？」

「リュカのバイト先、ですか？」

「そ。駅前の居酒屋。俺もシフトが二十時までだからさ、その後、二人で氷室教授に報告だ。教授ってばあんま学生と飯行ったりはしないけど、行った時はめっちゃ奢《おご》ってくれるから好きなだけ飲み食いできるぞ？」

言われてみれば普段、理緒が料理をする時の食材もすべて教授が買ってくれている。冷蔵庫のなかが心許《こころもと》なくなってくると、『好きに使え』と言ってお財布を丸ごと渡してくれるのだ。

もちろんその食費には理緒の分も含まれているし、最近はウールのために無農薬のちょっとお高めの野菜を買ったりもするのだけど、教授は嫌な顔一つしたことがない。普段から教授が言っている『高貴なる者の義務』を体現しているのだろう。

ただ今回の流れからすると、

「――ちょっとばか犬。途中から聞いてたけど、それって理緒君の挽回のためじゃなくてあんたが教授に奢られたいだけじゃないの？」

女性の声が後ろから聞こえ、今まさに突っ込もうとしていたことを言ってくれた。

リュカと一緒に振り向くと、長いポニーテールの先が視界で揺れた。ゆったりとしたニットにロングスカート、肩にはトートバッグを掛けている。

氷室ゼミの三年生、風花沙雪《かざばなさゆき》さんだった。

「あんたねえ、氷室教授にたかる気？　百歩譲って理緒君に迷惑かけるのはいいとしても氷室教授におかしな真似するのは許さないわよ？」

「沙雪さん、僕に迷惑かけるのをよしとしないで下さい、本当やめて下さい、なんでそういう発想になるんですか？」

リュカに指を突きつけていた沙雪さんは「え？」とこっちを向く。

「理緒君って苦労をしょい込むのが好きな性格なんじゃないの？」

「そんな性格ありますか!?　ぜんぜん違いますから！」

「だってそうでもなきゃ氷室教授の助手なんてできないでしょ？」

「う、微妙に反論しづらいです……っ」

理緒がハーフヴァンパイア、リュカが人狼であるように、沙雪さんの正体は雪女で、彼女は氷室教授に心酔している。けれどそんな沙雪さんですら教授のそばにいる大変さは理解しているようだった。世話焼き人間の立ち位置が近づいているようで微妙にへこむ。

すると隣のリュカが面倒くさそうに沙雪さんを一瞥《いちべつ》。

「あーもー、うるせえな、冷血女。せっかく話がまとまりかけてたのに文句言うなよな」

「はあ？　あんたがあくどいこと考えてるのがいけないんでしょ、ばか犬」

「あくどくねえし。むしろ氷室教授は学生に奢るの好きだろ？　去年、珍しくゼミの飲み会にきた時なんか『好きなものを好きなだけ頼むがいい』ってご機嫌だったじゃんか」

「だとしても奢ってもらうなりの気持ちの有りようってものがあるでしょうが。あんたには氷室教授への敬意がないのよ、敬意が」

「あるし。ありまくるし。敬意が服着て歩いているようなもんだし、俺」

「なにそればっかじゃないの、ばか犬」

「うるせえ、冷血女」

「まあまあまあ、二人とも落ち着いて下さいってば」

長くなりそうなので理緒はリュカと沙雪さんの間に入ってなだめにかかる。

この二人、あんまり馬が合わないというか、端的に言って仲が良くない。

ゼミの先輩たち曰《いわ》く、以前はここまでじゃなかったそうなのだが、学園祭の時にリュカが初恋を経験して以降、妙に沙雪さんからの当たりが強くなっているそうだ。

「じゃあ、こうしましょう。沙雪さんも今日一緒に居酒屋にきたらどうですか？」

「わたしも？」

「はい。沙雪さんがいてくれたら教授への敬意も補われますし、名案じゃないかと」

敬意が補われるとか自分でも何を言っているのかわからないけど、他にこの場を収める方法もない。希望を込め、愛想笑いで沙雪さんの顔を見る。しかし、ついっと視線を逸《そ》らされた。

「氷室教授は学生が増えても許して下さるだろうけど、そいつが嫌がるわよ。いくのってそいつのバイト先でしょ？」

「はあ？」

リュカが眉《まゆ》をつり上げた。さすがに怒ったのか、沙雪さんにずいっと顔を近づける。

「な、なによ……？」

「なによじゃねえよ。なに言っちゃってんの、お前？　別にお前がきても俺は嫌がんねーし！」

「えっ」

押されるように半身を引き、沙雪さんは目を丸くした。

「嫌がらない……の？」

「当ったり前だろーが！　なんでゼミの仲間が来て嫌がんだよ？　飯はみんなでワイワイ言いながら食った方が美味《うま》いんだから来たいなら普通に来いよ！」

意外だったのか、沙雪さんは呆《ほう》けた顔。

そのままリュカの勢いに押されるように頷《うなず》いた。

「……うん。じゃあ、いく」

リュカは「よし」と溜飲《りゅういん》が下がった顔。理緒は胸を撫《な》で下ろした。とりあえず話はまとまったらしい。

そもそも一緒に楽しみたいという人をリュカが嫌がるはずがない。一見チャラチャラしてるけど、実は器が大きいのがリュカなのだ。

しばらくして講義が終わった後、理緒は研究室にいって教授にこのことを報告した。考えてみるとこっちで一方的に予定を決めてしまった形だ。恐る恐るお伺いを立ててみると、運悪く今日は講義の準備がいくつか重なっていたらしい。

「じゃあ、リュカと沙雪さんに言って日を改めてもらいますか？」

「構わん。私のスケジュールならばどうとでもなる」

驚いた。あの氷室教授が他人の都合に合わせるなんて。

まあ、あやかし調査は最優先ってことなんだろうけど。

と思っていたら意外な言葉が後に続いた。

「リュカや沙雪は私が面倒を見ている幻妖《げんよう》だ。それを差し引いたとしても学生と食事を共にしてやる機会はなかなかないからな」

また驚いた。それもさっきよりもだいぶ。

てっきり学生との飲み会なんてわずらわしがると思っていたけれど、教授は意外にこうして誘われるのが嫌いではないのかもしれない。

そして夕方。

一度教授のマンションに戻ってウールにご飯を作り、繁華街へ向かった。研究室で仕事を続けていた教授と途中で合流し、二十時少し前ぐらいにリュカのバイト先に到着。

居酒屋というよりはオシャレなダイニングバーという感じだった。暗めの照明で雰囲気があり、ボードに今日のオススメが書かれている。案内されたのは、大通りに面したテラス席。沙雪さんはまだ来ていないらしく、パラソルの立てられた四人席に教授と二人で座った。

テーブルの横にはウェイター姿のリュカ。銀髪はきちんと整えられ、制服もスマートに着こなしていてよく似合っている。

「ふっ、惚《ほ》れるなよ、理緒？」

「はいはい、気をつけますよ。教授は何を頼みます？」

「ふむ、そうだな。ではリュカ、シャトー・ムートンをもらおうか。1928年物があればそれを頼む」

「しゃと……？　なんスか？」

「教授……街の居酒屋にそんな高級ワインありませんから」

「馬鹿な。ここは大通りの店だろう？　ないわけがない。リュカ、シェフを呼べ」

「呼びません。フランスとかイタリアのレストランじゃないんですよ？」

「俺、シャトなんとかがないか、ちょっと店長に聞いてくるッス！」

「リュカ、待って！　ありませんから！　僕、買ってこいって言われて調べたことがあるんですけど、教授が言ってるワインって普通に百万円近くするやつですから！」

厨房《ちゅうぼう》に向かおうとするリュカの腕を引っ張ってどうにか押し止《とど》めた。

注文だけで一苦労である。リュカが言っていた去年のゼミの飲み会は大丈夫だったのだろうか、と思ったら、その時は最初からコース料理を頼んでいて、教授もカードで支払っていたらしい。

埒《らち》が明かないので理緒が手早く注文し、リュカが奥へ引っ込むと、教授はメニューを凝視してやたらと難しい顔をしていた。

「なんだこの安価な値段設定は……。信じられん。学生の貧困化はここまで進んでいたのか……」

「信じられないのは教授の金銭感覚ですよ……」

この人、今までどうやって人間社会に溶け込んでいたんだろう。

そうして一通りテーブルに料理が並ぶと、ちょうど二十時をまわったところだった。私服に着替えたリュカが騒がしくやってくる。

「おっ待たせー！　ようやく俺もフリータイムだぜ！　……って、沙雪は？　まだきてねえの？」

「ええ、さっき連絡はしてみたんですが」

理緒はスマホを取り出して確認してみる。メッセージアプリに既読はついているが、返信はきていない。

「しょーがねーなー。ま、今日はゲストもいるし、先に始めちまおう」

「ゲスト？」

理緒は首を傾げる。しかしリュカが答える前に教授が水を向けた。

「あやかしの噂《うわさ》を聞きつけた、というのが今日の会の本題だったな？」

「そうッス。で、わざわざ店まできてもらったのも実は理由があるんスよ。——おーい、翔《かける》、こっちだこっち。氷室教授と理緒に挨拶《あいさつ》しろ」

リュカが呼びかけると、店のなかから小学生くらいの男の子が緊張した表情でテラスに出てきた。

リュカのような派手めの服装だが、やや内向的な雰囲気で、若干ちぐはぐな印象を受ける。首には大きなヘッドホンをかけていた。しかしケーブルを外しているらしく、あれでは音楽が聴けないような気がする。

「……保科《ほしな》翔です。よろしくお願いします」

小さく頭を下げる男の子——翔君。

その背中に軽く触れ、リュカは空いている席に座らせる。

「こいつ、ウチの店長の子供なんだ。翔、こっちは俺がお世話になってる氷室教授、でそっちが親友の理緒」

「あ、よろしくお願いします、翔君」

理緒は反射的に会釈をする。一方、教授は庶民に謁見された貴族のような態度で「ふむ」と頷き、翔君に視線を向けた。

「話を聞こう。いやまずは注文か。幼子《おさなご》よ、遠慮はいらん。好きなものを頼め」

こっちに目配せがきたので、理緒は手元にあったメニューを翔君に渡す。

だが、規格外の大物雰囲気に小学生は動揺し、助けを求めるように隣を見る。

「リュ、リュカ兄ちゃん……」

「あー、気にすんな、こういう人なんだ。なんでも奢《おご》ってくれるからばんばん頼もうぜ。もち俺の分もな。えーと、これとこれとこれと……」

バイト仲間のウェイターに声をかけて注文し、それがきたタイミングでリュカは話し始めた。

「えーと、三日前ぐらいだったか」

「二日前の水曜日だよ、リュカ兄ちゃん」

「そうそう二日前だ。実はこの翔から相談を受けたんスよ」

「ほう、内容は？」

一瞬、翔君と視線を合わせ、リュカは言う。

「こいつ――動物の言葉がわかるようになったらしいんス」

「ふむ」

興味深そうに頷く氷室教授。理緒も本人をゲストとして呼んでいると思わなかったけど、翔君の相談内容は昼間のうちにリュカから聞いていた。

それは今月に入って少しした頃のこと。

翔君は文字通り、動物の言葉がわかるようになったらしい。登校中に見かける猫、隣の家の飼い犬、果ては木に止まっている鳥に至るまで。耳を澄ませると、その鳴き声が人間の言葉として聞き取れ、意味を理解できるそうだ。

さすがに最初は気のせいだと思ったらしい。自分は頭がおかしくなってしまったんじゃないかと不安にもなった。しかし猫が『ああ、鼻が濡《ぬ》れる。一雨くるなぁ』と言ってると本当に雨が降り、飼い犬が『またウチのご主人様たちはケンカしてるよ』と呆《あき》れていると本当に夫婦喧嘩《げんか》の声が聞こえてきて、鳥たちが『二丁目の交差点で事故があったぞ』と言うと、本当に交差点で事故が起きていた。

もう疑いようがない。自分は動物の言葉がわかる、そう翔君は確信した。

「翔の言ってることが本当ならすげえミラクルっしょ？　だからこれは我らが氷室教授にお伺いを立てなきゃって思った次第ッス。……あ、俺じゃなくて理緒が。な、理緒？」

「え？　ああ、そうです、そうでした」

そういえばこれは僕が気づいたということにするんでした、と慌てて頷く。しかし教授は気にせず、指先でテーブルをトントンと叩《たた》き、すでに思考に没頭していた。

翔君が思い詰めた表情で口を開く。

「あの……僕のこの力って、おかしなものなんですか？」

口調には不安が滲《にじ》んでいた。反面、その目にはどこか期待が込められている。

「リュカ兄ちゃんに聞きました。教授さんはおばけの研究をしてて、不思議なことにすっごく詳しいって。僕、本当に動物の言葉がわかるんです。それでこの力を使ってネットとかテレビに出たいと思ってて……」

「ネットやテレビに？」

これは理緒も初耳だった。翔君がこっちを向く。

「うん。でも昔話とかだと、そういうことすると罰が当たったりするから心配で……」

なるほど……と理緒は頷く。確かに特別な力を手に入れたら、それを上手《うま》く利用したいと思うのが普通なのかもしれない。ハーフヴァンパイアになって右往左往している理緒にはない発想だった。

でも確かに変なことをしたら何かしっぺ返しがありそうな気がしてしまう。たとえば『花咲《はなさ》かじいさん』の悪いおじいさんとか、不思議な力を悪用してひどい目に遭う昔話は色々と頭に浮かぶ。

隣の教授を見ると、考えがまとまったらしく、テーブルを叩いていた指先がぴたりと止まった。ふむ、と小さな吐息。

「聴耳譚《ききみみたん》辺りに類似性がありそうだな」

「キキミタン？」

リュカが首を傾げ、教授はジャケットの内ポケットからペンを取り出すと、そばにあったお手拭《てふ》き用の紙にさらさらと『聴耳譚』と書く。

「清い人間が神社仏閣への参拝や助けた動物からの恩返しによって呪宝《じゅほう》を得るという形の話の総称だ。この国では北から南まで全国にわたって分布している。名高いのは『聴耳草《ききみみそう》紙《し》』に収められた遠野《とおの》地方のもの辺りか」

「遠野地方って『遠野物語』のですか？」

「そうだ。『聴耳草紙』は日本民俗学の第一人者・佐々木喜善《ささききぜん》が自身の故郷である遠野地方の『聴耳譚』を集めた著作だ。数々の功績から佐々木喜善は『日本のグリム』とも呼ばれ、彼が故郷のことを柳田國男《やなぎたくにお》に語ったことで、後に『遠野物語』が産声《うぶごえ》を上げることになった」

たとえば、と言って教授は指先のペンを一回転させる。

「『聴耳草紙』にはこんな逸話が収められている」

年老いた男が町へ向かう途中、狐《きつね》を助ける。山道を歩いていると先ほどの狐が現れ、山の住処《すみか》へと案内された。そして聴耳草紙という呪宝をもらう。これを耳に当てると、動物たちの言葉が理解でき、男はカラスから聞いた煎《せん》じ薬によって長者の娘を助け、たくさんのお礼をもらって末永く幸せに暮らしたという。

「なんか本当に普通の昔話って感じですね」

「当然だ。古くからその土地で語られ続けた逸話を集め、整理し、比較検証していく――それが民俗学の基本の一つだからな。『聴耳草紙』も『遠野物語』もそうした理念によって構成されている。『遠野物語』のなかには複雑かつ怪奇な伝承も多いが、お前たちに馴《な》染《じ》み深い、いわゆる『昔話』も数多《あまた》ある」

教授の視線が翔君へ向く。

「先ほども言ったが『動物の言葉がわかるようになる』という逸話は遠野地方だけでなく、全国に分布している。極端なことを言えば、どこでも起こり得る事象と言えるだろう。つまりだ、幼子よ、お前の身に同様のことが起こってもなんら不思議ではない」

「……っ」

翔君が小さく息をのむ。隣のリュカが「な？」と背中を叩いた。

「氷室教授なら絶対信じてくれる、って言ったろ？」

こくこく、と翔君は驚いた顔のまま何度も頷《うなず》いた。教授は続ける。

「『聴耳譚』には動物の声を聞くための呪宝として道具が用意されることが多い。前述の耳に当てる草紙もそうだな。他には頭巾《ずきん》などモチーフは多岐に渡る。もしもお前を現代の『聴耳譚』の当事者とするのなら呪宝は……」

まるで事件を解き明かす探偵のように、教授は指を差す。

「それだな。首にかけたそのヘッドホンによって、お前は獣たちの言葉を理解する。違うか？」

翔君はまた驚いた顔で何度も頷いた。

「そうですっ。こうやってヘッドホンを耳につけると、犬も猫も鳴き声が人間の言葉と同じように聞こえるようになるんです！」

言いながらヘッドホンをつけてみせる。教授は楽しそうに口角を上げた。

「よし、では検証といこう。状況は理解した。次はお前が本当に動物の言葉を理解できるのかを調べる必要がある。方法は任せろ。なに、心配はいらん。結果はすぐに出る」

検証ってどうするつもりだろう、と理緒は眉《まゆ》を寄せる。

教授のこのノリノリな感じ、嫌な予感がした。注意して見ていると、教授が――指を鳴らそうとするのがわかった。あ、ダメだこれ。

「ストーップ！　ちょっと待って下さい、何する気ですか⁉」

身を乗り出して教授の腕を掴《つか》んだ。

「なんだ、理緒？　なぜ止める？」

「止めますよ⁉　だってその指を鳴らす仕草、呼ぶ気だったでしょう⁉」

コウモリたちを。

という言葉は翔君の前なのでかろうじて呑み込んだ。

確かに使い魔のコウモリたちを呼べば話は早い。きゅーきゅー鳴いてる声がどんな意味なのか、翔君が理解できればそれは立派な『聴耳譚』の証明になる。

でもいきなりコウモリを呼ぶ大学教授とか、小学生になんて説明する気なのだろう。しかもここは大通りに面したテラス席。人通りもかなりある。

「お前はまた無意味な心配をしているのか。安心しろ、大丈夫だ」

「何がどう大丈夫なのか言わ……なくていいですやっぱり！　どうせきっと安心できませんから！」

「下等な人間の数十人や数百人程度、私が本気になればどうにでもできる」

「ほらやっぱり安心できないーっ！」

そうして教授と押し問答をしていると、ふいに大通りの方から声が聞こえた。

テラス席の柵《さく》の向こうに長いポニーテールが見える。

「えーと、なにこれ？　どういう状況なの？」

教授の腕を摑んだり、振りほどかれたり、もう一度摑んだりしながら見ると、沙雪さんだった。今着いたのか、大通りから柵越しにこっちを見ている。

リュカが新しい椅子をこっちのテーブルに引きずりながら話しかける。

「おー、遅《おせ》えよ。やっときたかよ。見たまんま、いつも通りに理緒が苦労をしょい込んでいつも通りなんて言わないで下さい。本当やめて下さい。と言いたいのだけど、教授が無表情で隙あらば指を鳴らそうとするのを止めるので精いっぱいだった。

「あー、なるほど、いつも通りじゃありません。いつものね」

るとこだ」


沙雪さんはそんな教授に挨拶《あいさつ》し、テラスの階段を上がってきて、リュカの用意した椅子に座った。四人掛けのテーブルなのでお誕生日席にいる感じだ。やや狭いので本来はきっとここに翔君を座らせるつもりだったのだろう。

沙雪さんから見て右側に理緒がいて、その奥に氷室教授。左側に翔君がいて、その奥にリュカがいる形になった。時間に多少遅れたせいか、いざ座ると沙雪さんは少し気まずそうだった。リュカが頰杖《ほおづえ》をついて唇を尖《とが》らせる。

「遅れるなら連絡くらいしろよなー。理緒がメッセージ入れてたろ?」

「わ、悪かったわよ。でもこっちにも事情があるの、事情が」

その時、大通りの街路樹の枝に野鳥が一匹飛んできた。スズメやカラスとは違うけど、散歩をしているとよく見るような種類の野鳥だ。それがピーピーと高い声で鳴く。

すると翔君が「あ」と声を上げた。

「僕、ヘッドホンの証明できるかも」

ほう、と教授が注目する。翔君は野鳥の方を向いて、耳をそばだてるようにヘッドホンに手を添えた。野鳥の鳴き声は今も響き続けている。

「……うん……うん……そっか。……あのね、このお姉ちゃん、だいぶ以前《まえ》から店のそばにいたって。迷ってるとかじゃなくて、いくかどうか迷ってるみたいにずっとうろうろしてたらしいよ」

「え……っ!?」

沙雪さんが翔君の方を見て目を丸くする。一方、ジト目になるリュカ。

「はあ? なんだよ、お前きてたのかよ?」

「そ、そうだけど……っ。え、なにこの子!? なんで知ってるの!?」

野鳥がピーピーとさらに鳴き、翔君は言う。

「あとなんかブツブツ独り言を言ってたって。えーと具体的には……『やっぱりいくなんて言わなきゃよかった。あいつが昼間変なこと言うからよ。もうやだ、なんでわたし、あんなばか犬のこと好――』ってうわぁ!?」

すごい速さで席を立ち、沙雪さんが翔君の口を塞《ふさ》いだ。

勢い余ってテーブルが揺れ、奥側にあったリュカのグラスが倒れる。「ちょ!? 何やってんだよ、マジで!」と騒ぐリュカ。おそらくグラスが倒れた音で翔君の言葉の最後の方は聞こえなかったはずだ。

だが理緒には聞こえてしまった。

とても意味深なセリフだった。色々勘繰ってしまいたくなるような言葉だった。え、もしかして。そんなまさか。ひょっとして沙雪さんってリュカのことを……？

「理緒君」

絶対零度な声にビクッと背筋が震えた。怯《おび》える小学生の口を塞いだ沙雪さんが凄《すさ》まじい形相で睨《にら》んでいる。雪女の名に恥じない極寒の眼差《まなざ》しだった。

「君は何も聞いてない。この件について何も口にしない。……いいわね？」

「な、何も聞いてません。何も口にしません。人間の誇りにかけて誓います……っ」

ぶんぶんと何度も頷いた。世の中には聞かなかったことにした方がいいこともある。知らぬが仏というのはきっとこういうことを言うだろう。

「それで一体、この子はなんなのよ？」

ようやく解放され、「怖い、このお姉ちゃん怖い……」と震える翔君をなだめつつ、理緒は答える。

「リュカの知り合いで、このお店の店長さんのお子さんです。翔君っていって、動物の言葉がわかるらしくて、氷室教授が検証しようって話になってたところです」

「検証は済んだ。その幼子が動物の声を理解できることについて疑う余地はもはやない」

そう言ったのは氷室教授。濡《ぬ》れたテーブルを忙しく拭《ふ》いているリュカを手伝うことなどもちろんなく、こちらに視線を向けている。

「お前のおかげで検証の手間が省けた。よくやったぞ、沙雪」

どうやら教授はこっちの会話をちゃんと聞いていたらしい。沙雪さんは両手で顔を隠し、絞り出すような感じでお礼を言った。

「……っ。あ、ありがとうございます……」

聞かれていたショックと教授に褒められた嬉《うれ》しさが半分半分という雰囲気だ。

「さて、そのヘッドホンが聴耳の呪宝と同じ効果を持つとわかれば、話は次の段階へ進むこととなる。呪宝は突然降って湧いてくる類《たぐい》の物ではない。どこかで手に入れるか、力を帯びるか、何かしらのきっかけが不可欠になる」

教授はトントンとテーブルを叩《たた》き、視線を翔君へ。

「となれば幼子よ、お前はそのヘッドホンをどういう経緯で手に入れた？」

さっきの教授の話によれば、年老いた男は狐を助けたことで聴耳草紙を受け取った。翔君のヘッドホンが『動物の言葉がわかる』という力を持っているなら、それに類するような出会いが何かしらあったのかもしれない。

興味深く思い、理緒もその答えに注目する。

すると少年はヘッドホンを外しながらあっけらかんと答えた。

「なんかきれいな顔した兄ちゃんからもらったんです」

理緒は目を瞬《しばた》いた。

きれいな顔した兄ちゃん。

これはつまり……人と同じ姿のあやかし、もしくは幻妖《げんよう》ということだろうか。

たとえばウールは羊の姿をしているけれど、氷室教授やリュカや沙雪さんは人間とほぼ姿が変わらない。理緒はやや身を乗り出して尋ねてみる。

「翔君、その……お兄さん？　は具体的にどういう感じの人でしたか？　特徴とかがあれば知りたいんですが」

「変な格好してた。羽根の付いた帽子を被《かぶ》ってて、外套《マント》みたいのつけてて、なんかギンユーシジンなんだって」

最後の言葉の意味が一瞬わからなかった。

だが氷室教授は意味を掴み取れたらしく、テーブルの奥からつぶやきが届く。

「――吟遊詩人、だと？」

ゾワッ、と背筋が反応した。リュカ、沙雪さん、理緒の三人は条件反射で震え上がる。

教授の声のトーンが機嫌の悪い時のものになっていたからだ。たとえばゼミでこれといったあやかしの噂《うわさ》が集まらない時、学生が不注意で講義を止めてしまった時、教授が言外に発するプレッシャーは凄まじい。

唯一、空気に気づいていない小学生の翔君だけが「そうそう、吟遊詩人」と軽い調子で頷《うなず》いた。

「放課後に公園で遊んでたら突然、あの兄ちゃんが現れたんだ。それで『プレゼントをあげるね』って言われて、ヘッドホンを特別にしてくれたんだ」

その日、翔君は友達と公園で携帯ゲームをしていたそうだ。しかし友達がひとり、ふたりと家路につき、とうとう翔君だけになった。両親は居酒屋を経営しているからこれからがまさに忙しい時間で、家に帰っても誰もいない。お店にいけばリュカ兄ちゃんが相手をしてくれるけど、そんなにしょっちゅう行ったら迷惑になるのも知ってる。

だから翔君はひとりでゲームを続けていた。誕生日に両親から買ってもらったヘッドホンをつけて。

するとふいに風が吹き、いくつもの花びらが舞った。

響いてきたのはハープの音色。思わず閉じていた目を開けると、そこに――吟遊詩人が立っていた。

羽根の付いた大きな帽子、宝石のような飾りが輝く外套、手には月を模したハープ。まるでゲームの世界から飛び出してきたような姿だった。

顔もびっくりするほどきれいで、翔君に恭しく一礼し、彼は親しげに話しかけてきた。

いくつか言葉を交わし、最後に吟遊詩人はこう言った。

『じゃあ、君にプレゼントをあげるね』

ハープが奏でられると、ヘッドホンが一瞬淡く輝いた。

それからだ。ヘッドホンをつけると動物の言葉がわかるようになったのは。

「気づいたら吟遊詩人の兄ちゃんはいなくなってた。悪い人には見えなかったけど、でもちょっと怪しい感じもしたし、この力を使って有名になっていいのか、心配で……」

氷室教授が語った『聴耳草紙』では狐《きつね》を助けたことで年老いた男は呪宝《じゅほう》をもらった。しかし翔君の話を聞く限り、彼は吟遊詩人を助けたわけではないし、ヘッドホンも自分自身のものだ。翔君がどこかのあやかしを助けて恩返しをされたのかと予想したけど、どうやらそうではないらしい。

理緒は助言を求めるように氷室教授の方を見る。

しかし視線は合わなかった。教授は押し黙り、トントントンッとテーブルをすごい速さで叩いている。考え事をしていたり、機嫌が悪かったりした時に教授はよくこの仕草をするけれど、こんなにテンポが速いのは初めて見た。

「……どういうつもりだ。ここは私が管理する街だぞ。挨拶もなく他のヴァンパイアの領土に足を踏み入れるとは、手袋を叩きつけることに等しい行為だ。決闘でもするつもりか」

苛立《いらだ》たしげに独り言をつぶやいている。こっちのことなんてまるで目に入っていない様子だった。氷室ゼミの学生たちはこそこそと視線で会議をする。

「(理緒、なんか教授がやべぇ感じだぞ。話しかけてみろよ)」

「(え、僕ですか？　普通に嫌ですよ！)」

「(こういう時のための助手でしょ？　理緒君、ファイト)」

「(あぁもう、何かあったらフォローして下さいね……)」

先輩たちに押し付けられ、理緒は恐る恐る顔色を窺《うかが》う。

「あの、氷室教授……？」

「ヘッドホンをここに」

トンッと指先がテーブルを打つ。理緒はビクッとしつつ、尋ね返した。

「え、ヘッドホン？　どうしてですか？」

「あやかしの呪宝ならば話は別だが、そのヘッドホンが何者かの術によって『動物の言葉を理解できるようにしたもの』であれば、術の残滓《ざんし》があるはずだ。それを調べる」

「じゅ、術？」

「お前も見たことがあるだろう？　図書館の『幻の本棚』を隠していた力、あれも私が仕掛けていた術だ」

「あぁ……」

霧峰大学には『幻の本棚』という噂がある。図書館の四階の、四本目の通路の、四番目の区画。そこには人間の世界には流通しない、恐ろしい本がいくつも収まっている本棚がある——という噂なのだが、この『幻の本棚』は実在し、実際に理緒は見たことがある。

後々になって教えられたことだが、そもそも『幻の本棚』は氷室教授が設置したものだった。教授は研究の過程で様々な『人ならざるモノ』の本を入手する。しかしなかには教授のヴァンパイアの血に過剰反応してしまうものもあり、そうした危険な本は研究室に置いておくことができないので、大学図書館に秘密裏に保管しているのだそうだ。

もちろん普通の学生が見つけてしまうと困るので、人間には知覚できないようにしている。その手段が教授の術らしい。

「幻妖やあやかしは超常的な力を持っている。沙雪が出す氷などがいい例だな。それをさらに洗練させ、高度に最適化したり、他者へ付与できるようにしたものを術という。私が『幻の本棚』に仕掛けたのも、ヴァンパイアの霧の力を発展させたものだ」

翔君の前なのにもはや氷とかヴァンパイアとか普通に言ってしまっている。理緒は慌てたが、当の翔君はよくわからないという顔をしていた。

教授は指先でテーブルを叩き、もう一度繰り返す。

「ヘッドホンをここに」

翔君は戸惑い気味に隣のリュカへ視線を向ける。しかし『これは逆らわん方がいい』という頷きを受けて、おずおずとヘッドホンを差し出した。

手を伸ばし、教授の指先が無造作に触れる。術の残滓を調べると言っていたけれど、何か道具を使う様子はない。ただヘッドホンに触れ、そして——顔をしかめた。

「やはりか」

そうつぶやいた直後、教授がパチンッと指を鳴らした。ヘッドホンを触っていたのとは逆の手。理緒からは完全に死角になっていて、防ぐことができなかった。

しまった、と思った次の瞬間、教授の影から無数のコウモリが飛び出した。

「なぁ……っ!?」

理緒の驚愕《きょうがく》の声は羽音にかき消されてしまう。街中のコウモリを呼ぶどころか、まさかの影から大量召喚だった。しかもここは大通りに面したテラス席。道行く人たちが突如現れたコウモリの群に驚いて悲鳴を上げる。

「し、信じられない……っ。なんてことするんですか、教授!?」

「騒ぐな。事態は急を要する。必要な措置だ」

「必要な措置って……街中がパニック映画みたいになってますよ!?　と、とにかくコウモリたちをどこかにやって下さい！」

「問題ない。そのつもりだ」

「はい？」

「街中をくまなく探索させる。現状ではコウモリたちの数が足りないからな。情報収集の手数を増やしたまでだ」

ワケがわからない。教授は普段からコウモリたちを街中に放ち、あやかしの情報を収集させている。その人員を増やすということらしいが、なぜ突然そんなことをし始めるのか、意味不明すぎる。

見れば氷室ゼミの先輩たちも啞然《あぜん》としていた。リュカは大口を開けて固まり、沙雪さんも目を真ん丸にしている。一般人の翔君に至っては可哀想に……気絶寸前の表情だった。

空に大量のコウモリたちが飛ぶなか、氷室教授がヘッドホンを手に取る。

「幼子――保科翔と言ったな？　これは私が預かる」

「……えっ⁉」

茫然《ぼうぜん》自失の状態から一転、翔君はテーブルに身を乗り出した。

空のコウモリに怯《おび》えながらも口を開く。

「あ、預かるってどういうこと……ですか⁉　そ、それ……大事なものだから！」

「このヘッドホンはお前にとって害悪にしかならん。ゆえに私が預かり、管理する。聴耳の力のことは忘れろ。人間の幼子には過ぎた力だ」

「そんな……っ」

教授は席から立ち上がり、「払っておけ」と理緒へ財布を渡すと、そのまま出ていこうとする。もちろん翔君のヘッドホンは持ったままだ。空のコウモリたちもそれぞれに行き先を定めたのか、他の場所へと飛んでいき、徐々に数が減り始めていた。

「ちょっと待って下さいよ、教授……っ」

いくらなんでも説明不足だ。理緒も席を立ち、スーツの背中を追おうとする。その横を小さな体が追い越した。翔君だ。

「返してよ！　それは僕のだ。このヘッドホンで僕は……お父さんとお母さんの手伝いをするんだから！」

腕にしがみつくようにしてヘッドホンが取り返された。その勢いのまま、翔君は大通りへと駆け出していく。

「誰にも渡さない！　ぜったい渡すもんか……っ」

「おい、翔！　ちょっと待てって！」

リュカもその背中を追って駆け出した。教授が顔をしかめてつぶやく。

「なんと愚かな……」

「何が愚かなですかっ。今のは教授が悪いです！　なんでそういつも言葉が足りないんですか。すみません沙雪さん、お会計お願いします！」

「あ、うん……っ」

沙雪さんにお財布を預け、理緒もリュカと一緒に走りだす。いきなり強硬的になった教授のことも気になるけど、今は翔君の方が心配だ。

もう日は暮れていて、コウモリたちのせいで付近はざわついている。空にスマホを構えたり、建物のなかへ避難しようとしたりしている人たちの間を縫って、二人は走った。翔君の小さな背中は人混みにまぎれてすぐに見えなくなってしまった。でも方向は合っているはずだ。それに隣のリュカの走りに迷いがない。

「人狼《じんろう》は鼻が利くからな！　翔の匂いはちゃんと追えてる。大丈夫だ！」

「よ、良かったです。すみません、氷室教授が……っ」

「なんで理緒が謝んだよ」

走りながらリュカが苦笑する。確かに、と思ったけど、前言撤回もできない。氷室教授がまわりに迷惑を掛けそうな時は自分が止めなきゃと思ってしまう。

「俺もちっと油断しちまってた。翔が淋《さみ》しい思いしてんのはわかってたのに……」

街の灯《あ》かりが視界の端を流れていくなか、リュカは悔しそうに顔をしかめた。

「店長も奥さんも忙しいからさ、なかなか翔に構ってやれないんだよ。翔も翔で聞き分けの良い《い》真面目な奴だからぜんぜんワガママ言わねえの。俺だったらでんぐり返って泣きわめいてるぜ。もっと俺のこと見てくれよー、ってさ」

だからリュカは度々、翔君のことを店に呼ぶようにしているらしい。店長さんや奥さんはやっぱりなかなか時間を割くことはできないけれど、バイトのリュカならちょくちょく合間を縫って翔君の相手ができるし、何より両親のそばにいさせてやれる。

動物の言葉がわかるようになった、と言われた時にはさすがに驚いたらしいけど、それでも人狼の勘で『こりゃ本物っぽい』とは直感したそうだ。

「ただ、この力で有名になりたいとか言い出したのは意外だったよ。けど理由を聞いて合点がいった。理緒、あいつなんて言ったと思う？」

「なんですか？」

「さっき教授に叫んでたけど、すげえシンプルな理由だったんだ」

困った顔でリュカは言う。

「自分が有名になったら、店の宣伝って形でお父さんとお母さんの手伝いができるから、だってさ。そしたらもっと一緒にいられるよね、ってきらきらした目で言ってたよ」

リュカにその話をしている時の翔君を想像して、胸が締め付けられる思いがした。

せっかく『動物の言葉がわかる』なんて力を手に入れたのに、願うのが両親の役に立ちたいから、そうしたらもっと一緒にいられるから、だなんて。

翔君はまだ小学生だ。もっと自分本位に、無邪気な願いを持ってもいいのに。

「できれば翔の好きにやらせてやりたいんだ。もちろん『人ならざるモノ』絡みの力なんて表沙汰《おもてざた》にはできねえし、きっと氷室教授には止められるだろうとは思ってたけど、それも含めて翔が納得できるところまではやらせてやりたい……と思ってたんだけどな」

リュカは苦々しい顔で眉《まゆ》を寄せる。

「氷室教授があんな強硬に出るってことは結構ヤバいものっぽいよな」

「かもしれませんね……」

改めて思い返してみると、教授は翔君が言っていた吟遊詩人のことを知っているような口ぶりだった。その上でいきなりコウモリたちを街に放ったり、ヘッドホンを取り上げようとしたのだとしたら……確かに危険なものなのかもしれない。

「とにかく今は翔君に追いつくのが先決です。急ぎましょう！」

「だな！　もうすぐだ。そこの角を曲がれば……っ」

大通りから外れて路地裏に入った。テナントのゴミ箱の横を駆け、L字になった曲がり角を右折。その直後、

「――っ!?」

理緒は息をのんだ。隣のリュカも驚いて立ち止まる。

目の前、路地の奥に謎の発光現象が起きていた。

大きな光の輪。色は鮮やかな桜色で、直径は一メートル半というところ。そんな光の輪が路地の行き止まりに出現し、ゆっくりと弧を描いていた。輪から漏れ出た光は花びらのような形状になり、周囲の空間を満たしている。気を抜けば見惚《みと》れてしまいそうなほど、幻想的な光景だった。

だけど呆《ほう》けてはいられない。まるで囚《とら》われるように翔君が輪の中心でしゃがみ込んでいたからだ。両親から誕生日に買ってもらったヘッドホンを抱え、震えている。

「翔っ！ なんだこの光!? どうしちまったんだよ……!?」

「リュカ兄ちゃん……」

翔君が顔を上げる。その目には大粒の涙が浮かんでいた。

「わかんない……。いきなりまわりが光りだして、動けなくなっちゃった……っ」

「待ってろ！ 今助けてやるッ！」

「あっ、リュカ……っ」

銀髪を振り乱し、リュカが突っ込んでいく。しかし光の輪に触れる寸前で「……っ」と両目が見開かれた。何かに阻まれたようにリュカの動きが止まる。

「なんだこれ!? 進めねえ！ 透明な泥のなかにいるみてえに何も出来ない……っ」

理緒はとっさにリュカの腕を摑《つか》んで引っ張った。わずかな反動があったが、すぐにこちらへ倒れてくる。

まさしく泥のなかに埋まっているのを引っ張り出したような感覚だった。

「これは一体……っ！」

受け止めたリュカの体を支え、理緒は慎重に手を伸ばす。でも指先からどんどん何かに埋まっていくような感覚があり、すぐに進めなくなった。

「まったく近寄れません……っ」

「ちくしょう、どうなってんだ……!?」

花びらのような光が憎らしいぐらい美しく舞っていた。

そのなかで泣きそうな声がぽつりとこぼれる。

「やっぱり……罰が当たったのかな」

翔君は背中を丸めて俯《うつむ》いた。

「せっかくもらった力を僕のワガママに使おうとしたから……。だからきっと罰が当たったんだ……」

「――っ！　ワガママなもんかよ！」

再びリュカが光の輪に向かっていく。

「子供が親のそばにいたいって思うことがワガママなわけねえだろ!?　それで罰を当てるような奴がいるなら俺がぶっ飛ばしてやるよ！　待ってろ、翔！　ぜってえ助けてやるから……っ！」

「……いいよ、リュカ兄ちゃん」

「あん!?」

「僕、もう疲れた……」

翔君の表情から力が抜けていく。

「僕がお店にいくと、お父さんとお母さんの邪魔になるってわかってたんだ……。リュカ兄ちゃんは笑って構ってくれるけど、子供がお店にいるなんて他のお客さんの迷惑だもん……。でも僕、ちょっとでもお父さんとお母さんのそばにいたくて……」

「いいんだよ！　それでいいんだ！　お前は何も間違ってねぇよ!?」

「嫌なんだ。僕、もう嫌なんだよ。みんなに迷惑かけて、罰が当たるようなことまでして、こんなことなら……」

少年は天を振り仰ぐ。

「……もう独りぼっちでいい。誰もいなかったら、きっと淋しいなんて思わない……」

その瞬間、光の輪が輝きを放った。強い風が巻き起こり、リュカと理緒はたたらを踏む。花びらの光が一斉に舞い上がり、反射的に目を瞑《つぶ》ってしまった。

そして再び目を開けると、

「翔……？」

光の輪は跡形もなく消えていた。中心にいた翔君と共に。

まるで異変など何もなかったかのように路地裏は静けさを取り戻していた。

「そんな……」

呆然としながら理緒は翔君のいた場所に進む。もう透明な泥の感触もない。彼の座っていた場所に触れても、なんの痕跡《こんせき》もなかった。

混乱と焦燥感が胸を満たしていく。すると背後から声が響いた。

「――何があった？」

振り向くと、視界にブロンドが揺れ、見慣れたスーツ姿が立っていた。氷室教授だ。追いかけてきたのだろう。後ろには沙雪さんの姿もあった。

冷静になれ、ちゃんと報告しなくちゃいけない――と自分を律し、理緒は口を開く。

「翔君が……消えました」

「消えた？」

「桜色の……輪っかみたいなものがあって、その光のなかに翔君がいて、目の前で消えてしまったんです。リュカと僕で助けようとしたんですけど、輪っかに触ることもできなくて……」

「輪……リング……英国由来の力か？　しかしあの男にはそんな力はなかったはずだが。……いや私が各国を巡って調査道具を集めているように、奴も似たようなことをしているとすれば不可能ではないか。英国由来のものならなおのことだ」

あご先に指を当て、独り言のように教授はつぶやく。

するとすごい勢いでリュカが食ってかかった。

「どういうことなんだよ、氷室教授!?　なんかわかってんなら教えてくれよ!?　翔が目の前で消えたんだ！　こんなのありかよ……っ」

「落ち着け、リュカ」

「落ち着けるわけねえだろ!?　翔に何かあったらどうするんだよ!?　もう戻ってこないな

んてことねえよな!? あいつ、俺の目の前で消えちまったんだよ。まるで……まるで秋本《あきもと》ちゃんの時みたいに……っ」

その一言で沙雪さんの肩が小さく震えたことに理緒は気づいた。

リュカが言っているのは秋本美香《みか》さんという学生のことだ。彼女は『幻の本棚』の事件の時に関わった人で、リュカの——初恋の人だった。

事の顚末《てんまつ》はゼミで発表をしたから沙雪さんも知っている。

最初、秋本さんは普通の学生としてリュカと知り合った。そしてある時、『幻の本棚』に収められていた『呪《のろ》いの書《しょ》』を読んでしまい、氷室教授に相談することになった。

理緒から見てもリュカと秋本さんはとても良い関係に思えたが、穏やかな日々は長くは続かなかった。『呪いの書』の正体は鬼籍《きせき》という『死者の想念』を集める本で、秋本さんはその想念によって形作られた、幽霊のような存在だったのだ。

秋本さんは意識を失って倒れ、医務室で横になっている最中、リュカの目の前で消えてしまった。その後、ほんの短い間だけ再会できたのだけれど、結局、彼女は帰らぬ人となった。

翔君が目の前で消えてしまい、リュカがあの時のことを思い出してしまうのは当然だった。親しい人が目の前で消えてしまうことはリュカにとってトラウマに近いことなのかもしれない。

「リュカ、秋本美香の件と今回の保科翔の件はまったくの別物だ。お前の視界から消えたからといって、結末が同じになる道理はない」

「でもよ……！」

「人が消える――神隠しという現象は古くから世界中で数限りなく起きている。何も知らない人間からすれば、秋本美香と保科翔、どちらも同じ神隠しに遭ったものに見えるだろう。しかし正しく状況を認識し、事態を紐解《ひもと》ける者はそうは思わない。秋本美香はそもそもが『死者の想念』に形作られた存在だった。一方で保科翔はまぎれもない生者だ。すぐに助けだせば、なんら問題はない」

「だから助けだそうにも消えちまってどこにいるんだか……っ」

「居場所ならわかっている」

え、とその場の全員が言葉を失った。氷室教授は不愉快そうにブロンドをかき上げる。

「正確に言うならば保科翔をこの件に巻き込んだ犯人の居場所だがな。おそらくは――霧峰大学の研究室か、私のマンション。そのどちらかで待ち構えているはずだ」

大通りでタクシーを捕まえ、二十分ほど移動した。到着したのは見慣れた、霧峰大学。おそらくはマンションとの二択でこちらの方が近いと氷室教授は判断したのだろう。

教授を先頭にして、理緒、リュカ、沙雪さんの順番で正門前の並木道をいく。その枝には無数のコウモリたちがいて、一匹がパタパタと飛んできたかと思うと、スーツの肩に止まった。きゅーきゅーと鳴き声を上げ、教授に何事かを報告している。

「やはりか。睨《にら》んだ通りだな」

ここまでの道中はタクシーだったから詳しい話を聞くことができなかった。しかしさすがに我慢できなくなって、理緒は口を開く。

「教えて下さい、教授。本当に翔君はこの先にいるんですか？　それに犯人が研究室か教授のマンションにいるって、一体どういうことなんです？」

「面白くもない話だ」

教授は不機嫌そうに嘆息する。

「まずはコウモリたちの報告についてだ。あのテラス席から街中にコウモリたちを放ち、情報を集め、その結果、判明したことがある」

「判明したこと……ッスか？」

ここまでの道のりでいくらか冷静になり、リュカの敬語も戻っていた。

ああ、と頷《うなず》き、教授は言う。

「現在、この霧峰の街には保科翔同様に動物の言葉を理解できる子供が多数存在している。このわずかな時間で数十人は確認できた」

「数十人⁉」

思わず声を上げてしまった。後ろのリュカと沙雪さんも驚いて言葉を失っている。

「調べ方は単純だ。コウモリたちに命じ、保科翔の物と類似したヘッドホンやイヤホン、あるいはピアスやイヤリングなど、耳に関連した道具を身に着けている子供に直接話しかけさせた。その結果、数十人の子供たちがコウモリと正確に意思疎通を果たしている」

「ちょ、ちょっとにわかには信じられませんが……」

ハーフヴァンパイアの理緒は教授のコウモリたちとなんとなく意思疎通ができる。しかしあくまで感覚的に通じるだけで、言葉としてきちんと理解できるわけではない。

だから翔君が野鳥の言葉を聞き取ったのはすごいことだと思う。だというのに同じことをできる子供がさらに数十人いるなんて、明らかに異常な事態だ。

「翔君の言っていた吟遊詩人が他の子供たちにも力を与えたってことですか？」

「正確には術を施した、というところだ」

「でも一体なんのために……」

教授は手を振り、肩のコウモリを空へと帰した。

「理緒、以前に私が行った柳田國男の講義内容を覚えているか？」

「え、柳田國男ですか？」

脈絡がなくて驚いたけど、まさか覚えてないなんて口が裂けても言えるわけがない。頭のなかをひっくり返して思い出す。九十分の講義のなかには色んな話があった。たとえばそのなかでとくに印象的だったのは……。

「ひ、飛騨《ひだ》地方の『味噌買橋《みそかいばし》』とイギリスの『スワファムの行商人』に関してのこととかが……印象に残ってます、はい」

「いいだろう」

お許しがいただけた。

ほっとしたのも束《つか》の間、当たり前のような顔で無茶ぶりがきた。

「ではリュカと沙雪にもわかるように、その二つの逸話について説明してやれ」

「えっ」

プレッシャーが伸《の》し掛かってきた。前期試験も近いからちゃんと復習はしている。でもそれはあくまで試験対策であって、誰かに口頭で話すためのものじゃない。上手《うま》く説明できる自信なんてまったくなかった。

しかし振り向くとリュカが真剣な目でこっちを見ていた。沙雪さんも『頑張って』と視線で応援してくれている。これは逃げられない。

「ええと……民俗学では各地の昔話を『無形の民俗資料』として採集します。要は研究者が土地の人々から昔話の聞き取り調査をするんです。すると不思議なことに遠く離れた土地同士で、似たような昔話が存在することがあります」

たとえばそれは日本の『踊る骸骨《がいこつ》』とインドの『笛を吹く骨』のように。

この両者の場合、人は死ねば骨になるので、どこの土地でも『骨となって自身の悲劇を伝えたいと願うような人間』は出てくる、ということで類似性の説明はできる。

だがなかにはそんな大枠的なレベルではなく、細部まで似通った昔話がある。

それが日本の『味噌買橋』とイギリスの『スワファムの行商人』だ。

まず『味噌買橋』。

これは飛騨地方に伝わる話で、長吉《ちょうきち》という正直者の炭焼きがいた。

ある夜、長吉の夢に仙人のような老人が現れ、高山《たかやま》の味噌買橋にゆけと告げる。信心深い長吉はさっそく橋に向かうが何も起きない。五日目にとうとう帰ろうとすると、ずっと長吉を見ていた豆腐屋の主人が声をかけてきて、『そんな夢が当てになるはずがない。自分も最近夢をみた。なんでも沢上《そうれ》村の長吉という男の家に杉の木があり、その根元に宝物が埋まっているという。でも自分は沢上村なんてどこにあるか知らないし、夢を信じる気にはなれない』と言った。長吉はこれこそお告げだと思い、自分の住む沢上村に帰り、杉の根元を掘ってみた。すると金や銀の宝物がざくざく出てきて、長吉は末永く幸せに暮らしたという。

次に『スワファムの行商人』。

イギリスはノーフォーク州のスワファム区に行商人の男がいた。男はロンドン橋にいけば大金持ちになれるという夢をみる。

男はさっそく橋に向かったが何も起きず、三日目に商人に話しかけられる。夢のお告げのことを話すと、商人は『夢なんてものは当てにならない。自分もスワファムの行商人の果樹園に宝物が埋まっている夢をみたが、そんなものは信じていない』と言う。

男が果樹園を掘ると、なんと本当に宝が出てきた。夢を信じた男はこうして大金持ちになり、教会を建てたという。

日本とイギリスという遠く離れた土地にも拘《かかわ》らず、この二つの話はストーリーやモチーフがあまりに似通っている。夢のお告げ、橋という舞台、時間が経った頃に現れる第三者、新たな夢を教えられ、それを信じた主人公が宝を得るという結末。

骸骨話のような大枠的なことでは説明できない類似性だ。

「……こういう不可思議に似ている昔話群は他にも数多くあります。そしてそこに着目したのが柳田國男でした。彼は著書の『昔話覚書《むかしばなしおぼえがき》』のなかでこの不思議な類似性について言及しています」

とは言うものの、氷室教授の講義では具体的にどう触れているかまでは教わっていなかった。理緒が言葉に詰まると、幸いにも教授が後を引き継いでくれた。

「柳田國男は『昔話覚書』のなかでこう言っている。――百何十年前にグリム兄弟がドイツの田舎で集めた話のなかに、日本で我々の先祖たちが語っていたものと同質のものがある。この理由は今日ではまだはっきりと説明できない。これは何か我々の知らない原因があるのだと考えなければならぬのかもしれない。それほどの大変な奇跡である——とな」

教授曰《いわ》く、『グリム童話』のなかには日本の昔話と類似するものが五十以上もあるらしい。理緒からすればグリム兄弟も柳田國男も遠い歴史上の人々だ。それらがこうして一つに繋《つな》がるというのはとても興味深いことに思えた。

そして『味噌買橋』と『スワファムの行商人』のような類似性はやっぱりどう考えても不思議だった。同じことを思ったのか、後ろの沙雪さんが口を開く。

「昔話って文字通り、大昔から伝わってきたお話よね。なのにどうして日本と英国でここまで同じ話があるのかしら」

「えっと……たとえば原始時代には何万年もかけて人類が大陸間を移動したって言いますし、何かしら原形となるお話があって、日本の祖先とイギリスの祖先が語り継いでたとかでしょうか」

「いや原始時代に橋とかねえだろ。出てきた宝ってでっかい石のお金とかなのか？」

リュカに突っ込まれ、理緒は「いやたとえです、たとえ」と言い返す。学生たちは答えを求めてスーツの背中に視線を集める。すると教授は肩越しに振り返った。

「先ほどの神隠しと同じだ。人間には未知のものであっても『人ならざるモノ』の道理でならば測れることがある。答えは——伝承を導く者の存在だ」

「伝承を……導く、ですか？」

すでに並木道は抜け、理緒たちは大学の敷地内に入っていた。教員棟に入り、エレベーターに乗り込む。

ガラスの壁の向こうには霧峰の街の灯《あ》かりが見えた。空には薄く雲が掛かり、月が見つけられるかどうかというところ。教授の静かな声が響く。

「幻妖《げんよう》やあやかしの区別なく、強大な力を持った『人ならざるモノ』のなかには人間とは比べものにならぬほどの寿命を持った者がいる。力を持て余したひよっこなどは人間を支配しようなどと企《たくら》むものだが、悠久の時を経て、多くの知見を得れば、それがいかに無意味なことか次第にわかってくるものだ。端的に言えば、人間のような下等な存在を支配してもなんの意味もない」

エレベーターの中央で教授は大きく肩をすくめる。

まったくもってひどい言い草だった。人間代表として文句の一つも言いたいけれど、こういう時の教授は聞く耳を持っていない。

「よって力ある者たちは持て余した時間の使い道を探すようになる。暇つぶしがてらに道楽を追求するようになるわけだ。私自身、貴族の嗜《たしな》みを一通りやり尽くし、今はこうして学問の研究に身を置いている。これはお前たちも知っての通りだ」

氷室教授は道楽半分の趣味で真祖のルーツを探っていて、その過程であやかし研究をしている――という話は理緒だけでなく、氷室ゼミのリュカや沙雪さんも知っている。

「そしてなかには風変わりな道楽を始める者もいる。たとえば、人間たちの間に伝承を広め歩く、といった具合にな」

「あ……」

それが伝承を導く者。

「私もひとり、そうした道楽を行っている幻妖を知っている。あの男は土地から土地へ人間たちの昔話や逸話を伝えていく。国境を越え、海を越えてな。時には気まぐれにまったく異なる国と国に同じ話を伝えることもある」

「じゃあ『味噌買橋』と『スワファムの行商人』の件は……」

「何百年か前にあの男が気まぐれに伝えたのだろう。この国が先か、英国が先かまでは私の知るところではないがな」

眩暈《めまい》がしそうなくらい途方もない話だった。

人間が遠い昔から語り継いでいる伝承を気まぐれに広め歩いている『人ならざるモノ』の存在。それこそおとぎ話のように思えてくる。しかも口ぶりからすると、氷室教授もそういうモノと同格の存在なのだ。

「柳田國男は昔話の類似性について、『何か我々の知らない原因があるのだと考えなければならぬのかもしれない』と語っていた。どうやらただの人の身で『人ならざるモノ』の存在に気づいていた節がある。まったく恐れ入る。さすがは『遠野物語』の著者といったところか」

教授が人間のことを褒めるなんて珍しい。

驚いているうちにエレベーターが九階に着いた。夜間で灯かりの少ない廊下を進んでいると、痺《しび》れを切らしたようにリュカが教授の前に出た。

「で、そいつが翔を神隠しにした犯人なんッスか!?　聞いた感じ、氷室教授は犯人と知り合いなんスよね……!?」

「非常に不本意だが、リュカ、お前の言う通りだ」

研究室の前にたどり着いた。見慣れた白い扉が何か不気味なものに感じられた。しかし教授は悠然と立つ。

「私もこの世の様々な土地を巡ってきた。歴史上、伝承を導く者は何名もいたようだが、ここ数百年では私の知っている限り、ひとりだけだ。さらには『吟遊詩人』を自称しているとなると、もはや疑いようがない」

一瞬、横顔にまた不愉快そうな色が交じった。

「多数の子供たちに『動物の言葉を理解する力』を与えたことから察するに、奴はこの霧峰の地に『聴耳譚』を広めようとしているのだろう。それを私が察知したことに気づき、保科翔を連れ去ったというわけだ。どういう意図かは知らんが、よもやこの私が人質程度で怯《ひる》むと思っているわけではないだろうに」

「え、人質程度って……なんか不穏なこと言ってますけど、ちゃんと翔君を助けてくれるんですよね？」

「誰に物を言っている？」

青い瞳《ひとみ》が射貫《いぬ》くようにこちらを見据えた。

「――高貴なる者の義務《ノブレス・オブリージュ》。子供が泣くなら私は助ける。その歩みを阻める者などこの世には存在しないということだ」

輝くようにブロンドが揺れ、教授は研究室の扉を押し開く。

理緒はほっとしながらリュカと顔を見合わせ、頷《うなず》き合った。『高貴なる者の義務』とは身分の高い者はそれに相応《ふさわ》しい行いをしなければならないという意味だ。教授は人間を見下すような自分本位な人……というかヴァンパイアだけど、だからこそ弱い者を見捨てたりはしない。

先頭に氷室教授、左右に理緒とリュカが並ぶ形で、ついに研究室の扉が開かれた。

直後、一番後ろの沙雪さんが「……っ」と息をのむ。もっともだ、と理緒は思った。自分も初見だったらもっと動揺していたと思う。

氷室教授の研究室にあの光の輪が出現していた。部屋の中央にあったテーブルは壁側に弾《はじ》き出され、北欧製の本棚や戸棚も倒れてしまい、中身が床に散乱している。

輪からこぼれた光は花びらの形になって、研究室のなかに満ちていた。なにもかも路地裏の時と一緒だ。たった一つ違うことがあるとすれば、翔君がいないこと。

「翔は⁉　氷室教授、翔はどこなんスか……⁉」

光の輪自体は路地裏と同じだが、その真ん中にいたはずの翔君の姿はない。

リュカの問いには答えず、教授は悠然と光の輪に近づいていく。

「焦るな。物事には順序がある。奴は……ふむ、どうやらここにはいないようだな」

翔君の言っていた吟遊詩人らしき人物の姿はない。研究室には光の輪があるだけだ。

「やはり英国由来の力。これは──『妖精の輪』だな」

「妖精の輪？　ってなんですか？」

「悠長に話している暇はない。保科翔が妖精に魅入られては面倒だ。手早く助けるぞ」

いいか、と教授は輪を指差す。

「あれは妖精郷、いわゆる別世界への入口だ。『遠野物語』のマヨイガ同様、招かれぬ者は近づくことすらできん」

「だったらどうすりゃいいんスか⁉」

「簡単な話だ」

口角を上げ、教授は言い切った。

「私がこじ開ける」

ブロンドを優雅にかき上げたかと思うと、ジャケットが颯爽《さっそう》と脱ぎ捨てられた。ネクタイの結び目を緩め、青い瞳がこちらを見る。

「いい機会だ。理緒、よく見ていろ。——これが本物のヴァンパイアの力だ」

次の瞬間、凄《すさ》まじい風が吹き荒れた。鳴り響くのは無数の羽音。コウモリたちが影から現れ、光の花びらを食い破るように舞い上がる。風に煽《あお》られて教授のジャケットとネクタイが飛んできた。反射的に摑《つか》み、直後に理緒は「え……!?」と目を見開く。

一瞬、教授が中世の伯爵のような黒衣をまとっているように見えたからだ。

「見えたようだな？　私の真の姿が」

こちらに微笑を向ける教授は黒衣ではなく、襟元を大きく開《はだ》けたワイシャツ姿だった。でもただの見間違いじゃないことは口ぶりから伝わってくる。

青い瞳が真紅に染まっていた。

理緒がヴァンパイアの力を使う時も同様に瞳が赤くなる。だけど教授がそうなっているのは初めて見た。

革靴がゆったりと一歩を踏み出す。すると散乱していた書類や雑貨が道を空けるように吹き飛んでいく。花びらの光は見る間に消え失《う》せていき、代わりに黒いコウモリたちが圧倒的な存在感で辺りを支配していた。

まるでこの世のすべてが氷室教授を中心にまわっているような光景だ。

僕とはぜんぜん違う……っ。

理緒もヴァンパイアの力を使うと人間離れした膂力《りょりょく》を発揮できる。しかし教授には単純な力なんて超越した風格のようなものがあった。

大きく指を開き、教授は手のひらをかざして進んでいく。理緒とリュカが光の輪に近づいた時は透明の泥のようなものに遮られた。しかし教授は止まらない。空気が大きくうねり、透明な泥が弾き飛ばされていくのが伝わってきた。

「す、すっげぇ……っ」

リュカのつぶやきに理緒も思わず頷く。

教授の手のひらがついに光の輪に触れた。途端、ガラスの割れるような音が鳴り響き、光の輪が稲妻のごとく振動する。空間が陽炎《かげろう》のように揺らめいたかと思うと、光の輪のなかに人影が見えた。

「あれは……っ」

「保科翔だ」

理緒に応《こた》える形で教授が言う。

「妖精たちは時に人間を惑わし、自分たちの世界へと誘い込む……が、どうやら今回は無理やりさらったというわけではないらしいな。妖精たちからの反撃は感じない。扉はすでに私が開いた。それにも拘《かかわ》らず戻ってこないところを見ると、保科翔はこちらへの帰還を望んでいないようだ」

教授の言う通りかもしれない。脳裏に浮かぶのは消えてしまう直前の『もう独りぼっちでいい』という言葉。翔君は戻ってきたいとは思っていない。でもだったら……っ。

教授が肩越しに振り向く。

「選択肢は二つだ。一つは私がこのまま妖精の輪を破壊して強制的に保科翔を連れ戻す。もう一つは……」

試すような笑みが向けられた。

「扉が開いている今ならば、ハーフヴァンパイアと人狼《じんろう》の全力で届くかもしれんぞ？」

「僕もやります！」

「望むところッス！」

このまま力ずくで教授に助けだしてもらってはダメだ。翔君が戻ってくることを望んでいないのなら、出てきたいと思ってもらえるようにしなきゃ意味がない。

理緒は教授のジャケットとネクタイを沙雪さんに託し、『妖精の輪』を見据える。陽炎のように揺らめく翔君の人影。それを視界に収め、二人分の声が上がる。

「理緒！」

「リュカ！」

皆まで言わず、視線を交わし合って駆け出した。

研究室の窓の向こう、曇った空からはわずかに月が顔を覗《のぞ》かせている。その月を瞳に映し、リュカの銀髪が長く伸びていく。しなやかで神々しい獣のような力強さが体に満ちる。人狼の力を解放した姿だ。

その横で理緒もヴァンパイアの力を解き放った。瞳が真紅に輝き、肉体が人間の限界を超えていく。コウモリの一部が近づいてきて、称《たた》えるように周囲を舞った。

「いくぜ、相棒！」

「いきましょう、相棒！」

二人同時に床を蹴《け》った。悠然と手をかざしている氷室教授、その右側から理緒、左側からリュカがそれぞれに手を伸ばす。

光の輪は教授の手のひらによって激しく振動していて、近づくと天地のひっくり返るような吐き気が襲ってきた。この輪の先が別の世界なのだと伝わってくる。でも怯んでなんていられない。

「翔君……！」

手を伸ばして呼びかけると、人影がビクッと肩を跳ね上げて反応した。

聞こえてる。ちゃんと声が届いている。

「戻ってきて下さい！　独りぼっちでいいなんて言わないで。そんなのあまりに哀し過ぎます……っ」

「や、やだよ！」

翔君の声が轟《とどろ》くように反響した。途端、脳天を貫くような痛みが走った。

頭のなかに知らない記憶がフラッシュバックする。

揺れるランドセル。そこから取り出される家の鍵《かぎ》。ひどくがらんとした玄関には誰の靴もない。これは……翔君の記憶だ。

淋《さみ》しい。お父さんに会いたい。お母さんに会いたい。そんな気持ちが流れ込んでくる。

だけど翔君は決して我が儘《まま》を言わなかった。だからこそ想いが積み重なり、最後には思ってしまった。

独りぼっちは淋しい。大切な人に会えない時間は哀しい。だったら……本当に独りぼっちになってしまえば、もうみんなを困らせなくて済む。きっと全部を諦《あきら》められる、と。

「僕は帰らない……！　もうずっとここにいるんだ……っ！」

理緒は唇を噛《か》み締めた。

こんな小さな子がこんな思いを抱えていたなんてあんまりだ。絶対に見過ごせない。

「いけません！　そんなの駄目です！　このままそこにいたら、翔君はお父さんとお母さんに本当に会えなくなってしまいますよ!?」

「いいよ……っ。もういいんだ……っ」

「いいわけあるかぁッ！」

響いた怒声はリュカのもの。銀髪の人狼は必死に腕を伸ばし、影法師のような翔君の手首を摑む。

「お前がよくても俺たちがよくないんだよ！　もう会えないとか淋しすぎるだろうが!?　いいか、翔！　お前がいなくなったら俺はへこむぞ!?　マジ引くほどへこむぞ!?　バイトもサボるし、講義も出ねえし、一日中暗い部屋で引きこもってやるからな!?　これマジだから！　俺やったことあったから！　あのなぁ――」

真っ直ぐな眼差《まなざ》しで叫ぶ。

「大好きな人に会えなくなるってのはめちゃくちゃ哀しいんだよ！」

その瞬間、沙雪さんが手をきゅ……っと握り締めた。

ああ、と理緒も小さく吐息をこぼす。

今のはリュカの心からの言葉だ。

この人狼の少年は秋本美香さん――初恋の人にもう会えない。

なぜなら彼女は天に昇ってしまったから。

思い返してみると『幻の本棚』の事件の後、リュカは一週間ほど大学にこなかった。本人は氷室教授のレポートに掛かりきりだったと言っていたけれど、本当は暗い部屋で引きこもっていたんだろう。

だけど、リュカは帰ってきてくれた。

きっとそれは自分がいなくなってしまったら哀しむ人が大勢いると知っているから。すごい自信だと思う。でもそれはまぎれもない真実で、もしも親友のリュカがいなくなってしまったら理緒は間違いなく哀しみのどん底に突き落とされてしまう。

誰にだってそういう相手はいるのだ。

会えなくなったら哀しくて哀しくて堪《たま》らなくなってしまう人が。

ふと思い出したのは清一さんのこと。

——会いたい人がいるんだ。

そう教えてくれた時、清一さんは笑っていた。だけどそれはどこか憂いを帯びた横顔だった。会いたい人がいて、でももう会えない。そんなやりきれない思いを抱えた人がそばに二人もいる。もうこれ以上、同じ思いをする人を増やしたくない。

指の先の先にまで力を込め、理緒はさらに手を伸ばす。

「翔君、翔君に会えなくなったら哀しむ人がたくさんいます……っ。リュカだけじゃありません。僕もそうです。それに翔君のお父さんとお母さんだって……！」

理緒の手も届いた。リュカが握っている上から翔君の手首を摑む。

小さな男の子の人影がピクンッと震える。

「お父さんとお母さん……？」

「そうです！　このまま翔君がどこかへいってしまったら、お父さんとお母さんにも哀しい思いをさせてしまうはずです……っ」

「でも、だけど僕がいた方が……っ」

「わかってねえなぁ！」

銀髪がきらめき、リュカが手を引っ張る。

「お前だけが淋しい思いしてるなんて思ってんじゃねえぞ!?　店長だって奥さんだってしょっちゅう『翔はどうしてるかなぁ』って言ってんだよ！」

「え……っ」

「本当だぞ！　二人には言うなって言われてたけどな、店長も奥さんもいつだってお前のことを気にしてる！　自分が淋しい時は相手も淋しいと思ってんだよ！　だからなんとかしようと頑張るんだろ!?　だから俺は……頑張ろうとしてるお前を応援しようと思ったんだ！」

頼む、と泣きそうなつぶやきがこぼれた。

「俺と違ってお前はまだ会えるんだ。失《な》くしてないのに自分から手離すなよ……っ」

「リュカ兄ちゃん……」

戸惑うような気配。リュカの顔を覗き込むように影法師の首が動く。すると風に流されるように黒い部分が剝《は》がれだした。現れるのは心配そうな翔君の顔。

「泣かないで……？」

「泣いてねえし！」

「でも泣きそうじゃん」

「だからまだ泣いてねえし！」

翔君はひどく混乱していた。小学生から見たら大学生は立派な大人だろう。なのにリュカが目の前で泣きそうになっていて、どうしていいかわからないといった様子だった。

だから理緒はそっと助け舟を出す。

「大人がこんなふうに泣きそうになるなんておかしいですよね。でも翔君がいなくなったら、きっとお父さんとお母さんも同じように泣いてしまいますよ……？」

「あ……」

翔君の口から小さな吐息がこぼれた。

だからまだ泣いてねえしっ、と繰り返すリュカに苦笑し、理緒は続ける。

「翔君、こんなリュカ兄ちゃんを放っておけますか？」

問いかけに対して、翔君はしばらく答えなかった。

稲妻のように震える光の輪のなかで、じっとリュカの顔を見つめる。

だがやがて「……ううん、放っておけない」と答えが返ってきた。

「だってリュカ兄ちゃん、ノリで生きてて子供っぽいし」

吹っ切れたような笑顔。

「僕、帰るよ。みんなのところに戻る。どこにもいかない！」

理緒とリュカの手に翔君の手が重ねられた。その瞬間、彼を覆っていた影がすべて消し飛び、光の輪も弾《はじ》け飛んだ。強い風が巻き起こって翔君の体が宙に浮いてしまうが、

「理緒っ、俺が左側！」

「了解です！　じゃあ僕は右側を！」

「わ……っ!?」

翔君が落ちてきたところをすかさず二人で抱き留めた。理緒とリュカが床に尻《しり》もちをつき、二人の間に翔君がすっぽり収まるような形になった。

まわりには花びらの光が揺蕩《たゆた》っている。だがそれも溶けるようにどんどん消えていた。

銀色の髪や真紅の瞳《ひとみ》を見て、翔君はパチクリと目を瞬《しばたた》く。

「今さらだけどリュカ兄ちゃんと……理緒兄ちゃん、……って何者なの？」

「あー、それは追い追いな」

「話せば長くなりますもんね……」

理緒兄ちゃんという呼び名にちょっとくすぐったい気持ちになりつつ、苦笑する。

本当に話せば長くなる。正直、どこから話せばいいかわからないくらいだ。

翔君は今もヘッドホンを抱いていて、腕のなかのそれを見つめて、何か納得したように頷《うなず》いた。動物の言葉がわかるようになるくらいだから世の中には色んなことがあるのか

もしれない、と思っているような顔だった。

「とにかく」

リュカがコツンと翔君の頭を小突く。

「もう勝手に消えたりしようとするんじゃねえぞ？」

「……うん。迷惑かけてごめんなさい」

首をすくめる翔君に「よし」と頷き、リュカはごろんと床に寝そべる。長かった銀髪がいつの間にか元に戻っていた。理緒の方も力を収め、真紅の瞳が本来の色に戻っていく。

すると沙雪さんからジャケットとネクタイを受け取りつつ、教授が口を開いた。

「どうやら目的は達成できたようだな」

「ういッス！　氷室教授、助けてくれてあざっした！」

「気にするな。私は義務を全うしたに過ぎない。――保科翔」

「は、はい！」

翔君の背筋がピンッと伸びる。そういえばお店でも教授には緊張気味だった。小学生にもこの人の威圧感は伝わるのかもしれない。

「そのヘッドホンの術は切れたようだ。もう動物の言葉を理解することはできないが、構わないな？」

確認するような言葉だった。翔君はリュカと理緒の顔を交互に見て、神妙に頷く。

「……はい、いいです。僕、お父さんとお母さんとちゃんと話してみます。有名になるよりもっといい方法がきっとあると思うから」

「結構」

満足そうに頷き、氷室教授は軽やかにジャケットへ袖《そで》を通す。

「リュカ、沙雪。保科翔を送ってやれ。理緒、お前は――」

「？　はい、僕は……？」

「ここの片付けだ」

「ああ……」

見回すと、研究室は見事にしっちゃかめっちゃかになっていた。翔君が「僕も片付けます。僕のせいだと思うし」と言ってくれたが、教授が即座に「子供が遅くまで出歩くものではない」と却下した。本当、こういうところだけはちゃんとした人だ。

「氷室教授も手伝っては……」

「聞こえんな？」

「……くれませんよね、わかってました」

結局、研究室は理緒がひとりで片付ける羽目になった。

黒い雨雲が空を覆い始めていた。さっきまではかろうじて月が見えたりもしたけれど、もうそんなことは望めないようなしっかりした曇り空だ。

季節も季節なのでそろそろ梅雨入りかもしれない。そう思いながら理緒は氷室教授のタワーマンションにたどり着いた。

「さすがにへとへとです……」

げっそりしながらエントランスホールでエレベーターのボタンを押す。

隣にはもちろん教授もいる。

「だから言っただろう？　倒れた本棚を直す程度、ヴァンパイアの力を使えば造作もないと。なぜそうしなかった？　正解を目の前にしながら間違った方向にひた走るとは度し難い愚かさだぞ」

「教授の言う正解がぜんっぜん正しくないからですよっ。僕はできるならヴァンパイアの力なんて使いたくないんです」

「やれやれ、素直じゃない奴め」

「むしろこんなに素直に言ってるのに伝わらないことがやれやれですよ……」

研究室はとりあえず出来るところまで片付けた。倒れた家具を起こして配置し直し、床に散らばった資料を集め、ティーカップなんかも一通り洗ってある。もちろん全部理緒がやった。

一応、教授もロッキングチェアで資料の整理をしていたのだけど、肉体労働はすべてこっちである。思い出すと沸々と怒りが湧いてきた。

まったくこの人は、と教授にジト目を向けながらエレベーターに乗る。

ちなみに先ほどリュカからメッセージがきた。翔君を無事に家に送り届けてくれたそうだ。今回色んなものを見せてしまったので、ひょっとして教授が記憶をいじるんじゃ……と思ったけど、そういうことにもならなかった。

翔君が『ぜったい誰にも言いません！』と約束してくれて、教授も『ならばその言葉を信じよう』と許してくれた。

翔君のお父さんとお母さんのことはまだきっと時間が掛かることなのだと思う。二人が忙しいことは変わらないし、小学生の翔君がしょっちゅうお店に顔を出せないのも変わらない。それでもきっといい方向に変わっていくと思う。リュカは『俺にできること全部やっちゃる！』と息巻いていたし、理緒もこれからはちょくちょく翔君に会いにいこうと思っていた。

……理緒兄ちゃん、なんて呼ばれちゃいましたしね。

思わず笑みがこぼれ、エレベーターが止まるのと同時に教授が首を傾げた。

「拗《す》ねたり笑ったり忙しいな、お前は」

「ほ、放《ほ》っといて下さい」

恥ずかしくなって口元を押さえつつ、先にエレベーターを降りた。

落ち着いた暖色系の灯《あ》かりの廊下を歩きながらふと思う。

……結局、翔君の言っていた吟遊詩人は何者だったんでしょうか。

それらしい人物は研究室には現れなかった。教授の口ぶりからするとあの光の輪は吟遊詩人の仕業らしいけど、となると何がしたいのかいまいち判然としない。

伝承を導く者として『聴耳譚』をこの街に広めようとしていたのはわかる。だけどそれを教授に気づかれ、小学生の翔君を人質にするなんて、一体何がしたかったんだろう。

あの後、教授がコウモリたちに調べさせたところによると、翔君のヘッドホンの聴耳の術が切れたとほぼ同時に街中の子供たちも同じように『動物の言葉がわかる力』を失ったらしい。それどころか『自分は動物の言葉がわかっていた』という記憶まで失くしているそうだ。教授のことを恐れて、吟遊詩人が『聴耳譚』を広めるのをやめたということだろうか。

そんなことを考えているうちに部屋の前に着いた。リュカのバイト先に集まったのが二十時、そこからなんだかんだあって結構遅い時間になってしまった。ウールが待ちくたびれてしまっているかもしれない。

考え事をするのは一旦《いったん》やめて、以前に教授からもらった合鍵《あいかぎ》を理緒は取り出す。

「ウール、すみません、遅くなって。家に帰りましょ――う!?」

「りおーっ！　ややややっと帰ってきたーっ！　どこほっつき歩いてたんだよぉ!?」

扉を開けた瞬間、ウールが大泣きしながら飛び出してきた。綿毛羊は自由に体の大きさを変えられる。今はちょうどサッカーボールぐらいの大きさで、バウンドしながら理緒の顔面にしがみついてきた。

「ちょ、ウール!?　はな、放して下さいっ。息が……!?」

「理緒、ヴァンパイアの力を使えば楽に引き離せるぞ。代わりにウールの毛を大幅にむってしまうかもしれんが、まあ構わんだろう」

「教授はちょっと黙ってて下さい！　……どうしたんですか、ウール。何をそんなに慌ててるんです？」

どうにか引き離して尋ねると、普段はもこもこの毛が縮み上がってしまっていた。小っちゃな前脚が扉の奥を指す。

「なかっ、部屋のなか！　すっげえ怖い匂いの奴がどこからともなく突然現れて、ずっと居座ってんだよぉ！　おれが何言っても『部屋の主人が戻るまで待たせてもらうよ』としか言わねえし、おれもう怖くて怖くて……っ」

「えっ、誰かいるんですか……!?」

「――道を空けろ。私がいく」

ぐいっと肩を押され、氷室教授が有無を言わさず部屋に入っていく。

ウールを胸に抱きしめ、慌ててスーツの背中を追った。リビングで教授は足を止め、つられて理緒も急停止。そして息をのむ。

「——やあ、お邪魔してるよ」

そこにいたのはまさしく吟遊詩人。

氷室教授と同じくらい顔立ちの整った男性だった。宝石のような飾りが付いた外套《がいとう》を着ていて、滑らかな髪はとても長く、肩の下辺りでまとめているようだ。男は北欧製のソファーに悠然と腰掛けていて、羽根を装飾にした帽子を目の前のテーブルに置いていた。

表情はにこやかな笑顔。氷室教授に向かって親しげに手を上げる。

「久しぶりだね、レオ。最後に会ったのはどの土地でだったかな。元気そうで嬉《うれ》しいよ」

レオ、という呼び方に一瞬誰のことかと思い、しかしすぐに理緒は気がついた。

教授の名前はレオーネ＝Ｌ＝メイフェア＝氷室。ファーストネームからの愛称だろう。

思わず教授の横顔を見上げてしまう。

「……今さら何の用だ、ユフィリア？」

柔らかな口調の吟遊詩人とは対照的に教授の声は硬かった。

ユフィリア、というのが彼の名前だろうか。

「用がなかったら君に会いにきちゃいけないのかい？　ひどいな、だとしたらそんな哀しいことはないよ」

「この霧峰は私が管理する土地だ。そしてこの部屋は私の住処《すみか》だ。ヴァンパイアにとって寝床は自らの城にも等しい。土足で上がり込んだ以上、相応の覚悟はあるのだろうな？」

「覚悟？　覚悟ってなんのことだい？」

吟遊詩人は不思議そうな顔をし、数秒してから「ああ」と頷《うなず》いた。

「ヴァンパイアの暗黙の掟《おきて》のことか。確かお互いの領土には不可侵が基本だったっけ？　すっかり忘れていたよ。君と同じように僕も故郷を出て長いからね」

「度し難い話だ。誇り高きヴァンパイアとしての自覚があまりになさ過ぎる」

え、と理緒は声をこぼす。

「ヴァンパイアの……自覚？」

思わず教授の後ろでつぶやいてしまった。っていうことはこの吟遊詩人も……？

「ああ、そうだよ」

目が合った。吟遊詩人はこちらの考えていることを見抜いたように笑いかけてくる。ソファーからふわりと立ち上がると、自然体でこちらへ近づいてきた。

腕のなかのウールが震え上がり、理緒も反射的に後退《あとず》さる。近づくにつれて相手の身長が想像よりも高いことがわかった。氷室教授と同じか、多少低いくらいだろうか。どちらにしろ理緒よりはずっと高い。吟遊詩人は屈《かが》み込み、こちらに視線を合わせてきた。

「僕はレオと同じヴァンパイアだ」

言葉を返せない。いやそもそも頭がついてこなかった。教授以外にもヴァンパイアがいるということは聞いていた。でもまさか目の当たりにする日がくるなんて。

「すごく驚いた顔をしているね。ああ、そうか、ヴァンパイアは数が少ないからすぐには信じられないかな。じゃあ、証拠を見せてあげる」

外套のなかに手が差し入れられる。装飾の宝石が灯かりを反射してきらりと輝いたかと思うと、吟遊詩人はハープを手にしていた。月を模したような形をしている。翔君が言っていた通りだ。

吟遊詩人が細い指でしなやかに弦を爪弾《つまび》く。澄んだ音が響き渡り、窓の向こうに——。

「あ……っ」

無数のコウモリが呼び寄せられていた。自分がハーフヴァンパイアなせいか、氷室教授のコウモリじゃない、と感覚でわかった。ハープを下ろし、吟遊詩人は笑う。

「信じてもらえたかな？　僕はユフィリア。ユフィリア＝L＝ウォールデンっていうんだ。よろしくね」

ユフィリアという名前はさっき教授も口にしていた。だけどフルネームを聞いて理緒は思わず聞き返しそうになった。

L……？

教授はレオーネ＝L＝メイフェア＝氷室。

目の前の吟遊詩人はユフィリア＝L＝ウォールデン。どちらも同じアルファベットが入っている。ヴァンパイアにとって名前がどんな意味合いを持つのかはわからないけれど、その共通点は妙に気になった。

「おや、まだ不可解そうだね。コウモリを呼んだくらいじゃ信用には足らないかな。それじゃあまり気が進まないけど……」

口角が上がる。鋭利な牙《きば》が見えた。

「君の血を吸ってみようか？」

「ひぃ……!?」

ウールと一緒になってすくみ上がった。だけど次の瞬間だ。

「いい加減にしろ」

氷室教授が吟遊詩人の外套を無理やり引っ張った。おっと、と言って屈んでいた状態から背筋が伸びる。

「怒ったのかい、レオ？　大丈夫、冗談さ。理解しているよ、この子が君の眷属《けんぞく》だってことは。まさか横取りなんてしやしないよ」

「お前の言葉は信用ならん。私の眷属に指一本でも触れてみろ。二度と人間の血など吸えないようにしてやる。理緒には近づくな。絶対にだ」

いつの間にかスーツの背中に庇《かば》われるような形になっていた。しかも吟遊詩人の胸倉を掴《つか》むような体勢だ。

「あ、あの、教授、暴力は……っ」

「下がっていろ。この男の件は私が直接処理する」

「しょ、処理って……っ」

「……やれやれ、そうムキにならなくてもいいじゃないか」

胸倉を掴んでくる手を吟遊詩人は柔らかく握り返す。

「本当に冗談だったんだ。そんなに怒るなよ、レオ。僕が何をしたって言うのさ？」

「昔からお前は私の話を聞かないな。先ほど言ったはずだ。私が管理する霧峰の土地に土足で入り込んだ。我が城とも言えるこの部屋にもだ。本来ならばこれは胸に手袋を投げることにも等しい行為だ」

「手袋を投げるって貴族が決闘を申し込む作法だっけ？　ヴァンパイアの暗黙の掟《おきて》、貴族の作法、本当に君は生真面目だね。なら逆に考えてみようよ。人間たちがよく言うだろ？『ヴァンパイアは招かれなければ他人の家に入ることができない』って。でも僕はこうして土地にも部屋にも上がることができた。それは君が無意識に僕を招いてるってことじゃないかな？」

「眩暈《めまい》がするほど見当違いな話だ。人間が口にする程度の弱点はとうに克服している。私も、お前もな」

「君こそ、ああ言えばこう言う性格なのは変わらないね。理屈ばかり口にして、いつも大切なことを見落としてしまうんだ。固いことは抜きにして再会を喜び合おうよ」

そしてもう一人のヴァンパイアは小首を傾げ、気まぐれな猫のような雰囲気で告げた。

さらに理緒を驚かせるような言葉を、まるで当たり前のように。

「僕たちは——たった二人きりの兄弟なんだから」

「きょ……っ!?」

叫びそうになった口元を理緒は反射的に自分で塞《ふさ》いだ。さっきも声を上げたせいで吟遊詩人に目をつけられてしまったからだ。

だけど代わりに胸元のウールが叫んでしまった。

「兄弟!?　それってひむろと兄弟ってことか!?　……はっ!?」

ウールも気づいたらしく、小っちゃな前脚で慌てて自分の口を塞ぐ。でも遅かった。一体どうやったのか、吟遊詩人は教授の腕からするりと逃れ、また屈んでこちらを見つめてくる。

「そうだよ、羊のモンスター君。僕とレオは正真正銘の兄弟さ。と言っても人間のいう兄弟とは意味合いが違ってくるけれどね。僕らは同じヴァンパイアに噛《か》まれ、血を分け与えられ、ヴァンパイアになった。つまりヴァンパイアとしての『兄弟』というわけさ」

楽しそうに言葉は続く。

「この『親』というのがまた変わり者でね。あの人は気まぐれに僕らを——」

直後、ゾワッと背中が粟立った。

とっさに反応できたのは研究室で一度見ていたおかげか、それともヴァンパイアの『親』と『子』であるからか。

吟遊詩人が何かを言いかけた刹那《せつな》、氷室教授の瞳《ひとみ》が真紅に変わった。

手をかざし、何か力の塊のようなものが放たれる。衝撃波のような風と共に吟遊詩人の体が部屋の奥へと吹っ飛んだ。

「私に兄弟など存在しない」

それは朝食の時に言っていた言葉。

だけどあの時よりもずっと重く、なにより怒りに満ちている。

風の勢いでサイドボードに飾ってあった花瓶が割れ、壁や床が水浸しになっていた。他にもクッションが裂けてなかの羽毛が舞い上がり、椅子も倒れてしまっている。

そして肝心の吟遊詩人はソファーに身を沈めていた。

教授は手をかざしたまま、燃えるような真紅の瞳で告げる。

「もう一度言うぞ。私に兄弟など存在しない。ユフィリア＝L＝ウォールデン、ひとりのヴァンパイアとして答えろ。何の用があってこの土地にやってきた？　まさか『聴耳譚』を広めるためなどと今さら嘯《うそぶ》きはしないだろうな？」

「まったく……沸点が低いところも相変わらずなんだね。僕じゃなかったら怪我の一つもしていたよ？」

驚いたことに吟遊詩人はまったくの無傷だった。理緒だったらバラバラになってしまいそうな力を受けて、平然と肩をすくめている。

テーブルに置かれていた羽根つき帽子が羽毛と一緒にふわふわと落ちてきた。吟遊詩人が無造作に手を広げると、まるで計ったように帽子がそこへ収まる。

「ねえ、レオ。確かに君の言う通りだ。身も蓋《ふた》もなく言ってしまえば、僕たちは決して良好な間柄じゃない。意味もなく僕が君に会いにくるなんてことはない。この数百年、ずっとそうだったようにね」

羽根つき帽子を深く被《かぶ》る。目元が隠れ、表情が見えなくなった。かろうじて口元は覗《のぞ》いているけれど、そこからは感情のようなものは読み取れない。

そしてもうひとりのヴァンパイアは言った。

自分がこの霧峰の土地にやってきた目的を。

感情の見えない、透明な声で。

「――会いたい人がいるんだ」

第三章　六月の雨と吟遊詩人

朝の天気予報が梅雨入りしたと告げていた。

六月の最初の週、理緒《りお》は再び清一《せいいち》さんのお見舞いにやってきた。

子供の頃にしょっちゅうお世話になっていたから入院施設の第二病棟は馴染《なじ》みが深い。だけど清一さんの病室は理緒の記憶のなかのものとはずいぶんと違っていた。

なんというか、たくさんの人の気配がする。以前、お見舞いにきた時はすぐに外に出てしまったから気づかなかったけれど、入院仲間の友人たちがちょこちょこ清一さんに会いにきたりして、まるで街の寄合所のような雰囲気だった。

それにベッドのまわりがとても華やかだ。

枕元の壁にコルクボードが飾られ、たくさんの写真や絵葉書が貼ってある。写真に写っているのは老若男女の様々な人々。ぱっと見は理緒と同じ歳ぐらいの若者が清一さんと写っている写真が多い。かと思えば、旅館の従業員やお祭りで法被を着ている人々、どこかの村のご老人や博物館の関係者らしき人の写真もあって、バラエティに富んでいる。よく見ると、この病院の先生や看護師さんたちと写っている写真もあった。

絵葉書も手の込んだものがたくさんある。まず目に留まったのはきれいにラミネート加工されたポストカード。特殊な印刷を施してあるのか、見る角度によって京都の季節が春から秋に変わるようになっている。他にも北海道から沖縄まで様々な土地のポストカードがあり、日本全国の色んな人から送られているようだ。

便箋《びんせん》の手紙も数多くあった。星空模様の便箋には風船やホットケーキなどの可愛いシールがたくさん貼られていて、清一さんへのメッセージが何行にもわたって書かれている。棚のフックには千羽鶴のセットがいくつも掛けられていて、交友関係の広さが窺《うかが》えた。

思い返してみると、理緒の病室はとても簡素なものだった。ベッドと戸棚、あとは備え付けのテレビだけ。両親がたまに流行《はや》りの雑誌などを買ってきてくれるけれど、ただでさえ入院生活で迷惑を掛けているのに、それ以上のワガママを言うのは申し訳なくて何かをねだったりは出来なかった。もちろんお見舞いにきてくれるような友達もいないので、記憶にあるのは清潔さだけが際立つ色みのない病室だ。

それに比べて清一さんの病室の華やかさといったらない。思わずじっと眺めてしまう。

「んー？　どうしたんだい、理緒君。何か気に入った写真でもあったかな？」

穏やかにそう訊《たず》ねられた。

今日の清一さんはふらふらと外に出ていったりはせず、ちゃんとベッドに入って上半身だけ起こしている。さっき聞いたところによると『看護婦さんに怒られたから最近は大人しくしてるんだ』とのこと。

「いえ、どれか一つを気に入ったというより全体的に……いいなぁ、と思って」

「あっはっは、そりゃあ良かった。こうして飾ってる甲斐《かい》もあったねえ」

羨《うらや》ましい、というニュアンスで言ってしまった言葉だったけど、素晴らしいという意味で受け取ってくれたらしい。楽しそうな笑い声が耳に心地よかった。

清一さんは今、理緒がお土産で持ってきたみかんの皮を剝《む》いている。膝《ひざ》の上にティッシュを広げ、白い筋まで丁寧に取っていた。

「人生で一番大切なのはつまるところ縁さ。自分が人とどれだけちゃんと縁を結べたか、その縁を切れることなくしっかり育てることができたか。それさえ叶《かな》っていれば、だいたいのことは丸く収まる」

「縁……」

「ここに飾ってあるのは、私と縁を結んでくれた人たちのものなんだよ。たとえばこれなんかは……」

清一さんはティッシュの端っこで手を拭《ふ》くと、後ろを振り向いて先ほどの星空模様の便箋を示す。

「大学の学生さんがくれた手紙だ。私は何の気なしに空を見上げるのが好きでね。そういう話をしたら、こんな星のきれいな便箋で手紙をくれたんだ」

大学の学生？　ひょっとしてウチの大学かな……？

初めて会った時、清一さんは霧峰《きりみね》大学にお世話になっていた、と言っていた。

「それからは星空がいっとう好きになったよ。青空や夕焼け空もいいけれど、今は星空がいいね。きれいな星を見ると、この手紙のことを思い出して優しい気持ちになれるんだ」

清一さんは柔らかく目を細める。

「それが縁というものさ。人生で関わってくれた人は皆、心のなかにいる。その欠片《かけら》が集まって自分という形を作ってくれている。感謝だねえ」

「僕は……」

自分のことを鑑みて、自然に目を伏せてしまった。

「……少し恥ずかしいです」

「んー、どうしてだい？」

自然に心のなかがこぼれた。そうさせてくれるような雰囲気が清一さんにはある。

「僕はそういう縁がすごく少ないから。いつか歳を取っても清一さんみたいなこういう病室にはならない気がして……」

「病室なんてなんの自慢にもならないよ。晩年を病室で過ごすなんて長年の不養生の証拠だからねえ。死ぬ時は畳の上で家族に看取《みと》られて死にたいもんさ」

からからと明るい笑い声が響き、理緒は「あ、いや……っ」と慌ててしまう。

そういう意味じゃないんです、とか、病室を羨ましいなんて言ってすみません、とか色んな言葉が頭のなかに浮かぶ。でも何か言うより早く、きれいに筋の取られたみかんが口元に差し出された。

「ほら、きれいに取れたよ。お食べなさい」

まるで祖父が孫に言うような言葉。素直に聞くのが自然に感じられるような空気で、理緒はつい清一さんの指先からぱくりとみかんをついばんだ。

「鯉《こい》を餌付《えづ》けしてるみたいだねえ」

「う……すみません、なんかお行儀が悪かったような気がします」

「なんのなんの。もう一つ食べるかい？」

嬉《うれ》しそうに次のみかんの筋を取り始める。

なんとなくその指先を見つめてしまう。冬の枯れ枝のような細い指が自分のために丁寧に筋を取ってくれている。なんだかとても嬉しい。小さな焚火《たきび》がゆっくりと胸を温めてくれるような光景だった。

取った筋はティッシュの端にひとまとめにされ、小さな白い山ができていく。そうして指を動かしながら清一さんは言った。

「お前さんはこれからだよ」

とても優しい目だった。

「人生は長い。縁を結ぶ機会はいくらでもやってくる。今の自分を至らないと思っているのなら大したもんだ。それは変わろうとして頑張っている証拠だよ。だから大丈夫。どんと構えてなさい」

「………」

差し出されたみかんの向こうには、屈託のない笑顔。

自然に頬が緩み、理緒はみかんをついばんだ。

「お味はどうだい？」

「……美味《おい》しいです」

「そいつは良かった」

満足そうに頷《うなず》き、清一さんもみかんを口に運んでいく。自分の分は筋が結構付きっぱなしだった。こちらに食べさせる時だけ丁寧に取ってくれるらしい。

いいな、と思った。

自分もこういうおじいさんになれたら、と思った。

そうして何気なく理緒はまたコルクボードに視線を向ける。

すると写真の一枚に『飛驒高山《ひだたかやま》』と書かれたのぼりが写っていることに気づいた。飛驒という単語から「あ。そうだ……」と思い出す。

「飛驒地方の『味噌買橋《みそかいばし》』の話は知ってますか？」

清一さんは民俗学について詳しい。『味噌買橋』と『スワファムの行商人』のことも古《ふる》椿《つばき》や朧鬼《おぼろおに》のことみたいに話せたらいいなと思っていたのだ。

期待通り、大きな頷きが返ってきた。

「もちろんさ。その口ぶりだと、理緒君が言いたいのは『スワファムの行商人』の類似性のことかな？」

「そうです、その通りですっ」

「理緒君は民俗学を勉強してるんだったね？　なるほどなるほど、今の大学では『味噌買橋』のことまで講義するのか。いやはや、いい講師がついてるんだねえ」

氷室《ひむろ》教授が褒められて、なんだかこそばゆい気持ちになった。

清一さんは残りのみかんを一旦《いったん》棚に置き、感慨深そうに腕を組んだ。

「あの話には学問の進歩を感じて誇らしい気持ちになるよ。なんせ昭和の時代に柳田《やなぎた》先生が残してくれた謎がまさかのまさか、平成の世になって解き明かされたんだから」

「え、解き明かされた……？」

「おや？　大学の先生はそのことまでは教えてくれなかったのかい？」

「いや、えっと……『味噌買橋』と『スワファムの行商人』の謎って、日本とイギリスっていう離れた土地で似たような昔話が語り継がれてたってことですよね？」

「そうなるねえ」

「その謎が……解き明かされたんですか？　平成の時代になって？」

にわかには信じられない。だってあれは伝承を導く者——氷室教授の兄弟を自称するヴァンパイア、ユフィリア＝L＝ウォールデンの仕業だと教授が言っていた。

しかし清一さんは事も無げに語る。大学の講義でもするように指を立てて。

「謎は見事に解けたよ。柳田先生の時代から数十年、世には優秀な民俗学者が数多く生まれ、その手腕によって解き明かしてくれたんだ。真相はやはり口承《こうしょう》だった」

口承とは『人々の口から口へ伝わっていくこと』だ。口承文学は柳田國男《くにお》が樹立した民俗学の大事な柱の一つだと、以前に清一さんも言っていた。

「味噌買橋という橋は、飛騨地方の岐阜県高山市にある」

清一さん曰《いわ》く、それは橋のたもとに味噌屋があったことからついた通称らしい。

大正時代、この高山市にひとりの教員がいた。彼は小学校に勤めていて、ある時、ヨーロッパの童話が掲載された本を読み、内容を意訳して子供たちのための冊子を作った。その際、細部を日本風にアレンジし、出てくる橋も地元の味噌買橋に変更したのだという。

こうして生み出されたのが『味噌買橋』という逸話だった。そしてこの物語は次第に飛騨地方の人々に広がっていく。

「やがて数十年の時が過ぎ、教員の作った冊子の存在自体は忘れられていったんだ。一方で『味噌買橋』の物語は昔話として多くの人の口から口へと語り継がれた」

やがて時代は昭和になり、識者が飛騨地方の昔話をまとめ、『丹生川昔話集《にゅうかわむかしばなししゅう》』という本を出版した。

「それをお読みになったのが柳田先生だった。『丹生川昔話集』には『味噌買橋』が飛騨地方に古くから伝わっている昔話として掲載されていたからね。柳田先生は大層驚きになっただろうと思うよ」

「えっと、つまり……」

あご先に指を当てて考える。柳田國男はヨーロッパ民俗学への造詣も深かった、と氷室教授の講義で学んだ。ということは、

「『丹生川昔話集』に載っていた『味噌買橋』を読んだことで、柳田國男はイギリスの『スワファムの行商人』との類似性に気づいたってことですか？」

「そういうことだね」

学生を褒める講師のように清一さんは頷く。

「平成の民俗学者の先生方はこの『丹生川昔話集』の出所について丹念に探っていったんだ。そしてついに大正時代の小学校教員にまでたどり着き、謎が解き明かされた。彼が『味噌買橋』のもとにしたのは『スワファムの行商人』だったんだ。類似性があるのは当然のことだった。なんせ『味噌買橋』は『スワファムの行商人』をもとにした創作だったんだから」

『味噌買橋』が創作……」

理緒は無意識につぶやき、思わず悩んでしまった。

もたらされた情報をどう受け止めていいかわからない。

遠く離れた土地に伝わっていた、二つの昔話の類似性。

氷室教授はそれが『人ならざるモノ』の手によるものだと教えてくれた。

清一さんはそれが『人の手による創作』だったと語ってくれた。

どっちが真実なのか、わからない。まったく判断がつかなかった。

「大学の先生は平成の発見のことまでは教えてくれなかったかい？」

「はい、講義で聴いたのは類似性のことだけで、それ以上は氷室教授は何も……」

気を抜いたまま何気なくしゃべってしまい、直後にはっとした。

再び棚のみかんを取ろうとしていた清一さんの手が止まる。

「氷室……？」

その視線がゆっくりとこっちを向いた。

「理緒君の先生は氷室というのかい？」

「あ、いやその……っ」

つい口ごもる。今日は改めてそのことについて聞こうと思っていた。やっぱり氷室という苗字《みょうじ》は珍しいと思うし、教授には『知らん』とばっさり切られてしまったけど、ああいう人だから何かこっちにしゃべっていないことがある可能性は低くない。

逆に清一さんに聞いてみたら、氷室教授のことを知っているかもしれない。むしろ清一さんの『会いたい人』が教授の可能性だって……いやそれはさすがに妄想が過ぎるかもしれないけど、翔《かける》君の件でリュカの想いを聞いて、清一さんのために何かしたいという気持ちは強くなっていた。

だから今日は氷室教授のことも含めて、清一さんの『会いたい人』のことをもう一度ちゃんと聞こうと思っていた。なのに心の準備をする前にこっちから核心的なことをこぼしてしまった。

目が泳いでしまう。すると清一さんは残っていたみかんを自分の口へと放り込んだ。時間をかけて咀嚼《そしゃく》し、喉《のど》を鳴らして飲み込む。水差しの隣のコップで水を一口。

「理緒君のところの先生は氷室さんというのかい。私と同じ名だ。奇遇なこともあるもんだねえ」

「あ、えっと……」

また口ごもってしまう。その間に清一さんはコップを置いた。

「その氷室先生が平成の話をしなかったのは、学生さんたちに自力でたどり着いてほしかったからかもしれないね」

清一さんはうんうんとひとりで頷く。

「講義の内容について興味を持てば、自分でも色々調べてみたりするだろう？　たとえば『味噌買橋』のことで言うのなら、理緒君が自分で研究史を紐解《ひもと》いて、平成の発見にたどり着いたとする。そうして氷室先生のところにいって意気揚々と言うんだ。『先生、知ってましたか？　味噌買橋は小学校の先生の創作だったんですよ！』って。もちろん学生が調べられるぐらいのことは知っている。だけど講師としてこんなに嬉しい瞬間はない」

振り向いた先にはコルクボード。そこに貼られたたくさんの写真や手紙を見て、清一さんは目を細める。

「私も教鞭《きょうべん》を執っていたからよくわかるよ」

「え？」

「実はね、私も民俗学者だったんだ。霧峰大学で講師をさせてもらっていた。もうだいぶ昔のことだけどね」

「じゃ、じゃあ……っ」

思わず声が上擦った。

「清一さんも『氷室教授』だったってことですか……!?」

「いやいや、私なんて平の研究者止まりだよ。長年勤めさせてもらえただけで御の字、出世コースにはついぞ乗れなかった」

照れくさそうに清一さんは頭をかく。一方、理緒は二の句が継げない。

同じ氷室という苗字で、同じ民俗学者、そして同じ霧峰大学に在籍していた。

これって本当に奇遇って言葉で片付けられることなんでしょうか……っ。

「ここにある写真や手紙は私が現役だった頃の学生たちだ。あとはフィールドワークで地方にいったり、昔話の採集にお付き合い頂いた地元の方々のものもある。ふふ、懐かしいねえ……」

「せ、清一さんは……」

こんなこと聞いて大丈夫なのかはわからないけど、もう聞かずにはいられなかった。清一さんが民俗学者ならきっと問題ないはずだ。そんな言い訳を脳裏に並べ、理緒は声を絞り出す。

「あやかしって……いると思いますか？」

「どこかにはいるだろうと思うよ」

「……っ」

それこそ昔話をするような耳に心地いい声で清一さんは語る。

「あやかし、妖怪《ようかい》、怪異《かいい》……民俗学をやっていると、どうしたってそうしたものたちを身近に思うようになる。とくに日本は八百万《やおよろず》の神といって、人でないものたちを許容した文化的土壌があるからねえ。たとえばそう……」

どこか遠くを見つめるような眼差《まなざ》し。

「日本の昔話とヨーロッパの童話群の類似性について、柳田先生は『昔話覚書《むかしばなしおぼえがき》』のなかで『我々の知らない原因があるのだと考えなければならぬのかもしれない』と言っている」

それは氷室教授も引用していた文言だった。

「人間の知見からすれば、『味噌買橋』の類似性は創作の事実が歴史のなかに埋もれてしまったことが原因だった。でも人でないものたちからすれば、まったく違う原因があるのかもしれない。それらは決して矛盾しない」

「矛盾しない……？」

「見え方が違うだけで、本質は同じものなのかもしれない、ということさ」

清一さんの言葉を受けて、理緒は考える。

たとえば……大正時代に伝承を導く者がきて、高山市の教員にヨーロッパの童話の話を伝えていたとしたら。それを飛驒地方の人々に広まるように導いていたとしたら。

確かに見え方が違うだけで、本質は同じなのかもしれない。

「理緒」

名前を呼ばれた。

君付けではなかった。

だけど不思議と違和感はなくて、むしろ日の当たる縁側のような温かさがあった。

手のひらにぽんっとみかんが置かれた。まだ皮を剝《む》いていない、丸いみかんだ。

「もし機会があったら、これを理緒の先生にあげておくれ」

「氷室教授に……？」

「そう、氷室教授に」

理緒の名前を呼んだ時のように、温かい響きがあった。

このみかんは清一さんのリクエストで買ってきたものだった。骸骨《がいこつ》の事件の後に会いにきた時、『次は何かお見舞い品を買ってきます』と言う理緒に対して、『いいよいいよ』と何度も遠慮した後、ようやくリクエストしてくれたのがこのみかんだ。

「……みかん、好きなんですか？」

手のひらに適度な重さを感じたまま尋ねる。なんとなく主語はつけられなかった。

みかんが好きなのは氷室清一さんなのか、それとも氷室教授なのか。

目の前の人は目を弓のようにして笑う。

「さあ、どうだろうねえ」

そして窓の向こうへ視線を向けると、しみじみとした声で言った。

「ああ、今夜はいい星空が見られそうだ……」

それからしばらくして病室をお暇《いとま》した。清一さんに「またおいで」とベッドから見送られて廊下に出ると、病室の入口には『氷室清一』と書かれたプレートがしっかりとある。

階段の方へ向かう途中、看護師さんに呼び止められた。面会の受付をしてもらった時も会ったので、清一さんのお見舞いにきたことは看護師さんも知っている。

「また来てあげてね。清一おじいちゃん、喜ぶから」

「はい、もちろんです。また近いうちに会いにきます」

「……良かった」

看護師さんは笑顔だった。でもどこか陰りがあるような気がした。

「本当にまた来てあげて。できたら……近いうちにね」

念を押すような言葉に理緒は首を傾げる。看護師さんはなぜか哀しそうだった。


霧峰北病院を出た後、理緒はお昼近くになって大学にやってきた。今日の講義は三限目からなので、午前のうちに清一さんのお見舞いにいっていたのだ。

肩には鞄《かばん》を掛けている。中身は教科書やルーズリーフ、それから清一さんがティッシュペーパーに包んでくれたみかんが入っている。

並木道までくると、傘を持っている学生たちがちらほらいた。空を見上げると、葉桜の枝の向こうに雲が流れているのが見える。一雨降るのかもしれない。清一さんがいい星空が見られそうだと言っていたのに、少し残念な気がした。

そんなことを思いながら歩いていると、先をいく学生たちがざわついていることに気がついた。足こそ止めないものの、誰もが並木道の一点に注目しながら歩いている。まるで芸能人でもいるかのような雰囲気だ。

「？　なんだろう……？」

気になって理緒も視線を向ける。大学内のこういう雰囲気には覚えがあった。氷室教授がキャンパス内を歩いていると、学生たちがよく遠巻きに見ていたりする。

黙っていればハリウッド俳優のような美形だし、深く関わらなければ唯我独尊なところも見えてこないので、あれで氷室教授は大学内でかなりの人気を誇っているのだ。

しかし教授がこんなところにいるとも思えない。正門前の並木道に誰か立っているとしたら、それは人を待ってるくらいしかないだろうから。教授は誰かを待つくらいなら呼びつけるタイプだ。一体、誰がこんなふうに学生たちの視線を集めているのだろう。

「え……っ!?」

理緒は足を止めた。思考も止まった。

視線の先、葉桜の幹に背中を預けて立っているのは、もちろん氷室教授ではなかった。

だが教授と同じくらいの美貌《びぼう》を誇る人物だ。

ユフィリア＝L＝ウォールデン。

氷室教授の兄弟であるヴァンパイアがそこにいた。

「あ、きたきた」

　こちらの視線に気づき、背中を幹から離す。

「待っていたよ、神崎《かんざき》理緒君」

「……っ」

　思わず後退《あとず》さる。

　今日のユフィリアはタワーマンションに現れた時のような吟遊詩人の格好ではなかった。少しくだけた雰囲気のスーツ姿。胸にポケットチーフを入れていて正装っぽさはあるけれど、ネクタイが緩めでそこまでかっちりした印象はない。同じスーツでも教授とはまったく違う着こなし方だった。

「今日の僕の格好どうかな？　君に恥をかかせないように一応、この大学に溶け込めるような服装を選んでみたんだ。喜んでもらえたかな？」

　何をどう喜べばいいのかまったくわからない。

　端的に言って印象は気品のあるホストという感じだった。

　似合ってはいるけれど、大学にはまったく溶け込んでいないと思う。

「ほら、レオは周囲に合わせるという発想がまったくないだろう？　気が小さいくせに変なところで融通が利かないんだよ、彼は。だけど僕は違うよ。中世の未発達な空気が好きだったから普段はあの時代の格好をしてるんだけどね、それだと理緒君と会うには相応《ふさわ》しくないと思ったから、こうしてコーディネートしてみたんだ」

アピールするようにジャケットの裾《すそ》を摘《つ》まんでみせる。

こちらの賛辞を期待するような表情だった。だけどどう転んだってそんな言葉は出てこない。学生たちが好奇の目でちらちらとこっちを見ながら正門へ入っていくなか、理緒はからからに乾いた声をこぼす。

「な、なにを企《たくら》んでいるんですか……っ」

思い出すのは、あの夜のこと。

タワーマンションの教授の部屋に現れたこの男は『会いたい人がいるんだ』と意味深なことを告げ、氷室教授がまるで取り合わずに無理やり追い返そうとすると、『やれやれ、参ったなぁ』と言ってハープを爪弾《つまび》いた。涼しげな音色が響いたかと思うと風が吹き、ユフィリアは次の瞬間には幻のように消え失《う》せていた。

教授は『逃げたか……』と忌々しそうにつぶやいて、それ以来ずっとご機嫌ナナメだ。

あんな剣幕の教授を前にしたらどんなあやかしも幻妖《げんよう》も竦《すく》み上がってしまう。もう二度と会うことはないだろうと思っていたのに、まさか大学の道中で待ち構えているなんて。

それも氷室教授の前ではなく、なぜこっちにくるのか。確実に何かを企んでるとしか思えない。

「企む？　んー、なんのことかはわからないけど、君に悪さをするつもりはまったくないよ。レオになら多少イタズラをしてもいいかなとは思うけど、まさか理緒君にそんなことはしないさ。だって僕は君のおじさんだよ？」

「お、おじさん……？」

「君はレオの『子』だろう？　僕は彼の『兄弟』だ。ならば君は僕の甥《おい》ということにならないかな？」

周囲の学生たちのことを考えてか、小声でそう告げられた。……確かに教授ならまわりのことなんて気にせず、ヴァンパイアの話をしてしまうところだ。

しかしだからと言って、待ち伏せのようなことをしている人を信用なんてできない。

「……なりません。あなたは僕のおじさんなんかじゃありません」

「んー、そうかぁ」

ユフィリアは腕を組んで考え込む。

「僕はレオと同じで見た目が若いからなぁ。やっぱりおじさんっていうのは合わないかもしれないね。……じゃあ、お兄さんということにしようか？　理緒君、僕のことを兄だと思って頼ってくれていいよ？」

レオが嫉妬《しっと》しちゃうかもしれないけどね、と付け加え、笑いかけてくる。

何を言っているんだろう。わけがわからな過ぎてクラクラしてきた。

「僕には……あやかしや幻妖の友達がいます。だから『人ならざるモノ』だからって変に距離を置くつもりはありません」

「うん、それは素晴らしい信念だね」

「でも子供をさらうような相手と仲良くするつもりはありませんから……っ」

「さらう？　ああ、保科《ほしな》翔少年のことなら犯人は僕ではないよ？」

「えっ」

　こっちの反応が面白かったのか、ユフィリアはにこにこしながら顔を覗《のぞ》き込んでくる。

「僕がやったのは翔少年に『対話の術』を与えるところまでだ。彼が特別な力を欲していたからプレゼントしてあげたんだよ。レオから聞いてるかな？　僕は趣味で人間たちの間に伝承を広めているんだ」

「伝承を導く者……？」

「そう、それだ。レオは確か『人ならざるモノ』の研究をしているんだよね？　それと同じさ。悠久の時を生きるには適度な趣味と刺激が必要だ。だから僕は伝承を広めることを趣味にしている。今回は翔少年に『対話の術』を与えて動物と話せるようにしてあげたから、『聴耳譚《ききみみたん》』を広めるのにちょうどいいと思ってね。他の子供たちにも同様の術を与えてあげた。……まあ、レオがだいぶお冠だったからすべて解除したけどね」

「じゃ、じゃあ翔君をさらおうとした犯人が他にいるっていうんですか……!?」

「そうなるね。誰だかは知らないけれど」

わざとらしく首を傾げる。

本当とも嘘《うそ》ともつかない表情だった。とてもじゃないが信じられない。

「でも氷室教授は犯人の目星がついているようでした。大学の研究室か自分のマンションに犯人がいる——教授はそう言って、事実、翔君をさらおうとした光の輪は研究室にあって、マンションの部屋にはあなたがいた。これはどう考えてもあなたが犯人でしょう？」

「じゃあ理緒君は今、大ピンチだね？　この街に危機をもたらそうとしている犯人が目の前にいるんだから」

「そ、それは……っ」

頬が引きつった。まわりには学生たちもいて、ユフィリアが彼らに何かをしようとしたら、たぶん自分には止められない。氷室教授の力を真っ向から受けて傷一つなかった相手だ。中途半端なハーフヴァンパイアなんて一蹴《いっしゅう》されてしまうだろう。

ど、どうしたら……っ。

「あはっ」

突然、ユフィリアが噴き出した。

「ごめんよ、からかったりして。冗談、冗談。言った通り、僕は犯人じゃない。だから君にそんな悲壮な顔をさせるようなことなんてしないよ」

笑いながら気さくにこっちの肩を叩《たた》いてくる。

「信じてほしいな。だいたい僕が犯人だったらレオが許したりしないだろ？　あれで彼は人間のことをとても愛しているから、僕がこの街の人間を傷つけようとしていたらあの夜だって追ってきたと思うよ？　マンションから出ていった僕をそのままにしたのは、直《じか》に顔を合わせたことで保科翔少年をさらおうとしたのが僕じゃないってわかったからだ。どうだい、筋は通っていると思うけど？」

「でも教授はあなたにすごく怒っているように見えましたけど……」

「それはまた別の理由さ」

肩をすくめてふわりと笑う。

かと思うと、いきなり鞄を取られた。

「あ……っ」

そのままユフィリアは正門に向かって歩きだす。

「持ってあげるよ。うわ、結構重いね。何が入ってるんだい、これ？　騎士たちが腰につけていた鉄の剣ぐらいの重さがあるよ」

「そんなに重いわけがないでしょう⁉　ただの教科書とかですよ。か、返して下さいっ」

「まあまあ、ここは兄である僕に頼りたまえ。理緒君の細腕じゃこんな荷物を持つなんて重労働だろう？　可愛い君にこんな奴隷のような所業はさせられないよ」

「騎士と奴隷とどっちなんですか⁉　いや現代の大学生はどっちでもありませんけど！」

ぜんぜん返してもらえない。

ユフィリアの背中では長い髪が揺れていた。髪留めを使ってちょうど肩下辺りでまとめられていて、右に左に揺れる様は楽しんでいる犬のしっぽのようだった。

な、なんなんですか、この人……っ!?

氷室教授と兄弟だという話がだんだん実感できてきてしまった。唯我独尊、自分勝手、こっちの都合なんてお構いなし。行動パターンがそっくりだ。

「……あ、しまった」

突然、ユフィリアが立ち止まった。申し訳なさそうな顔で振り返ってくる。

「理緒君と話すのが楽しくてついマイペースになってしまったよ。いけないよね、ヴァンパイアは他より高位の存在だから、気を抜くとすぐに自分本位になってしまうんだ。僕は気をつけているつもりなんだけど……まだまだだ。鞄《かばん》、返すよ。勝手に取ってごめんね」

「え、あ、ど……どうも」

素直に返されて面食らってしまった。相手はこちらの顔色を窺《うかが》うように見つめてくる。

「嫌だった……かな？」

教授と同じ青の瞳《ひとみ》。そこに不安の色が垣間《かいま》見えた。いつも教授に言っているような遠慮なしの言葉を使うのはなんだか躊躇《ためら》われてしまう。

「や、びっくりはしましたけど、そこまで嫌では……」

「ああ、良かったぁ」

心底ほっとしたように胸を撫《な》で下ろす。摑《つか》みどころがないと思いきや、変に隙のある人だった。

「今日はね、レオの大学が見たいと思ってきたんだ。でもひとりでは味気ないだろう？」

「だったら氷室教授に案内とか……」

してもらえるわけないか、とあの夜の様子を思い出して口をつぐむ。

返ってきたのはなんとも言えない苦笑。

「レオにそんなことを言ったら、また吹き飛ばされてしまうよ」

「……確かに僕としてもキャンパス内であんな騒動は御免被りたいです」

「でしょ？　僕も人間の学生諸君に迷惑は掛けたくない。そこで理緒君に案内をしてもらえたらなと思って待っていたんだ」

「僕が案内を……？」

「どうだい？」

正直、すごく面倒なことになりそうな予感がした。でもここで断ってユフィリアが勝手に大学に入って氷室教授と鉢合わせでもしたら、それこそ大変なことになってしまう。

「……三限目の講義が入ってるので、それまでで良ければ」

「もちろんさ！　ありがとう、嬉《うれ》しいよ。昼食は摂《と》ったのかい？　この大学にも食堂はあるよね？　良ければ僕が御馳走《ごちそう》するよ」

「えっ」

「ん？　どうしてそんな驚いた顔をするんだい？」

「あ、いや……新鮮だなと思いまして」

学食といえば、いつもリュカにお金を貸すことが多いので、珍しい響きのことを言われて思わず大げさに反応してしまった。恥ずかしくて顔が熱くなる。ユフィリアは不思議そうな顔をしていた。しかしすぐに堪《こら》え切れなくなったように噴きだした。

「中世の飢饉《ききん》の頃ならともかく食事を御馳走するくらいでこんなに喜ばれるなんて、近代以降は初めてだよ。面白いね、理緒君は」

「す、すみません……」

「謝ることはないさ。さあ、いこう」

先を示すように手がかざされる。その仕草はとても自然でやっぱりどこかホストっぽい。警戒しながら歩き始める。

「あの、ユフィリア……さんは……」

「ユフィでいいよ。僕もレオーネのことをレオって呼んでるしね。彼は僕を愛称で呼んではくれないから、理緒君がそうしてくれたら嬉しいな」

「えっと、じゃあ……ユフィさん。ユフィさんは結局何をしにこの街にきたんですか？」

「以前に言った通りだよ。僕はここに——会いたい人がいるんだ」

ああ、そういえばあの夜もそう言っていた。

清一さんの件といい、最近、妙に捜し人の話を聞く機会が多い。

「ユフィさんの会いたい人って、氷室教授のことですか？」

「違うよ」

「でも二人は兄弟なんですよね？」

氷室教授は真っ向から否定していた。けれどその強硬な態度で逆に真実味を感じてしまったのも事実だ。二人が浅からぬ関係というのは間違いないのだと思う。

「兄弟だから会いにきた、という話なら確かに美談になりそうだね。だけど残念ながら僕はレオを求めてきたわけじゃない。そもそも僕はレオに嫌われてしまっているしね」

「それじゃあ、ユフィさんの会いたい人って……」

どこの誰なんでしょうか。

そう訊《たず》ねようとした時だった。数メートル先の学生たちが左右に道を空けていくのが見えた。

まるで大海を割るように人の流れが裂けていき、現れたのはジャケットをなびかせるスーツ姿。氷室教授が苛立《いらだ》ったような早足でこっちにきていた。

「きょ、教授……!?」

目に見えて怒っていた。今にも瞳が赤くなりそうな雰囲気だ。マズい、と思って理緒は駆け寄る。

「落ち着いて下さいっ。ここはマンションのなかじゃないんですから、さすがにやっていいことと悪いことがありますよ。わかりますよね、大丈夫ですよね!?」

「問題ない。必要ならばユフィリアを地平線の彼方《かなた》まで弾《はじ》き飛ばし、その後に学生たちの記憶を消す」

問題しかなかった。

手だてが何も思い浮かばないまま、教授がユフィさんの目の前に到達してしまう。

「性懲りもなく何をしにきた?」

「やだなぁ、何もしないよ。ただ君のいる霧峰大学というのを見てみたいと思って」

「戯言《たわごと》を。この大学はおろか、街全体に対してお前は数年前からコウモリを放っていただろう。今さらその目で見る必要などないはずだ」

「ああ、気づいてたのかい? だって僕がいくら手紙を出しても君は返事をくれないんだもの。心配になってコウモリぐらい送り込むさ」

「年単位でか? 不愉快だ。私もお前もヴァンパイアとして独り立ちして久しい。互いに干渉する必要などないはずだ」

とてもじゃないけど、割って入れない雰囲気だった。あの夜もそうだったけど、こんなに敵意を剝《む》きだしにする氷室教授なんて見たことがない。

正門前で立ち塞《ふさ》がるように睨《にら》む教授に対し、ユフィさんが肩をすくめる。

「わかったよ、レオ。そこまで言うなら君には干渉しない」

「当然のことだ」

「ただ、大学に入るくらいはいいだろう？　ちょっと先約があるんだよ」

「先約だと？　この大学でお前に一体どんな約束があるというのだ」

あろうことか、ユフィさんがこちらの肩へ親しげに手を置いた。

「これから理緒君と食事をするんだ」

「──っ」

この日この瞬間、理緒は初めて遭遇した。

あの氷室教授が目を見開いて驚愕《きょうがく》しているという顔に。

そのまままぐりんっと音がしそうなほどの勢いでこっちを向く。

「どういうことだ？」

「ひぃ⁉」

目が、目が怖い……っ。

「理緒、なぜお前がユフィリアと食事の約束などをしている？」

「や、えっと、それは……っ」

「ユフィリアが虚偽を口走っているのであればそう言え。すぐにこの男をお前の視界から消し去ってやる」

「物騒っ、眼光と言ってることが物騒すぎます！」

「我が眷属《けんぞく》を魔の手から救うためだ。手段など選びはしない」

「いつも言ってますけど眷属はやめて下さいってばっ。今ここ、かつてないほど人の目があるんですよ……っ」

キャンパス随一の人気の教授と謎のホスト姿の美形が正門前で対峙《たいじ》し、なぜか細身の男子学生が詰め寄られている。状況が意味不明すぎて誰も声を掛けてこようとはしないが、学生たちは横を通りながら確実に注目している。

できるなら今すぐ逃げ出したい。でもここで逃げたら無数の学生が記憶を消去されるような未曾有《みぞう》の事態になりかねない。目を泳がせ、理緒はどうにか状況の打開を試みる。

「えーと……確かにユフィさんと学食にいこうって話になってたのは事実です」

「なぜお前がユフィリアを愛称で呼んでいる？」

火に油だった。ナイフみたいに鋭利な詰問口調に冷や汗が噴き出る。

「そ、そう呼んでほしいって言われたので……っ」

「怒らないで、レオ。理緒君の言う通り、僕がそう頼んだんだ。彼は僕のお願いを聞いてくれただけなんだよ」

すっと間に入ってきて、ユフィさんが庇《かば》ってくれる。でも完全に悪手だった。まるで二対一のような構図になり、教授の眉《まゆ》が益々《ますます》つり上がる。

「お前は食事ごときで篭絡《ろうらく》されたのか。なんと嘆かわしいことだ。私が時折渡している食費では腹を満たせず、その隙をユフィリアに付け込まれたということか？　いいだろう、ならば私にも考えがある。──来い」

「へ？　あ……っ」

強引にこちらの腕を摑み、教授は歩きだす。

「ど、どこにいくんですか!?」

「学食だ。そこまで飢えているのなら、お前が満足するまで面倒をみてやる。遠慮はいらん。全メニューを制覇しろ」

「できませんよ!?　っていうか、飢えてませんから！　僕はもともと小食ですから！　教授、知ってますよね!?」

「知らん。飢えてないというのならお前がユフィリアになびく合理的な理由が存在しない。つまりお前は飢えているのだ」

「力任せの直球みたいな強引な理論……っ！　勘弁して下さい。だ、誰か……っ」

氷室ゼミの誰かがいれば助けてくれるかもしれない。そんな淡い希望を抱いてまわりを見るが、残念なことに幻妖《げんよう》の先輩たちは誰ひとりいなかった。

代わりにユフィさんと目が合い、にこっと微笑《ほほえ》み返される。そして明らかに状況を楽しんでいる顔で追いかけてきた。

「ちょっとレオ、やめないか。理緒君が嫌がっているよ？」

「理緒は嫌がってなどいない。そう見えるのならばお前は現実を曲解している」

「それはレオの方だと思うけどなぁ。理緒君本人に聞いてみなよ。ねえ、理緒君？」

「やめて下さい、僕に振らないで下さい。被害が大きくなるだけですから僕にコメントさせないで下さい、本当お願いします」

「見ろ。理緒は私の誘いに歓喜している。真実が見えていないのはお前の方だ、ユフィリア」

「レオ、大学教授をしている君にこんなこと言うのは心苦しいけど、真実って言葉の意味は知ってるかな？」

くすくす笑うユフィさんだった。

十分後、学食は学生たちのざわめきに揺れていた。あの貴族然とした氷室教授が学食に降臨したからだ。しかもその向かいに座った学生は完全に死んだ目をしており、テーブルには十数人でも食べきれないような量の料理が並んでいる。

驚くなという方が無理な状況だった。

ちなみにユフィさんは学食に入ることを教授に拒絶され、入口の方で笑いを嚙《か》み殺している。そちらを牽制《けんせい》するように一睨《ひとにら》みし、教授は言う。

「さあ、理緒。遠慮はいらん。好きなだけ平らげるがいい」

「は、はは……」

もう引きつった笑いしか出てこなかった。

これ、ヴァンパイアの力を使えば食べきれるでしょうか……。

そんな自暴自棄な考えまで頭に浮かんでくる。すると天の助けがやってきた。

「あれ？ なんか食堂が騒がしいと思ってきてみたら神崎か。それに氷室教授も。こんちはッス」

「広瀬《ひろせ》さん……っ！」

やってきたのは氷室ゼミの先輩、三年生の広瀬佑真《ゆうま》さんだった。

広瀬さんは野球部に所属するスポーツマンで、理緒が最も頼りにしている先輩である。あと体が大きいのできっとよく食べる。

「佑真か。ちょうどいい。今、理緒の飢えを満たそうとしていたところだ。時間があるならお前も座れ。今日は私の奢《おご》りだ」

「そうですそうです！ 広瀬さん、どうぞ座って下さい！ 一緒に食べましょう！ むしろお願いだから食べていって……っ」

「お、おお……またなんか切羽詰まった感じだな、神崎」

状況はわからずとも察してくれた顔だった。鍛えられた体が理緒の隣に座る。

「じゃあお言葉に甘えてご馳走《ちそう》になります、氷室教授」

「好きにしろ。下々の者の面倒を見るのは貴族の義務だ」

その後、偶然通りかかった広瀬さんの野球部仲間もテーブルに集まり、奇跡的に料理を平らげることに成功した。持つべきものは胃が大きくて仲間の多い、頼りになる先輩だ。

ちなみに昼休みが終わってからスマホに『おいおいおい、広瀬に聞いたぞ！　なんで俺も呼んでくれねえのよー!?』とリュカからメッセージがきたけど、そんな余裕はなかったからしょうがない。タダ飯にありつけなかったと嘆く親友に『また今度ね』と返す理緒だった。

そんなことがありつつも三限の講義を受け、続けて四限目五限目も終えて、夕方になってから氷室教授の研究室に向かう。

先日の光の輪の時の片付けはもうあらかた終わっているのだけど、別件があった。教授が所蔵している資料のリスト化である。五月末にスマホを講義中に鳴らしてしまい、そのペナルティとして科せられたリスト化の作業がまだ終わっていなかった。先日の片付けなどを挟んだせいで、中断していたのだ。

資料はなかなかに膨大なのだけど、粛々とやっていればいつかは終わりが見えてくる。だから焦らずのんびりやっていこう……と思っていたのだけど。

「のんびりなんて言ってられない殺伐とした空気……っ」

本棚に向かい、理緒は戦慄《せんりつ》していた。

ロッキングチェアには氷室教授が座っている。内心の苛立《いらだ》ちを表すように尋常じゃない速度でトントントントンッと肘《ひじ》掛けを叩《たた》いている。その視線の先にはユフィさんがいた。学生用のパイプ椅子に座り、長い髪をのんびりとまとめ直したりしている。

空気が重い。鉄か鉛でも酸素に溶け込んでるんじゃないかというほど、ひたすらに重かった。

「ユフィリア、なぜお前がここにいる？」

「食堂では遠慮してあげたんだ。今度は一緒に過ごしてもいいじゃないか」

「聞き間違いか？　今、決闘を申し込まれたように聞こえたが？　私とお前が共に過ごすというのは剣を交えるということだぞ？」

「あはは、何を勘違いしてるんだい。レオと楽しくティータイムなんて、あの頃だってしたことないじゃないか。僕が一緒に過ごすといった相手は理緒君だよ」

「そうか、ならばそれはもう決闘の申し出ではなく宣戦布告だ」

「やめなよ、レオ。大人げない。僕らが争ったら理緒君を困らせてしまうよ。ねえ、理緒君？」

お願いですからこっちに話を振らないで下さい……っ。

全力で聞こえないフリをし、背中に感じる二人分の視線を無視。

理緒が三限目の講義にいく時はユフィさんは素直に『勉強なら仕方ないね。また今度』と送り出してくれた。それを見て氷室教授もひとまず溜飲《りゅういん》を下げた様子だったのだが、講義が終わって研究室にきてみると、扉の前にホストのような美形がいて『やあ、また会えたね。これはもう運命かな？』なんてしれっと言う始末である。

以後、理緒は針の筵《むしろ》のような状態でリスト化の作業を続けている。

ここはもうとにかく目の前のことに集中しよう。今も言い合いをしている二人の声を意識の外に追いやって、理緒は本棚から新しい資料を取る。

ファイリングされた紙の束。きちんと保管はされているけれど、それでも紙は黄ばみ始めていて、どうやら相当昔の論文らしい。リストに書くために表紙を覗《のぞ》き込み、そして理緒は息をのんだ。

――氷室清一。

霧峰大学の印字と共にその名が刻まれていた。

これ、清一さんの書いた論文だ……っ。

以前にこの大学で民俗学を教えていたとのことだから、ここに論文があっても不思議ではない。でもいざ目にすると点と点が繋《つな》がったような不思議な感動があった。

逸《はや》る心を抑えて論文をめくる。するとさらなる驚きが理緒を襲った。

ページを埋め尽くすほど、赤いペンでアンダーラインやメモ書きがされていた。論文は原本ではなく、コピーされたもののようで、これを読んだ誰かが自分の考えや気づいたことを清一さんの論文に走り書きしたようだ。

何かの講義で論文は精読するものと習ったけれど、それにしたってこの量はすごい。ページの空白はほとんど赤字のメモ書きで埋め尽くされている。著者の考えを一滴も余すところなく理解しようという執念のようなものが伝わってきた。

そして理緒は気づく。日頃の講義や今回のリスト化作業で何度も見ているから確信を持って言える。

「清一さんの論文にびっしり書かれているメモ書き、これは……氷室教授の字です」

ページをなぞりながらつぶやくと、背中越しに聞こえていた言い争いの声がぴたりと止まった。

水を打ったような静寂。

教授だけでなく、ユフィさんまで口を閉ざしていた。

え、と思って理緒は振り向く。まず視界に入ったのは、静かに微笑しているユフィさんの顔。まるで何もかも見透かしていて、この瞬間を待っていたというような顔だった。

視線を動かしていき、次いで氷室教授の顔を捉《とら》えた。

「教授……？」

「…………」

返事はない。いつも冷静なあの人が強く唇を引き結んでいた。

あまりにも意外な表情だ。直前までユフィさんと言い争いをして感情が高ぶっていたからだろうか。こんなに内面が表情に出ているような教授は見たことがない。

だからこそ思った。今なら聞けるんじゃないかと。

論文を手にして、ロッキングチェアの氷室教授を見据える。

「氷室清一さん……僕、この論文を書いた人のことを知ってます。五月の末、霧峰北病院に定期検査にいった時に知り合いました。清一さんは教授と同じ『氷室』という苗字《みょうじ》で、以前にこの霧峰大学で民俗学の講師をしていたそうです。この論文は……清一さんが書いたものですよね？」

「…………」

「すごい量のメモやアンダーラインがあります。僕が見間違うはずがありません。これは氷室教授の字です。氷室清一という名を教授は知っていたはずです。でも僕が尋ねた時、教授は『誰だ、それは？』って言いました。どうしてあんなこと言ったんですか？」

教授は答えない。唇を引き結んだまま、微動だにしない。まるで犯人を追い詰める探偵にでもなったような気分だった。だけどここでちゃんと聞かないと、きっとまたはぐらかされてしまう。

テーブルに置いておいたバッグを開け、なかからティッシュの包みを取り出す。

「これをあげておくれって頼まれました」

重力に従い、花ひらくようにティッシュが剝《は》がれていく。

そばまで近づき、その手を教授へ差し出した。

「清一さんは『会いたい人がいる』って言っていました。その相手って……氷室教授じゃありませんか？」

現れたのは一個のみかん。それを目にした瞬間、教授の唇がわなないた。

「………………」

無言は続いた。それを打ち破ったのは第三者であるはずのユフィさんだった。

「ねえ、レオ」

どこか諭すような響きだった。

「僕が何を目的としてこの街にきたか、もう君はわかっているはずだ。だからはっきり言おう。——今夜だよ。もう時間は残されていないんだ」

ユフィさんがなんのことを言っているのか、理緒にはわからなかった。

でも氷室教授には何か意味のある言葉だったみたいだ。

窓の向こうはいつしか黒い雲に覆われていた。ポツ、ポツ、とガラスに雨粒の花が咲き始め、瞬く間に雨が降り出した。外の空気が冷たくなっていくのが肌でわかる。

ついに雨の季節がやってきたのだ。そして氷室教授が口を開く。

「これを……清一が？」

「……っ。はい……っ」

清一さんの名を口にした。やっぱり二人は知り合いだったんだ。でも教授はみかんを受け取らない。拒むように視線を逸《そ》らし、ロッキングチェアから立ち上がる。

「皮肉なものだな。お前があの病院に通っていて、まさか清一と出逢《であ》うとは……。それともユフィリア、これもお前の差し金か？」

「まさか。僕もそこまで周到じゃないよ。理緒君の件は偶然さ。だけど言ってみれば、君たちの運命というやつじゃないかな？」

「戯言《たわごと》を……」

吐き捨てるように言い、教授は背を向けた。

さすがに我慢できなくなってきて、理緒は口を挟む。

「いい加減教えて下さい。教授と、それに……ユフィさんも？　清一さんとはどういう関係なんですか？」

「詮《せん》無い話だ。お前には関係ない」

「関係なくはないよ？　レオが理緒君の『親』ならば、清一氏のことは無関係じゃない」

「ほら、ユフィさんもこう言っています！」

「……なんなのだ、その結託は」

唇からこぼれたのは、小さなため息。教授はゆっくりと腕を上げ、雨粒の花が咲き続ける窓ガラスに触れる。

「理緒、私がいつからこの霧峰大学で教鞭《きょうべん》を執っているか、お前は知っているか？」

「確か数年前から……っていうのはどこかで聞いた覚えがありますけど」

「正確には六年前だ。この国に渡ってきた私はここ霧峰の土地を拠点と定め、大学教授の地位を手に入れた。同時に氷室ゼミも作り、リュカや沙雪《さゆき》、佑真をゼミに入れたのは三年程前になる」

リュカたちは今三年生だから、その辺りの時系列はなんとなくわかった。

「それ以前の私はユーラシアを中心にまわり、ヴァンパイアのルーツ——真祖の研究を続けていた。だが……私がこの国の土を踏んだのは六年前が最初ではない。四十年前にも一度だけ、この国の、この霧峰の土地を訪れたことがあった」

「四十年前……？」

「清一がこの大学にいた頃だ」

「あ……」

ようやく繋がった。

手のひらが窓ガラスをなぞり、青い瞳《ひとみ》の横顔が映った。ヴァンパイアは鏡に映らないという特性があって、理緒などは気を抜いていると半透明に映ってしまうけど、教授はすでにそうした弱点は克服している。だけど雨模様のなか電気もつけていないせいだろうか、ガラスに映った横顔はどこかおぼろげに見えた。

「お前の言う通り、私は……氷室清一を知っている」

雨音が一層強く響いた。

「あれは、氷室清一は――……柳田國男になれなかった男だ」

柳田國男？　どうして今その名が出てくるのだろう。そういえば清一さんも柳田國男のことを『柳田先生』と言っていた気がするけれど……。

氷室教授がこちらを向く。おそらくは様々な疑問への回答を携えて。

だけど次の瞬間だった。ふいにハープの音色が響き渡ったかと思うと、窓の向こうに強い光が迸《ほとばし》った。

「え――!?」

反射的に窓の外を見て、理緒は言葉を失った。

この研究室は教員棟の九階。窓からは霧峰の街が一望できる。西側に見えるのは以前にウールと出逢った『髪絡《かみがら》みの森』がある住宅街。東側は教授の高級マンションやショッピングモールのある開発地区。その様々なところに今、桜色の光が瞬《またた》いていた。

「あれは……っ」

反射的に窓際に駆け寄った。見覚えがある。忘れようがない。翔君をさらいかけた、光の輪だ。

「ユフィリア、何を考えている⁉」

教授の声ではっと振り向いた。ユフィさんは今もパイプ椅子に座っている。ホストのようなスーツ姿で、しかし腕には月を模したハープを抱いていた。

「何を？　レオ、今僕に何をって聞いたのかい？　言ったはずだよ、今夜だと。もう時間がないんだと。だからこれは……鎮魂歌だ。吟遊詩人は歌い、奏でるだけさ。だからね、レオ、あとは君の好きにするといい」

ポロン、と弦が爪弾《つまび》かれた。すると花びらのような形の光がふわっと舞い散った。研究室のなかに羽の生えた人型のようなものが現れる。大きさは指一本程度。

思い出すのは氷室教授が光の輪を『妖精の輪』と言っていたこと。あれがその妖精なのだろうか。

幾人もの妖精が現れ、ハープの音色で踊るようにこちらへ飛んできた。

空中で弧を描き、その中心にいるのは――氷室教授。

「え？　え？」

理緒は動揺し、その直後、あの光の輪が再びこの研究室に出現した。

透明な泥の圧力を感じ、壁際へと吹っ飛ばされる。

「うわぁ……!?」

家具が倒れ、資料は舞い、手にしていたみかんも無残に床へと落ちてしまった。体のあちこちが痛い。理緒は倒れたまま、顔を上げる。

「ひ、氷室教授……!?」

光の輪のなかに教授が囚《とら》われていた。翔君が目の前で消えてしまった時のことを思い出し、思わず叫ぶ。

「早く脱出して下さい！　教授ならヴァンパイアの力で一瞬ですよね!?」

「………」

「聞いてるんですか!?　ねえ、教授……っ！」

ハープの音色は響き続けている。

妖精たちは楽しげに宙を舞い続けている。

教授の瞳は床でつぶれた果実を見つめていた。

「ああ、そうか、そういうことか……」

教授の視線がゆっくりと上がっていく。

「ユフィリア、これがお前の目的だったのか……」

「ああ、そうさ。君はいつも嫌がっていたけど、僕たちは兄弟だ。兄弟のためなら……なんだってするよ」

ハープの音色が響くなか、ユフィさんはどこか哀しそうに苦笑した。そして氷室教授はこちらを向いて、

「理緒……」

名を呼ばれた。その顔を見た途端、ビクッと背中が震えた。

ああ、思えばここ最近、初めての教授を見てばかりだ。今もそうだ。

妖精たちに作られた光の輪のなかで。

このままだと消えてしまう恐ろしい状況のなかで。

氷室教授は……優しく微笑《ほほえ》んだ。

「すまない、理緒。私は——消える」

「なっ!? 氷室教授……!?」

そして光が弾《はじ》けた。強い風と共に花びらが舞い散り、その一枚が理緒の視界を覆う。それが離れると、もう氷室教授と光の輪は跡形もなく消え去っていた。

「そんな……っ」

立ち上がり、わけもわからず駆け寄る。でもそこには小石のようなものが輪の形になって散らばっているだけ。教授の姿はどこにもない。

「なんで、どうして……!? どこにいったんですか、教授!? 氷室教授……っ」

混乱が濁流のように頭のなかを埋め尽くしていく。いくら呼んでも見慣れたスーツ姿は

現れない。キィ……とドアの開く音がして入口の方へ視線を向けると、見えたのは役目を終えたとばかりに出ていく背中。

「ユフィさん……っ！」

慌てて廊下に飛び出す。彼はもうハープを持っておらず、ここから去ろうとしていた。

「待って下さい！　どういうことですか⁉　教授に一体何をしたんです⁉」

「僕は何もしていないよ。選んだのはレオ自身だ」

結んだ長い髪を揺らし、肩越しに振り返る。

「君も知っているよね？　レオなら容易《たやす》く『妖精の輪』を切り裂ける。簡単に脱出することはできたんだ。でもしなかった。レオは消えることを選んだんだよ」

「なんでそんなことを……っ⁉　どうしたら教授は戻ってこられるんですか⁉」

「それを教えてあげるほど、僕は優しくない。——ごめんね」

申し訳なさそうに言い、ユフィさんは窓を開け放つ。雨と風が一気に廊下へ吹き込んできて、彼はジャケットを脱ぎ捨てた。一瞬、理緒の視界が遮られ、現れたのは吟遊詩人の姿。宝石の付いた外套《がいとう》をなびかせ、彼は窓から飛び出す。

「待って……っ！」

慌てて駆け寄ったが、雨粒を跳ねさせるブーツに触れることはできず、ユフィさんは窓枠を蹴《け》って垂直に跳躍する。その先にあるのは教員棟の屋上だ。

ここで見失うわけにはいかない。理緒は屋上への階段に向かおうとし、ほぼ同時にポケットのスマホが着信を告げた。リュカからだ。

「――理緒っ、氷室教授は今どこにいる!? やべえぞ、マジでシャレになってねえ！ さっきから街中で色んな人間が行方不明になってるらしいんだ！」

「な……っ!?」

絶句した。反射的に足が止まり、廊下の窓から霧峰の街を見る。さっきと違う位置にまたいくつもの光が瞬いていた。

まさか氷室教授と同じように街中の人たちが光の輪で……!?

もう本当に一刻の猶予もない。

「……リュカ、すぐに掛け直します」

「はっ!? いやマジで緊急事態なんだって！ なんか氷室教授に電話繋《つな》がんねえし、一緒にいるなら今すぐ――」

ごめんなさい、と思いながら通話を切った。唇を噛《か》み締めてさっきの窓に戻る。ハーフヴァンパイアの力を解放。瞳が真紅に輝く。

こっちも窓から飛び出し、一気に跳躍。各階の窓枠を蹴って、一気に屋上まで駆け上がる。フェンスを飛び越え、濡《ぬ》れたアスファルトに着地した。

「ユフィさん……！」

屋上の広さは大教室二つ分ほど。視線の先に大きな給水塔があり、吟遊詩人はそこにゆったりと腰掛けていた。羽根飾りの帽子を被《かぶ》り、雨に打たれながら空を見上げている。

理緒も同様に雨粒に濡れ、頬に張りつく髪を払って叫ぶ。

「やっぱり輪を使っていた犯人はあなただったんですね⁉ 答えて下さい！ どうしてみんなを消そうとするんです⁉ 氷室教授だけじゃなく、街の人たちまで……っ。どうしてですか⁉」

吟遊詩人は空を見上げたまま、静かに瞼《まぶた》を閉じた。

「……ああ、いいね。理緒君、君の声は澄んでいて雨音にもよく馴染《なじ》む。心が汚れていない証拠だ。つくづく思うよ、レオはいい子を眷属《けんぞく》にした」

「眷属の話なんて今していません……っ」

瞼を開き、吟遊詩人は雨に濡れた瞳でこちらを見つめる。そしてどこか謡《うた》うような朗々とした声、芝居がかった仕草で手を掲げ、彼は告げた。

「君はレオーネ＝L＝メイフェアという男をどれだけ知っているかな？」

氷室という苗字《みょうじ》はつけない呼び方。しかし理緒にとって馴染み深いのは『氷室教授』の方だ。他の呼び方なんてピンとこない。

それよりもどうにか距離を詰める隙がないかと理緒は窺《うかが》っていた。力ずくなんていうのは心から嫌だし、どうにかできる相手ではないけれど、リュカも言っていたように今は緊急事態だ。

なんとかこの人を取り押さえて、氷室教授たちを助ける方法を聞かなきゃいけない。

じりじりとつま先を押し出していく。ハーフヴァンパイアの力があれば、一瞬で給水塔まで跳躍できる。けれど、

「……っ」

吟遊詩人の周囲に再び妖精たちが現れた。近づけば光の輪に囚われる。動けない。

「もうどれくらい昔のことになるだろうか。あのね、僕とレオも最初は普通の人間だったんだ。ウォールデン家とメイフェア家は同盟を結んだ仲で、僕とレオは子供の頃からお互いを知っていた。こないだはついレオとティータイムをしたことないなんて言ってしまったけど、人間だった頃はよく両家のお茶会もあったんだ。子供の頃は平和だった。だけどある日、僕らは『人ならざるモノ』に遭遇してしまった。抵抗も虚《むな》しく両家は全滅。僕とレオもあとは死を待つのみになった。でもその時出逢《であ》ったんだ。――『親』にね」

「親……」

思わずつぶやいてしまった。吟遊詩人は懐かしそうな目で笑う。

「そう、ヴァンパイアとしての『親』だ」

似ている。神崎理緒がハーフヴァンパイアになった状況と。

理緒も『人ならざるモノ』と遭遇し、命を失いかけ、ヴァンパイアに――氷室教授に出

逢った。似ているどころかまったく同じ状況と言ってもいいかもしれない。

「その『親』がまた変わり者でね。気まぐれに僕らを助け、しかもヴァンパイアにまでしてくれた。美しい女性《ひと》だったよ。僕らは彼女によって新たな命を得て、長い長い旅をした。家が全滅した以上、もう故郷に居場所はない。だけど淋《さみ》しさはなかった。ヴァンパイアになったことで僕は新たな家族を得られたからね。彼女は母のような存在で、レオは兄弟のような存在だった。ヴァンパイアになったおかげで僕は孤独に溺《おぼ》れずに済んだんだ」

「でも氷室教授は言っていました。自分には兄弟なんて存在しないって」

「そうだね……」

帽子のつばを伝い、長い髪から雨が滴っていた。

「彼は僕のことを認めない。いまだにあの日のことを乗り越えられずにいるんだろう」

「あの日のこと……？」

「僕たちの『親』はもういないんだ。ヴァンパイアという高位の存在であっても手の届かないところへ旅立ってしまった」

「それって……」

亡くなった、ということだろうか。

何百年と生きるヴァンパイアであっても死んでしまうことはある、ということなのか。

吟遊詩人は言葉としては語らなかった。だが眼差《まなざ》しが肯定していた。

「時間が必要だったけど、僕は彼女との別離を受け入れ、やがて乗り越えた。だけどレオはいまだに立ち止まっている。彼は……とても臆病だから」

困ったような苦笑を向けられ、理緒は困惑した。

氷室教授が臆病……？

そんなイメージ、まったくない。あの人はいつも堂々としていて、どんなあやかしが出てきても臆することなく冷静に対処してしまう。臆病なんて言葉からは一番遠い人だ。

「そんなことない、って顔だね？」

視線の先、外套を揺らして肩がすくめられる。

「でも本当のことだよ。今夜のこともそうだ。もうひとりの親との別れを前にして、レオはまんまと僕の用意した甘い逃げ道に乗ってしまった。まったく、手のかかる兄弟だよ」

今夜？

もうひとりの親との別れ？

意味がわからない。だけど吟遊詩人はこっちのことなどお構いなしに立ち上がる。

「『親』である彼女との別離の後、僕とレオは袂《たもと》を分かった。そばにいると、どうしても思い出が心を蝕《むしば》んでしまうから。それでも僕は何度も手紙を出したんだよ。ヴァンパイア同士、どれほど多くの国を挟んでいてもコウモリを使えば手紙を届けるぐらいはできるからね。だけどレオはただの一度も返事を寄越《よこ》さない。ひどいと思わないかい？　腹が立ったからコウモリを送って直接様子を見ることにしたんだ。おかげでこれまでレオが歩んできた足跡はだいたい知ってる。今、こうして理緒君をハーフヴァンパイアにして共にいることや、四十年前、ただの人間である氷室清一氏とどういう日々を過ごしていたかもね」

雨はやまない。給水塔の上に立ち、吟遊詩人は静かな眼差しでこちらを見下ろす。

「もう一度問おう。神崎理緒君、君はどれだけ知っているかな。レオーネ＝L＝メイフェア＝氷室という僕の兄弟のことを」

今度は『氷室』と苗字がつけられていた。吟遊詩人は申し訳なさそうに顔を歪《ゆが》める。

「ごめんね、理緒君。君にこんな役を押し付ける僕を許してほしい。だけどこれは必要なことなんだ」

次の瞬間、給水塔からタンッと足が踏み出された。

「あ……っ」

外套を翻した身は軽やかに空中へ。いつの間にか腕にはハープが抱えられていた。

初めて会ったマンションの夜、このハープを爪弾《つまび》くと、吟遊詩人は虚空に消えた。逃げられてしまう。もう妖精のことも頭から抜け落ち、理緒は反射的に「待って……！」と飛び出す。

だが間に合わなかった。軽々とフェンスを越え、吟遊詩人は弦に指を掛ける。

「いいかい？　タイムリミットは夜明けまでだ。夜を越えたら『妖精の輪』の向こうとこちら側の時間がズレてしまう。だから理緒君、もしも街中の人々を助けたいのなら足掻《あが》くんだ。足掻いて、足掻いて、在るべき結末を見せてほしい。それが僕という吟遊詩人からのお願いだ」

音色が響き、その姿は風に巻かれるようにかき消えた。まわりを飛んでいた妖精たちもそれに合わせるように消えていく。

「そんな……っ⁉ 僕になにをしろって言うんですか⁉」

屋上のフェンスにぶつかるようにして下を見る。だけど雨が地面に落ちていくばかりでもう吟遊詩人がいた痕跡《こんせき》すら残っていない。

「本当に、どうすれば……」

タイムリミットは夜明けまで。

それまでに街中の人々を『妖精の輪』から助け出さないといけない。

強い焦りが雨粒と共にこぼれていく――。

第四章　輝かしい旅の終わりに

ずぶ濡《ぬ》れの状態で研究室に戻ると、まるで嵐がきた後のように家具が倒れ、資料も散らばってしまっていた。床で円状になっている小石がコツンと足に当たり、理緒《りお》はその場に立ち尽くす。

「氷室《ひむろ》教授……」

ここに戻ってくるまでにリュカには連絡しておいた。途方に暮れていると、しばらくして廊下から足音が響いてきた。

「理緒っ、氷室教授がいなくなったってどういうことだよ!? って、なんだこりゃ!? また荒れ放題になってんじゃねえか！　こないだ翔《かける》助けた後に片付けたばっかだよな!?」

理緒ははっと顔を上げる。

「翔君……っ。そうだ、翔君は大丈夫なんですか!?　街中の人たちが行方不明になってるんですよね……!?　あの『妖精の輪』が出てるってことはもしかして翔君も……っ」

「あの子なら大丈夫よ」

答えたのは、リュカの後に続いて研究室に入ってきた沙雪《さゆき》さんだった。その後ろには広《ひろ》瀬《せ》さんの姿もある。

理緒が折り返しで連絡した後、リュカが氷室ゼミのメンバー宛に一斉にメッセージを送ってくれていた。それを見て駆けつけてくれたのだろう。

「ばか犬からあの輪と街中の神隠しのことを説明されたから、ここにくる途中で一応あの子に電話してみたわ。下校中に雨が降ったから今はご両親のお店にいるみたいよ。今のところはとくに異常はないみたい」

「沙雪さん、翔君の連絡先知ってたんですか……？」

尋ねた途端、ガッと腕を掴《つか》まれた。顔を赤くし、ドスの利いた小声で囁《ささや》いてくる。

「なんかの拍子に余計なこと言わないように念のため聞いといたのよ。あの子、鳥の声を聞いてわたしの独り言聞いちゃってたでしょ？　わかった？　わかったなら理緒君も余計なこと突っ込まないの……！　オーケー!?」

「オ、オーケーです！　わかりました……っ」

そういえば翔君も沙雪さんの気持ちを知ってる一人だった。すっかり忘れていたけれどご本人的には大問題なので、しっかり対策をしていたらしい。

「俺も真っ先に翔に連絡した。店の邪魔にならないように休憩室でゲームやってるってよ。とりあえず大丈夫みたいだ」

それに、と言って、リュカは自分のスマホを開く。

「翔と同じようにあの時、『聴耳《ききみみ》』の力を身に付けた子供たちはみんな無事っぽい。輪で行方不明になっているのは大人たちばっかりだな。それもそこそこ歳いったおっさんたちが多いみたいだ」

リュカは交友関係が広く、氷室教授のためにあやかし情報を得る目的もあって、色んな人脈を持っている。その情報網はキャンパス内だけではなく、霧峰《きりみね》の街にも広がっている。

リュカが言うなら『聴耳譚《ききみみたん》』の時の子供たちは大丈夫なのだろう。

だけど……。

壮年の男性ばかり消えているというのがよくわからない。『妖精の輪』はあの吟遊詩人が使っている力なのだと思う。だから『聴耳譚』の時にちょっかいをかけていた子供たちが狙われるんじゃないかと思ったけど、実際は壮年の男性たちが狙われているという。何かちぐはぐな気がした。

「俺はさっきまで十二号館にいたんだけどよ、街の方に翔の時と同じ光が見えた。理緒も見たか？」

「はい、僕も見ました。この研究室の窓から」

「不幸中の幸いっつーか、どうやらあの光は普通の人間には見えないモンらしい。おかげでまだそこまでの騒ぎにはなってない。だけど目の前で男が消えたって話は徐々に増えてきてる。大事になるのも時間の問題だ」

戸惑いを浮かべ、リュカが真面目な顔で尋ねる。

「で、そんな状況で氷室教授がいなくなったってどういうことだよ？　しかも研究室のこの状況……もうわけがわかんねえぞ？」

どこから話せばいいだろう。理緒自身、まだすべてを呑み込めたわけじゃない。横倒しになったテーブルに手を置き、重い口を開く。

「氷室教授も男性たちと一緒です」

「一緒……？」

「あの光の輪……『妖精の輪』に囚《とら》われて、教授も消えてしまいました」

「はあ!?」

リュカが目を剝《む》き、沙雪さんと広瀬さんも同様に啞然《あぜん》とした。

「いや囚われて消えたって……んなことになるわけねえだろ？　だってあの人、翔の時に俺らの目の前で輪をこじ開けてたじゃねえか！　ヴァンパイアの力全開っ、って感じでさ。氷室教授にあの輪っかは通じねえはずだろ？」

「僕も同じように思ってました。でも……」

確かに教授が本気になれば脱出は容易だったはずだ。だけど現にあの人は目の前で消えてしまった。わざわざ『私は消える』なんて宣言までして。

むしろ教授は自分から囚われることを望んでいたように見えた。どうして……と考えれ

ば考えるほどわからなくなってくる。だから今、客観的にみんなに報告できることがあるとすれば、

「今回の犯人は……ヴァンパイアなんです」

「ヴァ、ヴァンパイア⁉」

「はい、それも氷室教授と同じ『親』を持つ、兄弟のような存在らしくて……」

「おいおいおい……っ。冗談だろ、ヤバすぎじゃねえか……っ」

リュカが頭を抱え、沙雪さんも混乱した顔でつぶやく。

「初めて聞いたわ。氷室教授にご兄弟なんていたのね……」

険しい顔で腕を組むのは広瀬さん。

「けどそれなら納得かもな。兄弟ってことは氷室教授と同じぐらい強いヴァンパイアってことだろ？　そこらのあやかしなら氷室教授に手も足も出ないだろうけど、それだけのヴァンパイアなら教授が罠《わな》に嵌《は》められることもあるんじゃないか」

理緒は浅く頷《うなず》いた。隣ではリュカが乱雑に頭をかく。

「クソ……ッ。どうすりゃいいんだ？　あの輪をどうにかできるのは氷室教授だけだ。理緒や俺が全力出したって、あの人がいなきゃたぶん輪に触ることもできねえ」

「つまりまずはどうにかして氷室教授を助けなきゃいけないってことよね？　わたし、ゼミのメンバーに連絡するわ。もうみんなここに来る頃でしょうけど、幻妖《げんよう》があれだけ何人

もいれば誰かしら打開策を思いつくかもしれないし」

「そういうことなら俺も地元の親友に電話してみる。妖狐《ようこ》さんなら何かいい知恵を貸してくれるかもしれないからな」

あ、と理緒は広瀬さんの方を向く。

いつだったか聞いた、舞踏会の話を思い出したのだ。

「教授が以前に言ってましたっ。妖狐さんの街では定期的に舞踏会が開かれていて、そこにはヴァンパイアが出席するって！　そのヴァンパイアの人に聞けば何かわかるかもしれません……っ」

教授の口ぶりからすると、妖狐の街のヴァンパイアは吟遊詩人とも違う人物のはずだ。

第三者ならこの状況の解決法を知ってるかもしれない。

広瀬さんはすでにスマホを耳に当てていて、頷きを返してくれた。

「あの街にヴァンパイアなんていたのか……？　俺は会ったことないけどわかった、聞いてみる。――もしもし、高町《たかまち》か？　いきなりわりぃな。緊急事態なんだ。妖狐さんはそばにいるか？　あとそっちの街のヴァンパイアって人に聞きたいことがあって――」

高町というのが広瀬さんの親友の名前らしい。

一方、沙雪さんはスマホを睨《にら》みながら地団太を踏んでいる。

「だめっ、氷室教授を捕らえられるような術、誰も破ったりできないって。ったく、どいつもこいつも使えないわね……！　っていうか、わたしたちの氷室教授がピンチなんだから早くここに集まりなさいよ！」

「いやひどくね？　どうにもできないのはお前も同じなんだからゼミの仲間を悪く言うとかひどくね？」

「はあ⁉　あのね、わたしは――」

いつもの喧嘩《けんか》の要領で沙雪さんがリュカに喰《く》って掛かる。しかしいざリュカの顔を直視すると途端に勢いがなくなった。気まずそうに目を逸《そ》らして唇を尖《とが》らせる。

「……わ、わかったわよ。わたしが悪かったわよ」

「え、なに？　お前、熱でもあんの？　すげえ不気味なんだけど？」

「……うっさい」

何とも言えない空気に口を挟めず、理緒は気づかないふりをして、広瀬さんの方に注目。すると数分して通話が終わった。「おう、ありがとな」と言って、スマホがポケットにしまわれる。

「どうでしたか？」

「ヴァンパイアさんに連絡を取るにはまだ時間が掛かるらしい。でも妖狐さんの知識だけでも対処はできるみたいだ」

「ほ、本当ですか……⁉」

「俺の親友──高町って言うんだけどさ、その高町が妖狐さんと一緒にこっちにきてくれるって。今のこの街の状況は大規模な神隠しみたいなもんだから、あの二人なら解決できるそうだ。もう大丈夫だぞ」

広瀬さんが八重歯を見せて笑い、他の三人は一様に顔を見合わせる。一拍置いて、リュカが「マジか、よっしゃあ！」とガッツポーズ。沙雪さんも胸を撫《な》で下ろし、理緒も全身から力が抜けるのを感じた。

広瀬さんの言う妖狐さんについては、何度か聞いたことがある。非常に強いあやかしであの氷室教授すら当初は警戒していたそうだ。舞踏会の話をしていた時も教授はかなり気を遣っていた様子だし、きっとヴァンパイアにも引けを取らない人たちなのだろう。そんな人たちが力を貸してくれるならもう安心だ。

「よかった。本当によかったです……」

「神崎《かんざき》、よく見たらお前ずぶ濡《ぬ》れじゃないか。風邪引くぞ？」

広瀬さんがスポーツバッグからタオルを出して頭に乗せてくれた。おそらく部活で使うものなのだろう。霧峰大学のロゴが入ったタオルでわしゃわしゃと頭を拭《ふ》かれる。

「あ、すみません……」

「いいっていいって」

「広瀬さんの地元ってこの街から近いんですか」

「あー、そこそこ遠いな。でも高町と妖狐さん、朝にはこっちに着くそうだ」

「え、朝……？」

タオルに埋もれた顔を上げる。

血の気が引いていく。冷たい氷柱《つらら》に背筋を突き刺されるような感覚があった。

「神崎？」

「どうした、理緒？」

「理緒君、朝だと何か問題があるの……？」

先輩たちに尋ねられ、掠《かす》れた声で答える。

「……間に合いません」

希望が見えたところから一転、膝《ひざ》が笑い始める。

「あの吟遊詩人……教授の兄弟のヴァンパイアは言ってました。タイムリミットは夜明けまでだって。だから朝になったらもう……」

重い沈黙が降りる。

視線をさ迷わせ、口を開いたのは沙雪さん。

「どういうこと？　じゃあ、広瀬の知り合いがきてもダメだってこと……」

「はい、おそらく……」

きっと『妖精の輪』から助けだすには時間制限があるのだ。

せっかく広瀬さんの親友と妖狐さんがきてくれても朝ではタイムリミットに間に合わない。やはり氷室ゼミの学生たちだけで対処しなくてはならないのだ。

状況は再び暗礁に乗り上げた。足に力が入らなくなり、とうとう理緒はその場に崩れ落ちてしまう。

今までは何があっても氷室教授がなんとかしてくれた。

骸骨《がいこつ》が出ようが翔君が消えようがどんな時でも解決策を示してくれた。ウールの『髪絡みの森』や秋本美香《あきもとみか》さんの鬼籍《きせき》、『古椿《ふるつばき》の霊』や朧鬼《おぼろおに》の時だって教授がいなければ何もできなかった。

僕はなんて無力なんだ……っ。

悔しさと焦りで唇を噛《か》み締める。

頭上ではさすがに不安を堪《こら》え切れなくなったのか、沙雪さんとリュカが言い争いを始め、広瀬さんがなだめようとしている。

「ばか犬、誰か当てになる人はいないの!?　あんた、顔が広いのが取り柄でしょ!?」

「待て待て、風花《かざばな》。落ち着けって」

「無茶言うなって！　氷室教授みてえなあやかしとか幻妖の専門家なんてそうそういるわけねえだろ……っ」

……専門家？

ふいに頭に引っ掛かるものがあった。瞼《まぶた》を開くと、そこにあったのは——床でつぶれてしまった、みかん。

「あ……」

目を見開く。みかんを両手で包み込んで理緒は立ち上がった。

「……いました」

先輩たちがこちらを見る。

常識的にはありえないことかもしれない。だけど、もしかしたらという思いがあった。

「心当たりが……あります。一人だけいました。氷室教授と同じくらいの知識を持っているかもしれない人が……この街にはいます」

まだ雨の降りしきるなか、理緒は視線を向ける。

それは窓の向こう、霧峰北病院。

ハーフヴァンパイアの力を使って本気で急げば、大学からでもそれほど時間は掛からない。雨足はさらに強まり、走っていると傘は途中で意味をなさなくなった。

誤算だったのは職員用の通用口が施錠されていたこと。こないだの骸骨騒ぎで林から遺体が見つかったから病院内の防犯レベルが高くなったのかもしれない。

すでに日は落ちているが、消灯時間にはまだ早い。こんなずぶ濡れの姿では正面玄関からは入れなかった。

迷った挙げ句、理緒は第二病棟を真紅の瞳《ひとみ》で見上げた。清一《せいいち》さんの病室の場所はわかっている。叩《たた》きつけるような雨を振り払って跳躍。幸い、窓に鍵《かぎ》は掛かっていなかった。

これじゃあ僕、本当にヴァンパイアみたいだ……。

だけど半ば確信があった。清一さんは驚いて怖がったりはしないと。消える直前の氷室教授の雰囲気がそう思わせた。

「清一さん……?」

窓を開けると、カーテンが風でふわりと舞った。激しい雨音が病室の静かな空気を上書きしてしまったのを感じる。だけど、

「おや、理緒かい……?」

思った通り、清一さんは当たり前のように受け入れてくれた。

細い体はベッドに横たわっていて、瞼がうっすら開いたかと思うと、優しい瞳がこちらを見た。

「本当にまたきてくれたんだねえ。今夜は星が見えなくて残念だったけど、代わりに理緒がきてくれるなんて、こんなに嬉《うれ》しいことはないよ」

理緒は窓枠を摑《つか》み、桟の部分に足を乗せているような状態だった。髪は濡れて毛先から

雫《しずく》が滴り、ヴァンパイアの力を使っているから瞳も真紅に輝いている。怪しさで言ったらこれ以上のものはない。

「清一さん……驚かないんですね」

「んー？」

少し考えるような間を置き、小さな笑い声がこぼれた。

「吸血鬼に逢《あ》うのは初めてじゃないからねえ」

ああ、やっぱり……。

氷室教授の雰囲気からそんな気がしていた。清一さんはちゃんと知っているのだ。あの人がヴァンパイアだということを。

肩の力がすっと抜けていき、理緒は困った顔で苦笑する。

「一応、僕が吸血鬼――ヴァンパイアなのは半分だけなんですけどね」

「おやまあ、そうなのかい？」

「はい。だからいつも『僕は人間だ』って言い張ってます」

「なるほどなるほど、それは良《い》いことを聞いたよ」

「良いこと、ですか？」

僕が人間だって言い張ってることが？

「ああ、良いことさ。冥途《めいど》の土産にはちょうどいい……」

愉快そうに清一さんは唇を緩める。

その表情が妙に憔悴《しょうすい》しているように見えた。午前中に会った時よりも頬がこけ、顔色もどこか青白い。

「冥途の土産だなんて滅多なこと言わないで下さい。具合よくないんですか……？」

清一さんは答えなかった。代わりに布団から細い手を出し、手招きする。

「そんなところにいないで、こっちにおいで。この雨じゃ外は寒かったろう？」

窓が開けっぱなしの方が清一さんの体に障るかもしれない。不安を覚えたけど、窓枠から下り、ベッドへと近づく。

「そこのタオルを使いなさい。さあ座って。私に何か聞きたいことがあるんだろう？」

「はい、実はそうなんです」

借りたタオルで雨の雫をぬぐい、パイプ椅子に座った。近くで見るとより一層、清一さんの表情には生気が感じられない。やっぱり体調がよくないみたいだ。聞くべきことを聞いて、早くお暇《いとま》しよう。

「清一さんは……氷室教授とお知り合いなんですよね？」

「玲央《れお》から聞いたのかい？」

「あれ、えっと……」

イントネーションが少し違う気がした。

「王偏に令、中央の央、それで玲央。当て字だけどね。日本風の名前をつけてやったんだ。本人は満更でもないようだったよ」

「そうなんですか」

吟遊詩人にレオと呼ばれるのは怒っていたのに、清一さんに呼ばれるのは嫌ではなかったらしい。

「その様子だと、私のあげた当て字は使ってないようだね？」

「はい、普通にレオーネ＝L＝メイフェア＝氷室って名乗ってます」

「やれやれ、素直じゃない子だ。ということは、みかんも受け取っていないとみた。どうだい？」

「大正解です」

思わず苦笑がこぼれる。このまま色んな話を聞いてみたかった。だけど清一さんの体調的にもタイムリミット的にもその時じゃない。

『妖精の輪』ってわかりますか？」

「ふむ？」

「そのなかに囚《とら》われた人を助けだす方法を知りたいんです」

椅子から前のめりになって尋ねた。切迫した状況を汲《く》み取ったように清一さんの顔から笑みが消える。寝たままで天井を見上げ、ぽつりとつぶやく。

「玲央がだいぶ面倒を掛けているようだね……」

そして口調が学者のものへと変わっていく。

「『妖精の輪』か……確かヨーロッパに多く分布している伝承の一つだね。妖精たちは夜ごと輪になってダンスを踊り、人間がその輪のなかに足を踏み入れると、あちら側の世界に迷い込んでしまう、というやつだ。しかし……」

申し訳なさそうに清一さんは眉《まゆ》を寄せる。

「私の専門は日本民俗学なんだ。残念なことに海外の伝承に関する知見には乏しい」

「あ……」

以前、四月の頃の講義で氷室教授が言っていたことを思い出した。

この国の民俗学はガラパゴス化してしまっている、国内の専門性に特化するあまり海外との検証実績には乏しい、と。

「玲央にもよく言われたよ。お前たちは海の向こうへの興味が薄すぎるってね。まさかこの歳になってそれが響いてくるとは……」

「…………」

理緒は唇を噛み締め、拳《こぶし》をぎゅっと握り締めた。

折れそうな心を必死に繋《つな》ぎ留める。落ち込んでる暇はない。すぐにでも次の手を考えないと……っ。

「清一さん、ありがとうございました。突然きちゃってすみません。このタオル、洗ってまた返しにきますから……」

パイプ椅子から立ち上がる。そうして窓に手を掛けると、背中越しに声を掛けられた。

「まあ、待ちなさい」

雨のなかに戻ろうとする理緒とは逆に、その声には悲嘆の色は微塵《みじん》もなかった。

「老人の話は最後まで聞くものだよ。確かに私は玲央に言われた通り、海の向こうへの興味関心が足りなかった。そんな横着者だから柳田《やなぎた》先生のようになれなかったんだ。だけどね、それでお前さんの力になれないかというと、そうじゃあない。日本の民俗学者を舐《な》めてはいけないよ」

振り向いた先にあったのは、不敵な笑み。

「民俗学は人間の文化に着目した学問だ。たとえ遠く離れた土地でも、そこに人間がいるのならば通じるものは必ずある。『味噌買橋《みそかいばし》』の話をした時に言ったろう？　見方が違うだけで本質は同じなんだ。――さて状況を整理しよう。理緒、今、お前さんは知り合いの誰かが『妖精の輪』に囚われて、それを助けたいんだね？」

「そうです。何か方法があるんですか……っ」

「その困った誰かさんは不慮の事故で輪に足を踏み入れたのかい？」

「いいえ、意図的なものです。まわりにはたくさんの妖精がいて……」

おそらくは吟遊詩人の手によるものだが、この場合は妖精たちの意図とも言っていいだろう。

「つまりこれは『取り替え子譚《たん》』のような『妖精が人をさらう』という事例だ。だとすれば……うむ、日本にもいくらでも事例がある」

清一さんはベッドから手を出し、自分のこめかみ辺りをトントンと叩き出す。

あ、と思った。氷室教授が考え事をする時と同じ仕草だ。

「天狗《てんぐ》、隠し神、夜道怪《やどうかい》、化物婆《ばけものばば》……人をさらう妖怪は数多《あまた》いるが、理緒にもはっきり姿を見せているということは、今回の件は河童《かっぱ》や鼠《ねずみ》のような日常的な妖怪が近いか」

「日常的？　河童がですか？」

「そうだ。我が国は水源が豊かで多くの土地に川が流れている。そこに住む河童は昔から日本人にとって最も日常的に接する怪異の一つだった。子供だけで川遊びをしていたら河童に川に引きずり込まれるぞ、なんて昔はよく言われたものさ」

「川に引きずり込まれる……。あ、それって……」

「人が『妖精の輪』に囚われた現状と似通っているかもしれないねえ。だとすれば、だ」

トンッ、と指の動きが止まった。

「事態を打開する鍵は——鉄だ」

「鉄？」

「そう、『鉄気《かなけ》ノ忌《のき》』と言ってね、日本では古くから妖怪の類《たぐい》は鉄を嫌うものと言われている。たとえば『河童にきゅうりを捧《ささ》げて毎日魚をくれるようになったが、鍬《くわ》や鎌を川に置き忘れたせいで二度と現れなくなった』なんて話が全国各地によくあるんだ。理由は様々に考えられる。製鉄技術の伝来が人間の文化を発展させ、妖怪の住むような闇を取り払っていったこと。あるいは火を使う鍛冶《かじ》屋が火床を『鍛冶神』として祀《まつ》りだしたことも要因かもしれない。あやかしも神様には敵《かな》わないということさ。いずれにしろ製鉄技術が浸透した結果、妖怪は鉄を恐れるようになった」

そして、と言葉は続く。

「当然、製鉄技術は日本だけでなく、中世のヨーロッパをもかつて席巻《せっけん》した。むしろあっちが本場なくらいさ。つまりだ、日本の河童が鉄を恐れるのなら……？」

講義の時のような問いかけに理緒は身を乗り出して答える。

「ヨーロッパの妖精も鉄を恐れるってことですね⁉」

「その通り。S評価だ」

理緒は不思議な感慨が胸に湧き起こるのを感じた。

氷室教授はいつも海外民俗学の知識であやかしの謎を解く。同じように清一さんは今、日本民俗学の知識で『妖精の輪』の解決法を紐解《ひもと》いてくれた。

ただの知り合いとは思えなかった。二人の間には何か大きな繋がりがあるように感じられる。

「鉄と言ってもピストルなんて物騒なものじゃ意味がない。おそらくはもっと日常生活に密着したものがいいだろう。鉄のハサミなんかがあれば、輪を断ち切れるはずさ」

「鉄のハサミ……わかりました、それなら研究室にあった気がします！」

希望が見えてきた。背筋を伸ばして頭を下げる。

「ありがとうございます、清一さん！」

「いい顔になったね。こんな老いぼれが若者のお役に立てたなら光栄です」

ベッドのなかで清一さんも小さく会釈を返してくれた。そして大切な宝物を包み込むような優しい声で問いを投げかけられた。

「ねえ、理緒。お前さんはどうして民俗学を学んでるんだい？」

「僕が民俗学を学ぶ理由……？」

時間は迫っている。でもちゃんと答えなきゃいけないことのような気がして、柔らかい視線を見つめ返した。

以前にも一度、似たようなことを考えたことがある。朧鬼《おぼろおに》の事件を解決した時、民俗学を学ぶ意味が少しわかった気がしたのだ。あの時は上手《うま》くまとめきれなくて氷室教授に『B評価だ』と言われてしまったのだけど……。

「えっと、土地には色んな歴史があります。僕が知っていることも、知らないことも、本当にたくさんの歴史が。たぶん現在っていうのは、そういう多くの過去の延長にあるもので、知らなくても生きてはいけるけど、でも知った方がきっといいもので……なんでいいのかと言うと難しいんですけど、えっとつまり……」

また、こんがらがってきてしまった。

しかし清一さんは優しい顔で深く頷《うなず》いてくれる。

「間違っていないよ。お前さんは素晴らしい学びを積み重ねているようだ。土地には歴史があり、それらの一つ一つが現在へと繋がっている。なかには忘れられてしまうものも多くあって、人の口から口へ伝わっていく昔話なんかがいい例だ。これは『味噌買橋』の時にも話したことだね。だからね、理緒。土地の歴史を学んだら、次は人の歴史を学びなさい」

「人の歴史……ですか？」

「その土地に住む人々がどういう生き方をしてきたのか、ということさ。土地と人、歴史とはその二つが交わって育《はぐく》まれていくものなんだ。多くの人に出逢《であ》い、その土地の人々がどういう気質を持っているのかを知ることで民俗への理解は深まる」

それはとても理想的なことのように思えた。同時に自分にはまだ難しいかもしれない、とも思う。

だんだん大学のなかに知り合いも増えてきたし、病院の看護師さんたちとも話ができるようになってきた。でも土地の人々の気質……特徴のようなものがわかるほど多くの人々と関わるなんて大変なことだ。根が人見知りな自分は考えただけで途方に暮れてしまいそうになる。

「ふふ、とんでもない課題を出された、という顔だねえ」

「正直、氷室教授に叱られた時と同じような気持ちになってます……」

「確かに多くの人を理解するのは大変な仕事だ。だったらまずは身近な人の歴史を知ろうとしてみるといい。たとえば——妖精に魅入られてしまうような手のかかる誰かとかね」

「あ……」

考えてみれば、翔君は両親のそばにいられない淋《さみ》しさから『妖精の輪』に囚《とら》われた。たとえ鉄のハサミを使って輪を退けても、それだけじゃ氷室教授を助けだすには足りないのかもしれない。清一さんはそういうことを言っているのだ。

でもあの氷室教授がまさか淋しいなんて気持ちから囚われているとも思えないし、普段から何を考えているかわからない人だ。どんな言葉をかけたら『妖精の輪』から出てきてくれるかなんて……と考えて、ああいや違う、と思い直した。

「清一さん」

理緒は頷く。

「やってみます」

方法はある。とてもシンプルだけど、だからこそあの人に一番効くと思う。

「その意気だ。頼んだよ、理緒」

さらにいくつかアドバイスをもらい、清一さんの言葉に見送られ、やがて霧峰北病院を後にした。理緒は息を切らせて、大学へ戻ってくる。

途中、リュカを始めとした氷室ゼミの先輩たちに鉄のハサミのことを連絡した。みんなで街中に散らばり、ひとりでも多くの人たちを輪から助けに向かってもらう。だけど全員を助けようとしたら、やはり夜明けには間に合わない。

「やっぱり氷室教授の力が必要です……っ」

ずぶ濡《ぬ》れになりながら、大学の研究室に帰ってきた。扉を開けると、散らかり放題の部屋のなかが目に映る。探しているものはすぐに見つかった。

まずは鉄のハサミ。

研究室には大きな荷物が届くことも多いので、目の粗い固定紐《ひも》も切れるようにこういうものは常備されている。

それからもう一つ探していたのは、小石の群。

ちょうど氷室教授が『妖精の輪』に囚われたのと同じ位置に小石の群が円を描くように落ちていた。教授が消えた時は動転していて気がつかなかったけど、こんなもの普段の研究室にはなかったはずだ。

「清一さんの言った通りだ……」

追加のアドバイスを聞いておいてよかった。

一番不安だったのは『妖精の輪』の攻略法がわかっても教授自身の位置がわからないこと。翔君は街の路地裏で消えて、この研究室に現れた輪のなかにいた。あの時の教授の口ぶりから推測すると、おそらくは吟遊詩人が何かしたのだろうけど、今回の教授がどこかへ移動させられていたらまた捜さなくてはいけなくなってしまう。

清一さんによると、『妖精の輪』が出た場所には石が円状に連なるストーンサークルができるらしい。『円とは縁だ。専門外の知識だけれど、石の円ができているなら、そこはまだ妖精の世界と繋《つな》がっているはずだよ』と清一さんは教えてくれた。

理緒は小石の連なりを視界に収め、目の前の空間を見据える。大きく深呼吸。

「円とは縁……」

だとすれば、この先にちゃんと縁が繋がっているはずだ。かつて氷室教授が清一さんに出逢い、その清一さんに自分が出逢い、そして今この場に立っている。

翔君の時のような激しい攻防はきっと必要ない。そっと鉄のハサミを前方にかざし、宙を切った。すると、

「あ……っ」

光の輪が現れ、大きな天幕が切り開かれるように二つに裂けていく。なかに見えるのは

背の高い人影。成功だ。鉄のハサミを使って『妖精の輪』を断ち切ることができた。

ありがとうございます、清一さん……っ。

黒い靄《もや》のような人影が誰なのかは考えるまでもない。必死に手を伸ばす必要もない。

テーブルにハサミを置き、理緒は真っ直ぐに向き合う。

「戻ってきて下さい、氷室教授。まさか小学生の翔君みたいに駄々をこねるつもりじゃありませんよね？」

人影は答えない。ただただ靄《もや》のように揺らめいている。

正直、カチンときた。

「言っておきますが、僕は……怒ってるんですよ？　ユフィさんのことも清一さんのことも僕はなんにもわからないままです。なのに勝手に何かを納得して、勝手に消えるとか宣言して本当いい加減にして下さい」

人影の頭の辺りが揺らめく。なんとなく顔を背けているのだとわかった。さらに腹が立ってくる。

「だいたい教授はいつもいつもいつも自分勝手なんです！　朝は起きないし、しょっちゅう僕をあやかしに突撃させるし、大事そうなことは話さない秘密主義だし、そのくせユフィさんに変な対抗意識燃やすし、あまつさえ消えちゃうし！　今がどんな状況かわかってます⁉　教授だけじゃなく街中の人たちが同じように『妖精の輪』に囚われてるんですよ？　いつも領地を守るのがノブレス・オブリージュだとか言ってるじゃないですか!?　今がその時でしょう!?　だいたい明日も講義があるんですからね？　まさか教授が講義をサボるつもりですか？　そんなのペナルティですよ！　資料のリスト化どころじゃない罰を僕が与えますからね!?　いいですか？　いいですね？　あと十秒以内に出てこないと朝食はこれからずーっとニンニク山盛りのペペロンチーノです！」

力いっぱい叫んでから、思いきり落ち込みそうになった。

ああ、なんか思っていたのとぜんぜん違う形になりました……っ。

清一さんと話していた時はもっとスマートにやろうと思っていた。氷室教授がどんな気持ちで自分から『妖精の輪』に囚われたのかはわからない。

でもあの人は学生を導く先生だから、尋ねればちゃんと答えてくれる。人々を夜明けまでに助ける方法を真摯《しんし》に聞けば、答えるだけじゃなく出てきてくれる。それこそがシンプルだけど一番効く方法だと思ってた。

なのに蓋《ふた》を開けてみたら、口から文句が飛び出してしまった。

額に手を当てて落ち込んでいると……耳に声が届いた。

「――それは困るな。大概の弱点は克服したが、ニンニクの匂いだけは優雅とは思えん。どうしても食事に我慢を強いられる」

黒い靄が晴れていく。辺りに輝いていた光も消えていき、革靴の音がトンッと響いた。

氷室教授が帰ってきた。

理緒は顔を上げて苦笑する。

「知ってます。教授はいつかも同じことを言ってましたから。効果的なペナルティでしょう？」

「意地の悪い奴め。そんな眷属《けんぞく》に育てた覚えはないのだがな」

「眷属じゃありませんってば。あと育てられてもいませんけど、僕が意地悪になってたとしたらそれは確かに氷室教授のせいです」

やれやれ、と吐息が聞こえた。

「一応、言っておくが、街の人間たちのことは問題ない。頃合いを見てユフィリアが助けるはずだ」

「え、ユフィさんが？」

「子供たちに『聴耳譚』の術を施していたのは、今にして思えば防御策だったのだろう。あらかじめ自分の力を付与することで、最低限、街の子供たちだけは『妖精の輪』でさらわれることを防いだのだ」

「え、じゃあ今起きている事態はユフィさんの仕業ではないんですか？」

「五分五分といったところだな。ユフィリアが誘引したことではあるが、ユフィリア自身で被害を最小限に抑えようともしている。あの男の底意地の悪さが実に出ている状況だ」

大きくため息。

「それから明日の講義についても私はもちろん教鞭《きょうべん》を執るつもりだったぞ。……ただ、今宵《こよい》だけこの街から離れられればそれでよかったんだ」

ふっと目を逸《そ》らす。いつもちゃんと整えられているブロンドがほつれ、頬へと枝垂れていた。そのせいだろうか、教授はどこか精神的に弱っているように見えた。

ユフィさんの言葉が脳裏に蘇《よみがえ》る。

——今夜のこともそうだ。もうひとりの親との別れを前にして、レオはまんまと僕の用意した甘い逃げ道に乗ってしまった。

もうひとりの親。

別れ。

一体、なんのことなんだろう。

「話して下さい。ちゃんと聞きたいです」

妖精にまつわる光はすべて消え、研究室は静けさを取り戻していた。窓の向こうには強い雨。

「清一さんに言われました。土地と人、歴史はその二つが交わって育《はぐく》まれる。だから土地の歴史を学んだら次は人の歴史——まずは身近な人のことを知りなさい、って」

だから、と言葉を続ける。

「僕はあなたの歴史が知りたい」

雨の音が響いている。

理緒の髪から雨の名残《なご》りが雫《しずく》となって床に落ちる。

濡れた毛先に教授の細い指が触れた。

「……なるほど、『妖精の輪』を破ったのは清一の知恵か。とうに現役など過ぎた歳だろうに……よくやるものだ」

観念したような苦笑が浮かんだ。

「いいだろう、理緒。お前がそこまで言うなら……共に見届けにいこう」

ジャケットの裾《すそ》を翻し、その足は研究室の扉に向かう。

「えっ、あれ？　話は……!?」

「まずは『妖精の輪』の件を解決する。霧峰は私の管理する土地だ。ユフィリアに任せるのも癪《しゃく》だからな。理緒、ついてこい」

「また勝手な……っ」

でも、ようやく調子が戻ってきたみたいだ。街の人たちも助けてほしいし、とりあえずここは言うことを聞いておこう。

「何か道具は持っていかなくていいんですか？　って言っても、発掘しないといつもの鞄《かばん》もどこかに吹っ飛んじゃってますが……」

「問題ない」

扉を開けたところで振り向き、教授は細い指を立てる。

「すでに必要なものはここにある」

「えっ⁉」

その指先に光が舞ったかと思うと——小さな妖精が現れた。


雨のなか、今度はちゃんと傘を差して街のなかをいく。

すでに濡れネズミのようになっている理緒には今さらだったが、かと言って氷室教授が優雅に傘を差しているのに自分だけ雨に降られっぱなしというのも体裁が悪い。

教授は理緒の少し前を歩いていて黒い傘の下から、ブロンドが見え隠れしている。

「今回の一連の事件は紐解《ひもと》けた」

雨音で少し聞きづらいけど、はっきりした声だった。

「今、街を騒がせている犯人は妖精たちだ」

「え、妖精たちが犯人……？」

「無論、ユフィリアも介入はしているようだがな。保科翔《ほしな》を『妖精の輪』に捕らえて私の研究室に移したり、私自身を輪に捕らえた行動はユフィリアが妖精に命じてさせたことだ。

一方で今、街の男たちを『妖精の輪』で誘っているのは妖精たちの独断だ。『妖精の輪』のなかで直接本人たちから聞いたからな。間違いはない」

その言葉と同時に教授の周囲に光が舞い、妖精たちが現れた。

「わ……っ!?」

クスクス笑いながら妖精が目の前を飛び、思わず傘を落としそうになってしまった。数はざっと五、六匹……いや五、六人というべきか。背中から羽が生えていて、花と草の洋服を着た小人のような姿をしている。

「また出た！　ちょ、これ大丈夫ですか!?　いきなり『妖精の輪』を使われたりしませんよね!?」

「案ずるな。すでに話はついている。それにお前が輪に囚われることはない。対象外だ」

「た、対象外……？　だったらいいですけど……ってよくない！　こんな往来の真ん中に妖精が出てきて平気なんですか!?」

「以前、ウールを『髪絡《かみがら》みの森』から連れ出す際にスコットランドの『妖精の粉』を使ったろう？　その作用と同じだ。普通の人間は妖精たちの姿をまず視認できん」

「な、なるほど……？」

ウールと初めて逢《あ》った時のこと、森から理緒の自宅に連れていくに当たって、姿が羊なので目立たないように隠す必要があった。その時、人間に気配を悟られないようにするために教授が使ってくれたのが『妖精の粉』だった。

言われてみれば、妖精たちの姿はあの時のウールと同じように半透明に見える。これは理緒がハーフヴァンパイアだからで、普通の人たちには完全に見えない状態なのだろう。

「っていうか、教授、輪のなかで妖精たちと話してたんですか……？」

「海外ならばいざ知らず、この国でいわゆるフェアリーに遭遇するのは稀《まれ》だからな。調査をするに越したことはない」

「は、はあ……」

どこまでもブレない人だった。

「結論から言えば、この妖精たちは英国のウェールズからこの国へやってきたらしい。どうしても訪ねたい土地があったそうだ。しかしそもそも妖精とは神秘の森深くに住まうもの。本来ならば土地から土地へ旅をする術《すべ》がない。そこでだ」

「あ、もしかして……」

「そうだ。あの腹立たしい吟遊詩人がしゃしゃり出てくる」

教授曰《いわ》く、妖精たちは長年にわたって旅立つ方法を探していた。するとある時、ユフィさんが英国に立ち寄って妖精たちと知り合い、一緒に連れていくと約束したのだという。

「ヴァンパイアほど高位の『人ならざるモノ』ともなれば、存在そのものが神秘と変わらん。吟遊詩人と連れ立つことで妖精たちはついに故郷の森から出ることに成功したのだ」

「そうまでして妖精たちがいきたかった土地っていうのは……」

「この霧峰の土地だ」

「ここ？」

疑問の声は目の前を浮遊していた妖精に向けて。車道を走る車のヘッドライトに薄い羽が輝いている。

「イギリスから日本……そんな長旅をしてまで妖精たちはどうしてこの土地にきたかったんですか？」

傘を上げ、教授は雨模様の空をちらりと見上げる。

『会いたい人がいる』そうだ」

「え？　それって……」

「ああ。ユフィリアも同じようなことを言っていたな」

金色の髪が頬にさらりとこぼれ、浮かんだのは苦笑い。

「その辺りが妖精に肩入れした理由だろう。妖精が自分と同じ目的を持つことを知り、興に乗ったといったところか。無論、ユフィリアが求める人物と妖精が求める人物は別人だ。妖精たちが再会を願い、海と大陸を越えてまで会いにきた人物は――ここにいる」

地面の水が小さく跳ね、革靴が足を止める。理緒もつられて立ち止まり、「え……」と声がこぼれた。

目の前にあるのは、お年寄りが上るにはちょっと辛《つら》そうな十数段の階段。その先には古い門扉があって、看板には霧峰北病院と書かれている。病院に戻ってきてしまった。

「教授、場所を間違ってませんか？　ここにはイギリスの妖精が会いたがるような人なんてたぶんいませんよ」

「いいや、ここで間違いない。言ったろう？　妖精たちから直接聞いた、と」

雨のなか、氷室教授は階段を上り始める。

「始まりはこの病院に関係する、ひとりの男がヨーロッパへ渡ったことだった」

「ひとりの男……？」

訝《いぶか》しく思いながら理緒も教授の後に続いた。

彼はとても勉強熱心な人だったらしい。そもそもはこの霧峰の出身だったが、日本の様々な土地へ足を運び、多くの人と意見を交わし合い、若い頃から知識を深めていった。その意欲は歳を取っても旺盛で、とうとう日本だけでは飽き足らず、海外に渡って最新の研究を学ぶまでになった。

「あれ？　それって……」

門扉を通り、正面の舗装路を歩きながら理緒はつぶやく。

「柳田國男《くにお》と一緒ですよね？　教授の講義でやりましたけど、確か柳田國男も海外に渡って色んな資料を集めてたとか」

「そうだな。あの時代に学問を掘り下げようとする者にとって、渡欧は必須のことだったのだろう。柳田國男と同じく、その男もヨーロッパへ渡り、ドイツ、フランス、スイス、オランダ、イタリアと巡り、そして英国へとたどり着いた」

そこで男は妖精たちと出逢《であ》ったのだという。今まで現実的な学問にのみ邁進《まいしん》してきたため、生まれて初めて『人ならざるモノ』と遭遇し、男は大層驚いた。しかし同時に強く興味もそそられた。怯《おび》えず、媚《こ》びず、また心を乱すわけでもなく、むしろ目を輝かせて接してくる男を前にして、妖精たちも驚き、やがて両者の間に絆《きずな》のようなものが生まれた。

妖精たちは歓迎の意味を込めて、男を『妖精の輪』に招き入れる。光のなかで舞い踊り、一晩程過ごして男が輪の外に戻ってくると、なんと一晩どころか一年もの時間が過ぎていた。

「一年も!? あ、それがユフィさんの言ってた時間がズレるってことですか？」

「そういうことだ。妖精たちの世界とこちらの世界では時間の流れが違う。下手に妖精たちに順応してしまうと、その時間感覚に影響されることになる。まあ、今街で囚われている男たちにその心配はないだろう。保科翔のような子供ならばともかく近代以降の大人たちは妖精の存在を受け止めきれん。つまりかつて『妖精の輪』に招かれたその男だけが例外中の例外だったわけだ」

妖精たち自身に悪意はなかったという。しかし一年も行方知れずになっていた男は早々に帰国しなければならなくなった。両者はひどく別れを惜しんだ。妖精たちはずっと男と一緒にいたかったし、本当はついていきたかった。だけど森から出る術はない。男は妖精たちに再会を約束した。

私はいつか必ず帰ってくる。また君たちに逢いにくる。

そう誓い、英国を去った。

「だがその約束が果たされることはなかった。妖精たちは森で待ち続け、幾星霜の月日が経った」

「幾星霜って一体どれくらい……」

「そうだな。ざっと……百年以上といったところか」

「ひゃ、百……!?」

教授が足を止め、背中にぶつかりそうになって理緒も慌てて立ち止まった。

「その男の人は人間なんですよね？　百年以上も経ってしまったら、もう生きては……」

話している途中ではっと気づいた。

今、教授が足を止めた場所、それは五月の末にやってきた場所だった。幼い頃、ずっと怖かった病院の林のなか、その——一本の木の根元。

あの骸骨《がいこつ》の遺体が埋まっていた場所。

待合室に飾ってあった写真が脳裏に蘇《よみがえ》る。

「妖精たちと約束をした、その男って……」

「あの夜に徘徊《はいかい》していた骸骨、つまりはこの霧峰北病院を建てた初代院長の男だ」

次の瞬間、輝きが迸《ほとばし》った。眩《まばゆ》い光のなかを泳ぐように妖精たちが木の根元へ向かっていく。同時に地面をすり抜けるように骸骨の右手が伸びてきた。

「きょ、教授っ。骸骨が……っ」

「それは出てくるだろうな。ずっとこの日を待ちわびていたのだろうから」

遺体自体はすでに警察が調べて埋葬されている。目の前の骸骨はこの場に留《とど》まった幽霊のようなものだそうだ。

教授はあれからも情報収集を続けていたそうで、それによると初代院長は帰国後、何度もまた英国にいこうとしていたそうだ。しかし一度行方知れずになったことから親族に必死に止められ、また長年培った医療の知識を役立てるために霧峰北病院を建てたこともあって、結局最期までその希望は叶《かな》えられなかったという。

代わりに親族に遺言を残し、自分の遺体は火葬することなく、病院の木の根元に埋めさせた。『歌い骸骨』や『踊る骸骨』と違い、きちんと弔われていたのはそのためだ。

「初代院長は渡欧前、医学研究のために日本全国をまわっていた。その際に骸骨関連の逸話を聞いていたのだろう。骨さえ残れば、何らかの形でこの世に留まれると信じたのだ。そうまでして彼はいつの日かの再会を願った」

地中から這《は》い出してきながら骸骨が口を開く。そしてあの夜と同じ声が聞こえてきた。

「……ワタシはココだ……ココだ……ワタシはココにイル……」

あ、と理緒は気づいた。

「教授、これって……！」

「妖精《ようせい》たちへのメッセージだったのだろうな。初代院長はこの街に妖精たちがやってきた気配を察し、百年以上の時を経て、骸骨となって蘇った。病院内に骸骨の噂《うわさ》が流れだしたのは、ちょうどユフィリアが妖精を連れてこの街に入った時期と一致する。骸骨が奏でていた調子っぱずれの歌は、再会を確信した喜びの歌だったわけだ」

「つまり……初代院長は自分の遺体を発見してほしかったんじゃなくて、妖精たちに自分を見つけてほしかったんですね。でも……だったら僕たちが遺体を見つけた後、病院で骸骨騒ぎがなくなったのはどういうことなんでしょうか。初代院長はまだ妖精たちに再会できたわけじゃなかったのに」

「それは私がいたからだろう」

教授曰く、骸骨は妖精たちの気配に気づくと同時に、その近くに高位の『人ならざるモノ』――ヴァンパイアの気配があることも感じ取っていたようだ。その気配はユフィさんのものなのだが、骸骨にはヴァンパイアの細かな気配の違いなどわからない。

よって理緒と共に氷室教授がきたことで、初代院長は『妖精と共にいる気配』が自分を見つけてくれたのだと思い、もう深夜の病院に出てくることはなくなった。遠からず妖精たちを連れてきてくれると思ったのだ。

「しかしだ。一方の妖精たちは当然、初代院長の居場所を知らない」

「あっ、だから壮年の男性を次々に輪に閉じ込めてるんですか……!?」

「そういうことだ。まあ閉じ込めるというより輪の内側に招いているという感覚のようだがな。当時の初代院長と似た人間を招き続ければ、いずれ約束の本人に行き当たると妖精たちは考えているらしい。ただ、妖精たちは人間の年齢をあまり正確に推し量ることはできない。本来ならば手違いで老人や子供たちも招いてしまう事態も起こり得る」

「え、マズいじゃないですか！　お年寄りはともかく子供は妖精と順応して時間がズレちゃう可能性があるんですよね？」

「ああ。しかしそれはユフィリアが防いだようだ。妖精が招きそうな感受性の強い子供にあらかじめ『聴耳』の力を与え、自分の気配を仕込むことで防御策にしているらしい」

「『聴耳譚』を広めたのは子供たちを守るためだったってことですか？　でもだとすると翔君をさらおうとした件は……」

「あれはわざとだ。私が保科翔と関わりを持ったのを見て、ユフィリアがあえて妖精に捕らえさせたのだろう。私への嫌がらせのためにな」

「ああ……」

それはなんとなく想像できる。

「初代院長がすでに死んでいる以上、妖精たちがいくら人々を招いても見つかるはずがない。だが彼の居場所ならば私が知っている。よって私が逢《あ》わせてやると話をつけた。それが叶えば男たちを解放するように妖精たちに言ってある」

「それじゃあ……っ」

「ああ、これで解決だ」

視線の先、ついに骸骨の全身が地中から現れた。妖精たちが跳ねるようにそのまわりを舞う。

「アア……オマエタチ……」

光に包まれ、骸骨の姿が壮年の男性へと変わっていく。髭《ひげ》を生やした、待合室の写真で見たのと同じ姿。歓喜を表すようにその目じりが下がる。

「ヤット……やっと……会えたな……」

彼のまわりに光の輪が現れた。かざした手はもう骨ではなく、指の上に妖精が留まって嬉《うれ》しそうに微笑《ほほえ》む。理緒は何度もこの『妖精の輪』を見て、その度に恐ろしい思いをした。だけど今回だけは怖いとは感じなかった。

「あの人はひょっとして妖精たちの世界にいくんですか？」

「だろうな。街ではすでに男たちが解放され始めているはずだ。念のため、あとで記憶の処置を施しにいく。文字通り骨の折れる仕事だが、それで今夜の神隠し騒ぎは終結だ」

一拍置き、教授は続けた。初代院長と妖精たちを見て、呆《あき》れたように吐息をこぼして。

「一方は骸骨になって病院を騒がし、もう一方は街中で神隠しを起こして……まったく、はた迷惑な者たちだ。本来ならば大事だぞ」

確かに、と理緒も思わず頷《うなず》いた。広瀬さんの親友さんたちも間に合わなかったし、氷室教授がいなければ、霧峰の街はオカルト事件の中心地として全国に名を轟《とどろ》かせてしまっていたかもしれない。だけど、

「そこまでして『もう一度会いたい誰か』がいるって、すごいことな気がします」

「……そうかもしれんな」

教授のつぶやきはひどく小さかった。

視線の先では輪のなかの光が強くなっていく。すると楽しげな歌が聞こえてきた。もう調子っぱずれではない、昔の童謡のような歌。彼が口ずさんでいるのだろう。光はロウソクの最後の灯火《ともしび》のように強くなり、やがて彼と妖精たちは舞うように消えていった――。

しばらくすると光が収まり、林には静寂が戻った。聞こえるのは雨の音だけ。さっきまで明るく輝いていた木の根元を見つめて理緒はつぶやく。

「これで一件落着……ですよね？」

「そう思うか？」

傘を上げると、青い瞳《ひとみ》がこちらを見ていた。思わず首を傾げる。

「え、だってこれで輪に囚《とら》われた人たちも戻ってくるんですよね？」

「まあな。すでに皆、帰還し始めているはずだ。子供と違って、人間の大人は『人ならざるモノ』への順応性は低い。明日になれば輪に囚われていたことなど夢だと思うだろう。必要な者には私が記憶の改竄《かいざん》もする。この街の平穏は確かに戻った」

「だったらまだ何か問題があるんですか……？」

教授は傘の端からまた空を眺める。

「私は輪から出てきた。お前の呼び声に応じ、自分の意思で出てきたのだ。ならば……逃げるわけにはいくまい」

そう言うと、いきなり踵《きびす》を返した。

「氷室教授？」

いつものことだけど、いきなりなことで反応できなかった。すると数歩先をいったところで教授が振り返る。

「どうした？　早くこい」

「え、あ、はい」

ちょっと驚いた。いつもは待ったりせず、こっちが早足でいかないと追いつけないくらいどんどん先にいってしまうのに。

「どこにいくんですか？」

「清一に会う」

「えっ、本当に？」

「嫌なら帰るが？」

「いえいえっ、ぜひ会って下さい、ぜひ！　きっと清一さんも喜びます」

「…………」

視線を逸《そ》らされた。なんだかいつもの覇気がない。

やっぱり教授、弱ってる……？

まさかヴァンパイアなのに体調が悪いわけでもないだろうけど。

そんなことを思いながら歩き、すぐに病院の通用口に着いた。鍵《かぎ》が掛かっているのはさっき清一さんの病室にきた時に理緒が確認済みだ。しかし教授が指を鳴らすと、ガチャンッと鍵が開いた。生粋のヴァンパイアには鍵なんて無意味らしい。

「私の歴史が知りたいのだったな」

傘を畳んで通用口の壁に置き、無人の廊下に踏み出した。そばで響いていた雨音が少しだけ遠くなる。窓ガラスに雨の花が咲く廊下を二人で進む。いつの間にか消灯時間を過ぎたらしく、灯《あ》かりは少ない。

「人間だった頃のことはユフィさんから少し聞きました。二人は貴族の出身だったって」

「人の過去を勝手にぺらぺらと……あいつは昔からそういう軽薄なところがあった」

ふと気づいた。『妖精の輪』から出てきてからというもの、いつも尊大な教授の口調がたまに砕けた感じになる。昔のことを思い出すとそうなるんだろうか。

「ユフィリアの言う通り、私たちは貴族の出身だ。生まれながらの高貴な存在というわけだな」

「はあ……」

教授がいつも上から目線なのはヴァンパイアだからだと思っていたけれど、ひょっとしたら地の性格なのかもしれない。

「主人は領地を守るもの。しかし戦火が故郷を包み、『人ならざるモノ』が跋扈《ばっこ》した時、私は無力だった。あの時、私が人間ではなくヴァンパイアであれば、きっと家来や領民たちを守ってやれただろうにな」

思わず教授の横顔を見上げた。

「もしかして後悔してるんですか。守れなかったことを……」

「ノブレス・オブリージュ。高貴なる者には相応の義務がある。しかし私はその義務を果たせなかった。これは永遠に背負うべき罪だ」

「永遠って……」

たぶん氷室教授が人間だったのは何百年も前の話だ。なのに彼の横顔はいまだにその時のことを悔いている。永遠という言葉が本気なのだと伝わってきた。

「教授がいつも人間のことを下等だとか言うのは、ひょっとして人間だった頃の自分が大切な人たちを守れなかったからですか？」

「いいや？　私の過去など関係なく、人間という種は下等だろう？」

「ブレませんね本当……！」

あっさりと言われ、思わず全力でツッコミを入れてしまった。見回りの看護師さんがどこにいるとも限らない。慌てて自分の口を塞《ふさ》ぐ。

「まあ、あの時、私が今の力を持っていれば、と馬鹿げた空想に浸ることはなくもないがな」

教授は静かに目を伏せる。その言葉は本音な気がした。後悔なんてものからは一番程遠い人だと思っていたのに。

「皆を守ろうと奮戦し、だが脆弱《ぜいじゃく》な人間だった私は力及ばず、ユフィリア共々死に瀕《ひん》した。そこを『親』であるヴァンパイアに拾われた……という話も奴はしたか？」

「はい。その『親』はもう……いないってことも」

一瞬、教授の顔が不快そうに歪《ゆが》んだ。理緒にではなく、ユフィリアに対しての怒りがありありと滲《にじ》んでいた。

「確かにあのふざけた女はもういない」

「亡くなったんですか……？」

「旅立つ、と本人は言っていたよ」

また口調が砕けた。

「私は止めたんだ。私たちに永遠に等しい命を与えながら、なぜ自分はそんな暴挙にでるのかと。もしも失敗すれば……」

望まない記憶を思い出したかのように、ギリッと奥歯が鳴る。

「あの時、ユフィリアは止めなかった。私が制止しようとする横で、彼女の意思を尊重するなどと嘯《うそぶ》いて、結果、最悪の結末の後押しをした」

詳しいことはわからない。でも教授が深く後悔をしていることは伝わってきた。もっと詳細を聞こうと思って口を開く……けど、上手《うま》く言葉が出てこなかった。

この後悔はまだ煮え滾《たぎ》る溶岩のように教授のなかに渦巻いている。それが伝わってくるから容易に触れられない。

「私に兄弟など存在しない。あの日からユフィリア＝L＝ウォールデンは私にとって同族というだけのただのヴァンパイアだ」

強く感情を込めた断言。少し怖かった。

するとこっちの様子に気づいたらしく、教授はブロンドに指を差し入れて、額を押さえる。高ぶった気持ちを静めるためか、深く息を吐いた。

「……講義のようにはいかんな。自分の話をするというのはどうも普段とは勝手が違う」

取りなそうと思い、理緒は意識して軽やかに前へ出る。

「僕は楽しいですよ。教授が困りながら自分の話をしてくれるのは聞いてて新鮮です」

「勝手なことを言ってくれる。聴衆とはいつの日も気楽なものだな」

廊下の先に階段が見えてきた。清一さんの病室を教授は知らないかもしれない。理緒は先だって歩きだす。

「それから教授はどうしたんですか？」

「どうも何もないさ」

二人は階段を上り始める。

「『親』を失い、ユフィリアと袂《たもと》を分かち、私は世界を旅した。とくに当てのない放浪の旅だ。一応の目的があるとすれば、ヴァンパイアのルーツを探ること。しかしどの土地を巡ってもその足跡は見えてこない。やがて……」

背中越しに聞こえてくる声のトーンが変わった。

「気まぐれにこの国へたどり着いた」

「それって……」

足を止め、振り返って尋ねる。

「四十年前のことですか？」

「そうだ」

返ってきたのは小さな苦笑。ユフィさんの話をしていた時とは違い、在りし日を懐かしむ顔だった。

「その頃の私はまだあやかしの存在に注目してはいなかった。この霧峰の土地を訪れたのも霊的な力が強かったから自然に足が向いた、というだけだ」

教授が言うには四十年前のこの街は今よりだいぶ田舎だったらしい。高級なタワーマンションも建っておらず、素朴な民家が多くあったそうだ。

こんなところにヴァンパイアのルーツである『真祖』の足跡なんてあるはずもない。気まぐれにやってきた教授は早くも後悔し始めていた。

そうしてあぜ道を歩いていた時のこと。突然、そばの茂みから男が飛び出してきた。年齢は四十前後というところ。麦わら帽子をかぶり、首には手拭《てぬぐ》いをかけ、優雅さの欠片《かけら》もない雰囲気の男だった。

「もしかしてそれが……」

「氷室清一だ」

茂みから飛び出してきた彼はなんと襲われていた。

燃える鱗《うろこ》をまとった蛇――火蛇《かしゃ》という珍しいあやかしである。彼は火蛇に手を噛《か》まれていた。だというのに、とんでもなく嬉《うれ》しそうな顔をしている。『見つけた、ついに見つけたぞ。大発見だ!』と火の鱗で火傷《やけど》しそうになりながら小躍りしている始末である。あまりの能天気ぶりに教授は生まれて初めて眩暈《めまい》がするほど呆《あき》れた。見たところ、火蛇はまだ幼体で普通の蛇と変わらぬ大きさだったが、それでも人間程度は楽に葬れる力を持っている。

ノブレス・オブリージュの精神をこれほど面倒に感じたことはなかった。能天気な男を放っておきたい衝動に駆られつつ、さすがに見過ごせないので、教授はヴァンパイアの力で火蛇を葬った。『礼はいらん。この土地は強い力を持つ者が寄ってくる霊場だ。軽挙妄動は慎むことだな』と言って教授は去ろうとした。しかし男は礼を言うどころか、崩れ落ちそうな勢いで落胆し、教授の肩を摑《つか》んできた。『世紀の大発見になんてことをするんだい……っ。これは説教だ。お前さん、ちょっと私の家にきなさい!』。

なんだこの論理の破綻《はたん》した生き物は。人間だった頃は貴族で、ヴァンパイアになってからは高位の『人ならざるモノ』である氷室教授に対して、こんなに強引にくる相手など今まで存在しなかった。

あれよあれよという間にペースを乱され、気づけば男の家に連れてこられてしまっていた。

そこは古い木造の一軒家で、なかは足の踏み場もない、いわゆるゴミ屋敷。……と見えたが、男が言うには違うらしい。ゴミに見えたのはあやかしに関する様々な資料だった。古い文献、絵巻物、曰《いわ》くつきの茶釜《ちゃがま》、日本人形、掛け軸などなど、とにかくあやかし由来のものがこれでもかと集められていた。

麦わら帽子を脱ぎ、男が自慢げに語りだす。彼の名は氷室清一。民俗学者を仕事にしているらしい。この大量の資料はそのためのものだそうだ。

教授が家の汚さに辟易《へきえき》して黙っているのをいいことに清一は延々としゃべり続ける。どうやら民俗学の素晴らしさを説いているつもりのようだ。しかしヴァンパイアの教授からすればこれほど退屈なことはない。清一が『おお、そうだ。そろそろお茶でも淹《い》れようか』と台所に立ったタイミングでこちらも口を開いた。

『もう満足か？　遮る価値もないような低俗な話だったから聞き流してやったが、ここまでだ。茶はいらん。私は出ていく』

『まあまあ、そう言いなさんな。ここからが面白いんだ。日本の鬼の話はどうかな？　風情があって外国の人にも楽しいだろうさ』

『鬼……だと？』

まんまと足を止めてしまい、ちゃぶ台の上にお茶が出てきた。

日本には人間が鬼になるという逸話が多くある。ひょっとしたら日本のあやかしがヴァンパイアのルーツを紐解《ひもと》く役に立つかもしれない、と教授が感じたのはこの時だった。

清一の話は長く、気づけば日が暮れていた。

『宿がないならウチで寝泊まりしたらいい。独り者の男所帯だ。遠慮はいらないよ』

汚さには辟易するが、あやかしに興味が湧き始めた教授にとって、山のように資料が詰まれたこの家は確かに魅力的に見えてきた。しかし懸念はある。それも決して小さくはない懸念だ。

『お前は私が恐ろしくはないのか？』

ズズッ、とお茶を啜《すす》り、清一は不敵に笑った。

『恐ろしい？　馬鹿言っちゃいけないよ。こちとら民俗学者だ。――人じゃないものなんて大歓迎さ』

本当におかしな人間だと思った。近代に入って表舞台には出なくなったものの、昔からヴァンパイアに対する人間の態度は恐れるか、敬うか、抗《あらが》うかのいずれかである。不敵に同居を求める者など、これまでひとりもいなかった。

かくして教授と清一の生活が始まった。

「一緒に暮らしていたんですね」

「まあな。とはいえ、そこまで長い期間ではない」

「具体的にはどれくらいの間なんですか？」

「ヴァンパイアにとっては短い間さ」

ちょこちょこ後ろを振り向きながら階段を上る理緒に対し、韜晦《とうかい》するように教授は肩をすくめた。

日中の清一は霧峰大学に勤めていて、その間、教授は家でずっと資料を読んでいたそうだ。夜になると清一が帰ってきて、教授がその日読んでいた資料について、あれこれと注釈をし始める。それはまるで講義をする講師と学生のように。

清一は柳田國男に憧《あこが》れていた。事あるごとに『柳田先生は……』と引用をし、常に意識していたという。もともと清一はこの霧峰の生まれだったが、土地が霊場であるせいか、子供の頃から『人ならざるモノ』の気配を感じていた。そこへきて学生の頃、柳田國男の『遠野《とおの》物語』を読んで感銘を受けたのだ。

古き土地に息づく妖怪、仙人、神々……人知を超えた世界を学者として世に伝える。それはなんと偉大な仕事だろう。

自らもそうなれたらこんなに嬉しいことはない。ぜひ故郷である霧峰のことを世に伝えたい。自分はそのために生まれたのだ。

大いなる使命感を覚え、清一は民俗学の道に邁進《まいしん》した。

教授と初めて会った日、火蛇に興奮していたのはそういう理由だった。子供の頃からあやかしの気配は感じていたものの、実際に遭遇したのは初めてだったらしい。

だから教授に火蛇を葬られてしまい、清一はかなり残念がっていた。それを察し、教授は一度聞いたことがある。

『私はヴァンパイアだ。お前にとっても民俗学にとってもこれ以上の発見はあるまい？』

すると清一は笑って答えた。

『いやいや、お前さんじゃ意味がない。私は霧峰の土地のことを人々に知ってもらいたいんだ。それにね、玲央。たとえお前が霧峰のあやかしであっても、私は研究対象にはしないよ』

なぜだ、とは問わなかった。また呆れるような答えが返ってくることが容易にわかったからだ。

この頃になると、清一は教授の名前に勝手に『玲央』と漢字を当てて、茶碗《ちゃわん》や湯呑《ゆのみ》にまでわざわざ名前を書いていた。何が楽しいのかと思いながら、教授は『玲央』と書かれた食器を使っていた。

ただ清一の研究については思いがけない進展があった。教授こと玲央が家に居ついてからというもの、あやかしたちがちょこちょこと姿を見せるようになったのだ。どうやらヴァンパイアという異質で強力な『人ならざるモノ』の気配に当てられて、あやかしたちが姿を隠しづらくなったらしい。

今までは人間から見えないところで行われていたあやかしの悪さも表面化し、清一と玲央でそうした事件を解決するようになった。もちろんそんなことは誰にも言えないので、人知れず秘密裏にやっていたのだが、清一は研究が捗《はかど》るし、玲央はあやかしの生態を観察できるし、利害は一致していた。

いくつもの事件を解決し、あやかしの知見も増え、やがて清一は論文の執筆に取り掛かった。

もちろん『霧峰に本物のあやかしがいる』なんて内容ではない。霧峰の土地に伝わる伝承や逸話をまとめ、それが今日の人々の暮らしにどう結びついているかを丁寧に書いていく。

清一は大学の研究室だけではなく、自宅でも執筆をしていて、一休みする時にみかんを剝《む》くのが癖だった。別段、みかんが大好物というわけではない。ずっと万年筆を握っているので、みかんの皮を剝く動きが指の休憩にちょうどいいのだそうだ。

大学が休みの日ともなれば、何時間も自宅の机に向かっている。自然と休憩中に皮を剝くことが多くなり、食べきれないみかんはだいたい玲央のところにまわってくる。

『ほら、お食べ。こんなにたくさんあるからね。食べ放題だよ？』

『いい加減にしろ。この私をお前の残飯処理係にする気か』

『残飯だって？　なんて罰当たりなことを言うんだい。見なさい、こんなに美味《うま》そうなみかんじゃないか』

『目を見て言うぞ？　ならばお前が胃に収めろ』

『私の胃はもうみかんでぱんぱんだよ。これ以上食べたら胃が黄色くなっちまう』

『なんと不合理な生き物だ……。ならばせめて私に献上するに相応《ふさわ》しい下処理をしろ。それが最大限の譲歩だ』

『白い筋をちゃんと取れってことかい？　よしきた、きれいに取ってやるから待ってな。くく、ウチの玲央坊ちゃんは世話が焼ける子だねえ』

『誰が坊ちゃんだ。今度言ったら干涸《ひから》びるまで血を吸うぞ。まったく……』

それからというもの、ワイシャツ姿でちゃぶ台に頬杖《ほおづえ》をつき、きれいに筋の取られたみかんを不服そうに食べながら資料を読む玲央の姿が休日の光景になった。

やがて、ついに清一の論文は完成した。

そこまで聞き、理緒は「もしかして……」と尋ねる。ちょうど階段の最後の段に差し掛かったところだった。

「それって研究室にあった論文ですか？」

「ああ。赤字を入れたのは私が霧峰大学で教鞭《きょうべん》を執ってからだがな」

「きっと大反響だったんでしょうね、清一さんの論文」

「そう思うか？」

「はい。だって実際に教授と清一さんで四十年前の色んなあやかし事件を解決した上で書いたものなんですよね。まさか二人が今の僕らみたいなことしてたなんて驚きですけど、だとしたら説得力とかすごいことになってるんじゃないかと」

「……だったら良かったのだがな」

「違うんですか……？」

「以前にも言ったろう」

まだ階段のなかほどにいる教授は足を止め、つぶやくように言った。

「氷室清一は——柳田國男になれなかった男だ、と」

清一の論文は当時の学会を揺るがした。しかしそれは好意的な反響ではない。学会からの強い怒りと叱責《しっせき》を清一は一身に浴びることになった。

もちろん論文はあやかしの存在を明示するような内容ではない。しかし学会というものには一つの分野を極めんとする傑物たちが集っている。彼らは才能に富み、努力を怠らず、総じて優秀である。よって清一の論文のなかにかすかに漂う『自分はあやかしの実物を知っている』という空気感を見過ごしはしなかった。

清一は学会の末席に追いやられた。追放まではされなかったのは、ひとえに彼自身の人徳と、あとは霧峰の様々な伝承をまとめ上げた地力が物を言ったのだろう。しかし霧峰の土地は学会の異端者が調べた土地として学問上では敬遠されることになり、氷室清一が民俗学界で日の目を見る機会は永久に失われた。

かつて夢みた場所にはたどり着けず、氷室清一は柳田國男にはなれなかった。

二人の生活が終わりへ向かい始めたのもそれがきっかけだった。

清一はとても不器用な男だったから、酒に溺《おぼ》れるようなことはなく、大学にも真面目に通い続けた。代わりに笑わなくなった。麦わら帽子を被《かぶ》って、真っ黒に日焼けしながらあやかしを探して駆けまわることもなくなった。

論文ももう書かない。

頬杖をついた玲央の前にみかんの山が置かれることもなくなった。

賑《にぎ》やかな笑い声と満更でもなさそうな皮肉が聞こえていた、清一の家。そのどちらも聞こえなくなり、気づけば気だるい沈黙だけが流れるようになっていた。

だから玲央は決断した。

星のない夜、暗い居間で清一に言った。

——私の眷属《けんぞく》になれ、と。

晩酌をしていた清一は答えず、日本酒のお猪口《ちょこ》を静かに口に運んでいる。

見下ろすようにその正面に立ち、玲央は続けた。

『お前の血を吸い、後に私の血を与える。そうすればお前はヴァンパイアとして我が眷属になれる』

『なると、どうなるんだい？』

『人の世の煩わしい柵《しがらみ》など断ち切ることができる。清一、お前は十分にやりきった。もういいだろう』

玲央にとっておよそ最大級の賛辞と労《いた》わりだった。

『私と共にこい。お前に新たな世界を見せてやる』

『夢破れ、野に下る……ならぬ、吸血鬼に下る、か。お前さんは多くの伝承にあるような邪悪な鬼じゃあない。二人で面白おかしく永遠に生きるのは楽しいかもしれないなあ』

『そうだろう。下等な人間であるお前にとって、私の眷属に選ばれるなど奇跡に等しい。これほどの栄誉はないぞ』

『でもいけないよ』

『なぜだ……？』

ちゃぶ台にお猪口が置かれる。

『私はまだ途中なんだ』

ひどく弱りきった顔で、それでも言い切る。

『夢は破れたが命が終わったわけじゃない。私はまだ生きてる途中なんだよ。放り出すわけにはいかないんだ。今がどんなに惨めでも、この先に見つかるものもきっとある。人生ってのはそう捨てたもんじゃないのさ。だから……私は生きるよ。人間をやめないよ』

お猪口を持つ手は震えていた。視線はちゃぶ台を見つめたままずっと伏せられている。

虚勢だとはっきりわかった。

これは今にも折れそうなやせ我慢だ。

それでも清一は前言を撤回することはないだろう。同じ屋根の下で過ごしてきた時間が否応《いやおう》なしに確信させた。

玲央は宙を仰いだ。窓の向こうには星のない空があった。

『なんと愚かな……』

それからしばらくして玲央は清一の家を出た。別れの挨拶《あいさつ》などはなく、それらしい気配をさせることもなく、ただ黙って出ていった。

その後はまた世界を放浪し、真祖の足跡を探し続け、気づけば——四十年の月日が流れていた。

「清一とはそれっきりだ。私が再び霧峰の土地を訪れたのは六年前。コウモリを使ってこの病院に入院していることは突き止めたが、一切干渉はしていない」

階段の途中で氷室教授はそう言った。

理緒は気遣いながら口を開く。

「四十年……長い月日ですね」

「人間にはそうなのかもしれんな。ヴァンパイアである私にとっては……」

「長かったんじゃないですか？」

「なに？」

ふとそんなふうに思った。

氷室教授にとってもこの四十年はとても長いものだったはずだ、と。

理緒は階段の途中で立ち尽くしている教授を見つめる。

「もう一つ聞いてもいいですか？　どうして教授は六年前、またこの霧峰に？」

「約束があった」

「約束？」

「取るに足らない話だがな」

それはまだ論文を書き始める前、清一と玲央があやかしの事件を解決してまわっていた頃のこと。

この霧峰の土地に百年周期で凶悪なあやかしが出現することがわかった。そのあやかしの名は朧鬼《おぼろおに》。戦場の猛者たちの怨念が実体化した、落ち武者のような姿の鬼だ。

しかも出現の中心地は霧峰大学。なんとしても被害を食い止めなければならない。だが次に朧鬼が現れるのは周期からして四十年後だ。その頃には清一は八十歳を越えている。さすがにもうあやかしの対処をすることはできないだろう。

だから頼まれた。まるで夕飯の買い物を言いつけるような気安さで。

『玲央、朧鬼の件はお前に任せたよ。未来の学生たちを守っておくれ』

『また厄介なことを……』

その約束はずっと玲央の胸のなかで燻《くすぶ》っていた。四十年も前の約束を今さら履行する義理はない。そもそも眷属の話を袖《そで》にした不届き者の願いなど聞き届ける必要はない。

だが教授には高貴なる者の義務があり、脳裏には安心しきったような清一の笑みがずっと焼き付いていて──。

「それで教授はこの土地にきたんですか？　四月に僕らで見送った、あの朧鬼を退治するために？」

「遺憾ながらな」

驚いた。まさか教授が霧峰にきた理由があの朧鬼だったなんて。

そういえば朧鬼の事件の時、教授は『結界で退治する予定だった』みたいなことを言っていた気がする。結果的に理緒が朧鬼と対話し、猛者たちの想いは天に還《かえ》ったのだけど、教授はそれとは別に様々な用意をしていたのだろう。

階段を上りきって理緒は廊下を進む。この先はもう清一さんの病室だ。背後に教授がついてきている気配を感じ、そっと振り向く。

「さっきの話ですけど」

二人の昔話を聞いていて、気づいたことがあった。

「教授の眷属の誘いを断った後、清一さんは言ったんですよね。『今がどんなに惨めでも、この先に見つかるものもきっとある』って。清一さん、それ見つけてますよ」

トン、と革靴の音が響いた。思わず足が止まった、という空気が伝わってくる。

理緒はどこか誇らしい気持ちになりながら両手を広げた。

「この病院に近づかなかった教授は知らないかもしれませんけど、今、清一さんの病室にはたくさんの写真や手紙があるんです。長い研究人生のなかで関わった、学生や協力者の人たちのものだそうですよ」

こうして話しているだけで、あの時の嬉《うれ》しそうな清一さんの顔が思い浮かぶ。

「きっと見つけたんです。清一さんは自分の人生で大切だと思えるものを。清一さんは今、星空が好きらしいです。学生さんがくれた手紙を読んで大好きになったって教えてくれました」

「そうか……」

手のひらからそっと砂粒をこぼすような、小さなつぶやき。

教授の目元が緩む。一瞬、泣いてしまうのかと思った。

「夢破れた先の四十年、一体どんな人生を送ったのかと思っていたが……あの男は己の言葉を現実にしたか」

「心配してたんですね」

「馬鹿を言え。私の眷属にならなかった不届き者だぞ。さぞ惨めな晩年を過ごしているのだろうと笑っていたさ」

強がりを言っている、とわかった。

だんだん教授の気持ちが推し量れるようになってきた。

「あなたがそんなひどい人じゃないことは知ってますよ。僕も、清一さんも」

ゆっくり教授へと近づき、ブロンドの前髪に隠れた顔を覗《のぞ》き込む。

「清一さんはたくさんの人に囲まれて、賑やかな今を過ごしています。だけどそれでも僕に言いました。——会いたい人がいるって」

「…………」

「もう僕にもはっきりとわかります。その相手は氷室教授です。だから胸を張っていきましょう？　ほら、清一さんが待ってますよ」

スーツに包まれた腕を摑《つか》んで歩きだす。素直に従うように教授は後からついてくる。

……僕が教授を引っ張っていくなんて初めてですね。

なんだか不思議な気持ちになりながら進み、目指す病室が見えてきた。消灯時間のせいで薄暗くて見えづらいけど、以前にもきたことがあるから間違いない。

四十年ぶりの二人の再会はどんなものになるんだろう。胸を弾ませながら歩き、やがて扉の前にたどり着くと、

「理緒、待ってくれ。やはり私は……」

逡巡《しゅんじゅん》するような教授の声。

それに被《かぶ》さるように新しい声が響いた。

「――やあ、待ってたよ。理緒君、それにレオもね」

息をのんだ。そこにいたのは吟遊詩人姿のユフィさん。暗がりのなかで廊下の壁に背中を預けている。

「な、なんであなたが……っ」

こちらが身構えると、長い髪を梳《す》いて壁から背中を離し、どこか淋《さみ》しそうに苦笑する。

「そんなに警戒しないでよ。大丈夫、僕のやりたかったことはすべて完遂できた。今度こそ、君を困らせるようなことはもうしないよ。ねえ、レオ？　君からも言ってあげてよ」

「…………」

話しかけられ、教授は目を逸《そ》らした。

「ユフィリア、今の私は……もうお前にどんな感情を向ければいいかわからない」

「だろうね。まあ、そんなもんじゃないのかな。兄弟なんていうものは」

「…………」

兄弟なんて存在しない、とは言わず、教授はただ黙って口を閉ざした。

ぎこちない沈黙が廊下を満たしかけ、理緒は二人の間に割って入る。結局、ユフィさんが何をしようとしていたのかはいまいち理解できないけど、今は彼に関わっている時ではないのだ。

「氷室教授は今から清一さんに会うんです。だから邪魔しないで下さい」

「しないよ。でもそうだな、もし僕が茶々を入れるって言ったら理緒君が相手をしてくれるのかい？」

「……っ。い、いいですよっ。受けて立ちます。ハーフヴァンパイアの力を全力で使ってでもあなたを食い止めます。教授と清一さんの邪魔はさせませんから！」

途端にユフィさんは噴きだした。「本当に君は可愛いね」と頬を緩める。

慣れない臨戦態勢を取っていた理緒は困惑するばかりだ。すると横から教授が言う。

「……理緒、この男の目的はお前と同じだ。ユフィリアは徹頭徹尾、私と清一を再会させるために動いていたんだ」

「えっ」

「そういうこと。君と僕は同じ目的を持った同志なんだよ。まあ、動き出したのは僕の方が六年ほど早かったけどね」

そうしてユフィさんは語り始める。

彼は長いことずっと海外にいたらしい。氷室教授と同様、『親』との別れを経験してからは『人間に伝承を広める』という趣味を行いながら放浪の旅を続けていた。また手紙の返事を寄越《よこ》さないことに腹を立て、教授のことをコウモリを使ってずっと見てもいた。

だから四十年前のことも知っているし、六年前、教授が再びこの霧峰にきた時のことも理解している。

当初、ユフィさんは教授がすぐに清一さんに会いにいくと思っていたらしい。ところがそうはならなかった。教授はコウモリを使って清一さんが霧峰北病院に入院していることは突き止めたが、以降はまったく近寄らず、病院内での清一さんの様子すら探ろうとしない。

四十年という時を経て、教授が再びこの土地にやってきたことの意味、その重さをユフィさんは十分理解していた。だから動き出した。英国で知り合ったフェアリーたちを連れて日本を目指し、霧峰の土地に到着。妖精《ようせい》たちの想い人捜しを支援するという約束で『妖精の輪』の力を借り、ついに教授を閉じ込めた。

「待って下さい。清一さんと会わせるなら閉じ込める必要なんてないじゃないですか」

「選択をさせる必要があったんだ」

理緒の疑念に対し、ユフィさんは静かに答える。

「会わないなら会わないでいい。でも何もしないまま時が過ぎるのを待って機を逃しても後悔が増えるだけだ。自分の意思で選ばせなきゃいけなかったんだよ。僕の兄弟はとても臆病だから」

「臆病って……じゃあ、街中の男性たちを妖精に捕らえさせたことは？」

「あれは僕じゃない。フェアリーたちが自分の意思でやったことだよ。最初からそういう契約だったんだ。『霧峰の街には僕が連れていってあげる、ただし到着してもすぐには想い人捜しを始めないでほしい。僕が良《い》いというまでは待って、ついでに力を貸してくれると嬉しいな』って。僕がもういいよと言ったから、フェアリーたちは自力での捜索を開始したんだ。それだけのことだよ」

「そんな他人事《ひとごと》みたいに……っ。ユフィさんなら初代院長がこの病院で待ってることくらいわかってたんじゃないですか？」

「もちろん知ってたよ」

「だったら……っ」

「レオのためさ」

強い瞳《ひとみ》で吟遊詩人は言い切った。

「『妖精の輪』に囚《とら》われたレオが外に出てくるための理由が必要だったんだ。臆病なレオがどんなに輪のなかに逃げ込もうとしても、自分の管理する土地の人々が窮地に陥ったらさすがに出てこざるを得ないだろう？」

……意味がわからない。

ユフィさんは妖精たちに指示をして氷室教授を閉じ込めた。同時に教授が自ら出てくる理由を作るため、妖精たちの街での凶行を放置した。一体、どういうことなんだろう。

「まあ、ここまでお膳立《ぜんだ》てしても結局、理緒君がいなければレオが出てくることはなかったろう。だから感謝してるんだ、君には」

「…………」

「不可解そうだね。じゃあ、この扉を開けてみるといい。答えはそこにある」

指し示されたのは、清一さんの病室の扉。嫌な予感がして、弾《はじ》かれるように扉を開ける。

直後、頭を殴りつけるようなショックに襲われた。

「な……っ」

瞳《ひとみ》に映ったものが信じられず、病室へ飛び込む。

「なんですかこれ⁉」

部屋のなかは眩《まばゆ》いばかりの輝きに満ちていた。ベッドのなかは無人で清一さんの姿はどこにもない。代わりに病室の半分を覆うほどの光の輪が輝いていた。『妖精の輪』だ。

「どうして『妖精の輪』がここに⁉ 初代院長と会えたからもう妖精は何もしないはずなのに……っ。ユフィさん、どういうことですか⁉ 同志だとか言っておきながら、まさか清一さんまで……⁉」

緩やかに外套《がいとう》をなびかせ、吟遊詩人が近づいてくる。

「落ち着いて、理緒君。確かにこれは僕の仕業だ。フェアリーたちに頼んで氷室清一氏だけはこちら側に戻さずにいてもらっている」

「あなたって人は……っ」

さすがにもう黙っていられない。怒るのは苦手だけど、感情が高ぶって瞳が真紅に輝きだす。だがユフィさんは冷静だった。

「仕方なかったんだ。レオがグズグズしていたせいさ。輪の向こう側でなければ、清一氏を留《とど》めておくことができなかったから」

「意味がわかりません！　どうして清一さんを閉じ込めたりするんです!?　すぐに出してあげて下さい！」

「それは難しいかな。もし輪の外に出れば――」

突然、ユフィさんの言葉を遮るようにドンッと音が響いた。

ぎょっとして理緒の瞳が元に戻る。氷室教授が感情を剝《む》き出しにして病室の壁を叩《たた》いていた。

「もういい！　ユフィリア、それ以上は言うな……っ」

横目で教授を一瞥《いちべつ》し、帽子の下の長い髪がさらりと揺れる。

「悪いね。それはできない。恨むなら好きなだけ恨めばいい。でも僕は止まらない」

羽根つき帽子を脱ぎ、それを胸に当てるとユフィさんは言った。

「レオ、君になんて思われようとも僕は君のために行動する。それが兄弟というものさ」

そして吟遊詩人は理緒の方を向いて告げた。

優雅に謡《うた》うようにではなく、ただ事実だけを伝えるように淡々と。

「――氷室清一氏は今夜、他界する」

「は……？」

間の抜けた声がこぼれた。言われたことの意味がわからず、呆然《ぼうぜん》としてしまう。

だけどあくまで冷静に努めようとしているユフィさんの態度、それとは対照的に感情が高ぶってしまっている氷室教授、二人の様子がじりじりと胃の腑《ふ》を締め付け始める。

「純粋な寿命だよ。清一氏は全身に病気を抱えていた。だけどそれらに蝕《むしば》まれるより先に本来の寿命がきた」

「寿命って……なんでそんなことわかるんですか？　誰がいつ亡くなるかなんて、神様じゃないんだからわかりっこないですよね……？」

「わかるよ。ヴァンパイアにはわかるんだ。僕らは人間の血を飲むだろう？　だから血液の匂いで余命はある程度把握できる。あとは肉体の衰え方や霊的な揺らぎを見れば、最期の日も正確に割り出せてしまう。レオが六年間この病院に寄りつかなかったのは、齢《よわい》八十を越える清一氏の残り時間を察したくなかったからだ。……だから代わりに僕がずっと清一氏の様子を見ていた。そしてレオが自分で会いにいくのを待って、待って、待って、待ち続けているうちに今日が……彼の寿命が尽きる日がきてしまった」

今夜。

もうひとりの親との別れ。

ユフィさんが事あるごとに言っていた言葉の意味がじわじわと頭に侵入してくる。

「今日この日、僕が強硬な手段に出たのはそのためだ」

考えたくなかった。とてもじゃないけど受け入れられなかった。なのにパズルのピースがどんどん組み上がってきてしまう。

清一さんに会うと言って輪から出てきたのに、ずっと迷っている様子の氷室教授。いつも尊大なこの人がこんなに弱っていること自体、異例過ぎることだった。

思えば、『妖精の輪』の攻略法を聞きにきた時の清一さんの様子もおかしかった。顔色が悪く、衰弱しているように見えた。

さっきのユフィさんの『選択をさせる必要があった』という言葉。あれがただ清一さんと会うだけじゃなく、最期の別れをするために会うことを意味するのだとしたら、ユフィさんのこれまでの行動にも納得ができてしまう。

教授を閉じ込めて追い詰めることも、その上で自分から外に出るように仕向けることも、ユフィさんからすれば必要なことだったのだろう。そうやって覚悟を決めないと、最期の別れなんて向き合えない。氷室教授と清一さんの関係を知った今では理緒ですらそう思う。

でも、じゃあ、だとしたら……。

「……本当、なんですか？」

縋《すが》るような視線はユフィさんにではなく、氷室教授に。自然に声が震えた。

「本当に清一さんは今日、亡くなってしまうんですか……？」

「……っ」

教授は唇を噛《か》み締める。その苦悶《くもん》の表情が答えになっていた。

沈黙の間を埋めるようにユフィさんが口を開く。

「清一氏の命はすでに風前《ふうぜん》の灯火《ともしび》だ。今は時間のズレたフェアリーたちの世界にいることでかろうじて生き長らえている。さあ、これが本当の選択の時だよ。――レオ、君はどうする？」

突きつけられた問いかけに答える声は上がらない。

氷室教授は顔を背け、拳《こぶし》を握り締めて立ち尽くしている。沈黙は降り積もる雪のように重く冷たかった。誰も言葉を発さない。残酷な雨音だけが響いている。

いつもはとても大きく見えるスーツの背中。それが今はひどく小さく見えた。

ふいに気づいた。

きっとこの人は後悔ばかりの人生だったのだ。人間だった頃は家を守れず、ヴァンパイアになってからも『親』を失い、せっかく出逢《であ》った清一さんとも袂《たもと》を分かってしまった。

その背中にはきっと幾重もの後悔が重い泥のように重なっている。

そしてまた、どう進んでも行き止まりのような選択を迫られていた。今ここで清一さんに会っても、会わなくても、どっちを選んでも間違いなく深い傷を負う。

ああ、そうか……。

ようやく氷室教授と同じ気持ちにたどり着いた。

いつか『清一さんの会いたい人って教授ですよね？』と聞いた時、氷室教授は『誰だ、それは？』と誤魔化した。今ならその気持ちがわかる。だって直視なんてできない。

ユフィさんが初めてマンションの部屋に現れた時も、教授はヴァンパイアの力を使ってまで追い出そうとした。当たり前だ。だってユフィさんがこの現実を直視させるためにやってきたんだと教授は薄々気づいていただろうから。

研究室で『妖精の輪』に囚《とら》われた時、教授はひどく優しい顔で『すまない、理緒。私は消える』と謝ってきた。あれはきっと安堵《あんど》したからだ。囚われてしまえば、清一さんに会わない理由になる。教授は一晩だけこの土地から消えていられればよかった。なぜなら今日が清一さんの最期の日だから。なのに、

「僕が……」

唇が震えた。足から力が抜け、まるで地面が傾いてしまったかのように立っていられない。よろめきながら教授へ近づく。

「僕が無理やり教授を輪の外に連れ出したから……」

だからこの人は今、こんなにも苦しんでいる。震える手でジャケットを摑《つか》んだ。

「ごめんなさい……っ」

今夜、清一さんが亡くなる。

すでに寿命も尽きかけている。

永遠のお別れ。

そんなの嫌だ。僕は耐えられない……っ。

でも教授の方がもっと辛《つら》い思いをしている。この張り裂けそうな胸の痛みも、地面が崩れ落ちそうな喪失の恐怖も、この人の方がきっと何倍も何十倍も感じている。

もう謝ることしかできない。

「理緒……」

謝罪の言葉を聞き、教授は今にも崩れそうな顔で声をこぼした。

青い瞳が理緒の手を見つめる。ブロンドの前髪が揺れ、端整な顔が俯《うつむ》いた。教授はもう一度唇を噛み締め、そして……理緒の手に触れた。

「お前のせいなどではない。そんな情けない責任転嫁などするものか。私は私の意思でここにいる」

「でも……っ」

「聞け。いや……聞いてくれ」

いつものような威圧感はなかった。『妖精の輪』に囚われた時のようなひどく優しく、そして弱々しい声だった。

「私はずっと……逃げていた。四十年前、私は清一に拒絶された。共に永遠の道を歩むことはない、とはっきり言い渡されてしまったんだ。だから今さらどんな顔をして会えばいいか、わからなかった。それに今さら会ったところで清一はもう私のことなど忘れているかもしれない。それほどにお前たち人間にとっての四十年は長い。棚上げしたまま時が経ち、老齢に達した清一の寿命が長くないことも察していた。それでも会う決心はつかず……とうとうこうして終わりが訪れてしまった。理緒、お前がいなければ私は最後まで逃げ続けていただろう。お前のせいではない。お前のおかげで私はここにいられるんだ」

理緒の手は震えていて、それを掴む白く美しい手もまた震えていた。

不安に揺れる瞳を隠そうともせず、教授は言う。

「会おう。私は清一に会いにいく。これが最期ならば言ってやりたいことは山ほどある。だからもう一度、あのいけ好かない笑顔を見にいってやろう。しかし……」

向けられたのは、今にも崩れ落ちそうな笑み。

「きっとひとりではどうにも間が持たん。だから……共にきてくれるか？」

「……っ」

きつく唇を噛み締めた。声を出したら泣いてしまいそうで代わりに何度も頷《うなず》いた。

教授はさらに苦笑を深め、ユフィさんの方を向く。

「世話になった、と言っておこう」

「やめてよ。水臭いじゃないか」

外套に包まれた肩をすくめ、ユフィさんは『妖精の輪』を指し示す。

「じゃあ、いっておいで。君たちの大切な人はこの光の向こうで待っている」

輪が広がっていく。花びらの光が視界いっぱいに舞い、氷室教授と理緒は『妖精の輪』のなかへと招かれた——。


——風が吹き抜けるのを感じた。いつの間にか目を閉じていたことに気づく。

理緒はゆっくりと瞼《まぶた》を開き、視界に広がったのはどこまでも続く花園。地面が見えないほど辺り一面に花が咲き誇っている。でもどれも見たことがない花ばかりだ。

どうやら森のなからしい。周囲には様々な木が伸びていて、これまた見たことのないような実がたくさんなっていた。

遠くには指先サイズの人影が飛んでいるのが見えた。妖精だ。

ここが『妖精の輪』の向こう側……。

雨模様だった夜空が抜けるような青空に変わっていた。まるで夢のなかにいるように現実感がない。陽の光が暖かく、気分もどこかふわふわしている。

いつの間にか理緒は花園のなかを歩いていた。すぐ前にはスーツの背中があって、氷室教授もいる。まだどこかぼんやりした頭で眺めていると、話しかけられた。

「心配はいらない。私はすでに一度ここにきている。清一の居場所も……見当がつく」

そうしてどれほど歩いただろう。何分かもしれないし、何時間かもしれない。夢のような感覚のせいで時間が掴めなかった。だけど教授の背中から伝わってくる緊張感が次第に理緒にも理解させた。

ああ、僕らはこれから清一さんに会って、そして……。

やがて教授が足を止めた。辺りには木漏れ日が差していた。眩《まぶ》しい光のなかで理緒は目を細める。すると、

「やあ、やっときたねえ。待っていたよ」

優しい笑顔がそこにあった。

「清一さん……」

胸がぎゅっと締め付けられた。花が咲き誇るなかに角のない丸い石があり、清一さんはその上にゆったりと座っていた。服装は昭和の普段着のような和服姿。きっとこれが在りし日の格好なのだろう。

清一さんは頬杖《ほおづえ》をつき、眩しそうに氷室教授と理緒を見つめた。

「どうした？　ぼーっと突っ立ってないで、もっとこっちへきて顔をよく見せておくれ」

「……っ、清一さん……っ！」

気づけば教授の横を通って駆け寄っていた。ふわっと花びらが舞い、理緒は丸い石の前に膝《ひざ》をつく。気持ちが溢《あふ》れて言葉が出なかった。歯がゆくて唇を噛み締める。すると温かい手のひらにぽんっぽんっと頭を撫《な》でられた。

「泣かなくていい。大丈夫だよ、理緒。わかってる。ぜーんぶちゃんとわかってるから」

「……っ」

「歳を取るとね、大きな流れのようなものが分かるようになってくる。あの世に片足突っ込んだ状態なら尚更《なおさら》だ。本当は間に合わなかったはずのものを誰かが頑張って引き延ばしてくれてるんだろう？」

ああ、清一さんは理解している。

本当はもう寿命はきてしまっていて、それをユフィさんが妖精の力を借りて引き留めていることにちゃんと気づいている。

「突然、光の輪っかが現れた時は『ああ、迎えがきたか』と思ったけどね。どうやらここはそういうところじゃないらしい。ありがたいねえ。最期の最期にこんな時間をもらえるなんて。よおくお礼を言わなきゃね。ありがとう、理緒」

「そんな……僕は何もしていません」

首を振る。この時間を作ったのはユフィさんと妖精たちだ。自分は何もしていない。

「何を言ってるんだい。これ以上ないくらいのことをしてくれたじゃないか。お前さんは連れてきてくれた。私のずっと会いたかった——あの子をね」

木漏れ日のなか、清一さんは懐かしそうに笑う。

「久しぶりだね、玲央」

その視線は理緒の背後の氷室教授に。まるで彫像のように立ち尽くしていた教授は長い間を置き、あごを引いた。複雑な感情が滲《にじ》むような低い声でつぶやく。

「……年老いたな、清一」

「そりゃあ年老いるさ。あれから四十年だ。もうあやかしを追って走ることも、論文の細かな字を目で追うこともできない。くたびれたもんだよ」

「……無様なものだ」

「おうとも、無様なもんさ。でもこれが案外悪くなかった。動かない体も、まわらない頭も、次第に可愛いもんだと愛着が湧いてくる。わかるかい？」

「わかるものか。お前の言っていることはただただ理解し難い」

「ふふ、お前さんは変わらないね。姿も言うこともあの頃のままだ」

二人の会話の間にいて、理緒は固唾《かたず》をのんだ。

常日頃のように上から目線な氷室教授、それを軽やかにいなす清一さん。

教授がゆっくりとこっちに近づいてくる。そしてぎこちなく口を開いた。

「理緒から聞いたぞ。あれから……豊かな余生を過ごしたようだな」

どこか歩み寄るような教授の言葉。

「ああ、おかげさんでね」

清一さんも柔らかく笑みを返す。空気がふっと軽くなったのを感じた。

柳田國男になれなかった氷室清一、その顚末《てんまつ》を教授はずっと気にしていた。清一さんもわかっていたのだろう。だからこそ顔をシワいっぱいにして微笑《ほほえ》む。

「良《い》い出逢いが山ほどあった。最高の人生だったよ」

「大切なものは見つかったか？」

「ああ、見つかった。それも両手に溢れるくらいたくさんね」

「そうか。それならば……良かった」

憑《つ》き物が落ちたような一言。心からの言葉なのだとわかった。

「ありがとうよ。心配を掛けたねえ」

「心配などするものか。私の誘いを断るような不届き者を心配する義理などあろうはずもない」

「おやおや、冷たい奴だねえ。理緒、お前はこんなふうになってはいけないよ」

思わず泣き笑いをしてしまいそうになった。

嬉《うれ》しかった。清一さんと氷室教授の間にいられることがなんだか無性に嬉しかった。

「……はい、僕は教授みたいに上から目線にならずに謙虚に生きていきます」

「うんうん、それがいい。その意気だ」

「聞き捨てならんな。理緒、あとで詳しく聞こうか？」

「や、嫌《や》ですよ⁉　またひどいペナルティを科すつもりでしょう？　助けて下さい、清一さんっ」

「こら、玲央。理緒をいじめるんじゃない。お前は昔からそういうところがあるよ」

「……おかしい。なぜ私が責められているんだ？」

本気で不可解そうな教授の顔が面白かった。三人でこうして話していると、不思議な安心感があった。だから悔しい。もっと早くこの状況が作れていたらよかったのに。清一さんと話したあの階段に、あのベンチに、あの病室に、教授の姿もあればよかったのに。

丸い石に座りながら、清一さんがすっと手を伸ばす。

「さあそれじゃあ、そろそろいこうか。玲央、連れていっておくれ。私が本来いくべき場所に」

胸の痛みを堪《こら》えるように教授は目を閉じた。理緒も動揺して「教授……」と不安げにその顔を見上げてしまう。すると閉じていた瞼が開き、教授は手を差し伸べた。

「……元の世界に戻るぞ。ここは我々がいつまでもいていい場所ではない」

それはきっと四十年前の夜の再現。

星のない夜、教授は眷属《けんぞく》の誘いと共に手を差し伸べて、清一さんはそれを拒んだ。

そして今、妖精の花々が舞う世界で、今度は清一さんから手を伸ばし、教授がそれを摑《つか》もうとしている。だけど、

「……清一」

ふいに教授は手を止めた。指先がかすかに震えている。堪え切れなくなったようにかすれた声がこぼれた。

「本当に……お前はこれで良かったのか？」

「もちろん、良かったよ」

肯定と微笑みが向けられた。直後、それを拒むように教授は声を荒らげた。

「良いわけがあるか!!」

四十年分の気持ちを吐き出すような叫びだった。

「あの時、私の誘いに乗っていれば、お前はこんな日を迎えることなどなかった！　人間などという無力な枠組みから脱してさえいればお前は……死ぬことなどなかったのだぞ!?　なぜだ!?　なぜあの時、私のこの手を取らなかった!?」

「言ったろう？　人生はそう捨てたもんじゃないって。ひとりの人間として、人生を全うする。そのために私は今日まで生きてきたんだ」

「ならば、もう十分だろう!?　――清一、今度こそ我が眷属になれ！」

「教授!?」

まさかの言葉に理緒は目を見開いた。氷室教授の目は本気だった。

「お前の寿命はすでに尽きかけている。だが今ならばまだ間に合うかもしれない……っ」

「おいおい、こんな老いぼれに吸血鬼になれっていうのかい？」

「老いなどどうでもいい！　私の――」

それはきっと。

四十年もの時間を掛けて、ようやく口にできた本音。

花びらの舞う世界で孤高のヴァンパイアは叫ぶ。

「――私のそばにいろ!!」

その表情は羞恥《しゅうち》に彩られていた。

プライドの塊のようなこの人が信念をかなぐり捨ててまで訴えていた。

「お前は研究者としての人生を見事に勤め上げた！　その後の余生も全うした！　ならばもう十分なはずだ、違うか!?　これからは私のそばにいろ。共に永遠を生きろ。なあ、清一……」

青い瞳《ひとみ》に願いを込め、縋《すが》るように囁《ささや》く。

「……それでいいだろう？」

そよ風が花たちを揺らしていた。

木漏れ日は明るく、どこまでも暖かい。

清一さんは困ったように苦笑した。

「また魅力的な提案だねえ」

「当然だ。お前に選択の余地などないはずだ」

「だけど、私の答えは同じだよ。人間はやめない」

「……っ、なぜだ⁉」

問い詰めるような言葉に対し、清一さんは緩やかに返す。

「いつの日か、お前は理緒にも同じことを言うのかい？」

僕……？

教授の方を向くと、その瞳は清一さんを迷いなく見つめていた。

「愚問だ。理緒はすでにヴァンパイアになっている。あれは春の夜のこと、私が見つけた時、理緒は朧鬼に襲われ、命を失いかけていた。死に瀕《ひん》した理緒を見た時、私はお前のことを思い出したよ。もう同じ間違いは犯さない。人のままで死にゆくことなどさせはしない。私は理緒の血を吸い、我が血を与え、ヴァンパイアにした。理緒は死なない。老いることもない。だから清一、お前も――」

「でも半分だけなんだろう？」

「……っ」

「理緒から聞いたよ。自分が吸血鬼なのは半分だけだってね。どうして理緒を完全な吸血鬼にしなかった？」

「それは……っ」

「玲央、お前はまだ答えを見つけていないんじゃないかい？」

講義をするように清一さんは人差し指を立てる。

「大切な人を自分と同じようにヴァンパイアにするのが正しいのか」

続いて中指が並ぶ。

「四十年前、私にしてくれたように、大切な人の人間としての生き方を尊重するのが正しいのか」

諭すように老人は告げる。

「その二つの間で、お前はまだ答えを出せずにいる。だから理緒を完璧《かんぺき》な吸血鬼にはしなかったんだ」

「……っ」

教授は押し黙った。でもすぐに拳《こぶし》を握り締め、必死に言い返す。

「だったらなんだ!? 私に迷いがあるとして、それがなんだと言うのだ!?」

「立派になったねえ」

「な……っ」

よっこらせ、と清一さんは立ち上がる。足取りがおぼつかず、理緒が慌てて横から支える。そうやって清一さんは氷室教授と向き合った。

「迷うってことは生きてるってことだ。玲央、昔のお前さんは迷うことすらしなかった。心を止め、目を瞑《つぶ》って、考えることを放棄していた。でも今は違う。自分の選択に迷い、しっかりと苦しんでいる。それは生きてるってことだ。子供が立派に成長して、私は鼻が高いよ」

「こ、子供だと……？」

「そうさ」

ゆっくりと頷《うなず》き、優しい人は幸せそうに微笑んだ。

「懐かしいボロ家で一緒に暮らしていたあの時から……私はずっとお前のことを息子のように思っていたよ」

「やめろ……っ」

弾《はじ》かれるように教授は顔を背ける。そして爪を突き立てんばかりに拳を握り締め、もう一度、か細くそうつぶやいた。

「……やめろ」

清一さんはさらに笑みを深める。

「お前だって同じことを思っていたろう？」

「そんなわけが……」

「──氷室」

告げられた一言に、ピクッとスーツの肩が揺れる。

「理緒から聞いたよ。どうしてか、お前が今、私の『氷室』という苗字《みょうじ》を名乗っているってね」

「……理緒」

「や、だって本当のことじゃないですかっ」

ものすごく恨みがましい目で見られ、堪《たま》らず叫んだ。

同時に思い出す。清一さんに教授の苗字を言った時の驚いたような顔を。あの驚きは自分と同じ想いを教授がわざわざ形にしていると気づいたからだったのだ。

「息子が立派に今という時を生きていて、こんなに可愛らしい孫の顔も見られた」

腕を支える理緒へ、心底嬉しそうな笑みが向けられる。

胸のなかに温かい火が灯《とも》るような笑みだった。

「じいちゃんはもう満足だよ。思い残すことなんて何一つありゃしない。玲央、お前のおかげだ。お前が今日まで立派に生きてきたから、私は笑って旅立てるんだ」

細い手が伸び、息子の白い頬を撫《な》でる。

「ありがとうよ。お前と過ごした日々は掛け替えのない輝きに満ちていた。たとえ時間は短くても、一生忘れない宝物だった。私は一角の人物にはなれない平凡な男だったけど、お前と過ごした日々があったから、一生胸を張って生き抜くことができたんだ。忘れないでおくれ。お前のおかげで人生を全《まっと》うできた男がここにいる。お前の存在が私の命に意味をくれたんだ」

その言葉は夏の夜の提灯《ちょうちん》のように、丁寧に丁寧に灯《あ》かりを入れて、胸のなかを満たしていく。教授の唇が震えていた。溢《あふ》れてくるものを必死に堪《こら》えるように。

「老人にできるのは若者に感謝を示すこと、そしていつかやってくる人生の幕引きを見せることだけだ。玲央、どうか看取《みと》っておくれ。これが私の人生の最後の仕事なんだ」

「清一……」

水面《みなも》に雫《しずく》を落とすように静かにこぼれた。

教授の言葉と、そして涙が。

「お前はずるい。卑怯《ひきょう》だ。孫を盾にとって、子を脅す祖父がどこにいる……っ」

瞬間、理緒は稲妻に打たれたように気づいた。

ここには三者三様、それぞれの形がある。

かつては人間でありながら、ヴァンパイアとなった氷室教授。

ヴァンパイアになることを選ばず、人間としての生を全うしようとしている清一さん。

両者のちょうど間にいる、ハーフヴァンパイアの理緒。

今目の前にあるのは、理緒にとっての未来だ。もしもこのまま人間に戻れなければ、理緒は氷室教授のようにヴァンパイアになってしまう。そうなれば多くの人々との別れを経験することになる。

逆に懐中時計を手に入れていつか人間に戻れたとしたら、今の清一さんのように寿命を迎える日がやってくる。その時に教授がそばにいたなら、こうして今生の別れをすることになるのだ。

清一さんは身をもってその未来を見せようとしている。他ならぬ、理緒のために。

そして理緒のためと言われたら、教授はもう拒めない。

なぜなら彼自身も迷っているから。理緒を完璧な眷属にせず、中途半端なハーフヴァンパイアにしてしまうような人だから。

「清一、私は……」

親に頬を撫でられながら、教授は口にした。心からの弱音を。

「……私はきっと後悔する。今日この日、お前の願いを聞き届けたことを……きっと未来永劫《えいごう》にわたって後悔する。一体……どうしてくれるんだ？」

「はは、いいじゃあないか。悔やんでおくれ。たくさんたくさん悔やんでおくれ。その後悔がいつかきっと理緒のためになる。親の苦しみは子のため、子の苦しみは孫のため。それが――」

清一さんは言う。

慈しむように子の頬を撫でて。

愛《いと》おしそうに孫の手を握って。

とても幸せそうに。

「——家族ってもんなんだよ」

それから。

三人は現実への帰路についた。

氷室教授はジャケットを脱ぎ、ワイシャツを腕まくりして、清一さんを背負った。息子の背中に体を預け、「こんな日がくるなんてねぇ」と清一さんは無邪気に笑った。

美しい花園を歩き始める。理緒は教授のジャケットを抱え、清一さんの和服の袖《そで》をぎゅっと握った。手が白くなるほど強く強く握っていた。

今から自分たちは妖精の世界を出て現実へ還《かえ》る。それは清一さんの命を留《とど》めている効果が消えるということ。つまり永遠の別れがくるということ。

本当は還りたくなかった。教授が清一さんに眷属《けんぞく》になれと言った時も、名案なんじゃないかと思ってしまった。

でも違う。精いっぱい生きて、ちゃんと終わりを迎えること。それが人間としての在り方なんだと清一さんが身をもって教えようとしてくれているから。

だから何も言えない。ちゃんと受け止めなくちゃいけない。しっかり看取ることこそが残される人間の仕事だから。

「広い背中だねえ」

穏やかに揺られながら清一さんは言った。

「死ぬ時は畳の上がいいと思っていたけれど、ところがどっこい、こりゃあいいもんだ。息子の背中に背負われて、孫がぴったり寄り添ってくれて、私は果報者だよ」

教授は答えない。清一さんも理緒もわかっていた。口を開けば嗚咽《おえつ》がこぼれてしまうから、教授は何も言えない。

「いいかい？　私が死んでもそう長いこと引きずるんじゃあないよ。ジジイが死ぬのなんて当然のこと、自然の摂理だ。泣いて泣いて涙が涸《か》れたら、あとはもう笑って過ごしなさい。お前たちが心を沈ませることなんて、こっちはまったく望んじゃいないんだから」

進むほどにまわりの景色が変わっていく。

花は消え、木々も無くなり、辺りは白い霧のようなものに覆われていく。

空も青空ではなくなった。今の頭上は夕方のような赤。出口に近づくほど、これが夜の黒へと変わって、最後には雨が降って現実と一致するのだろう。

「お前たちには未来がある。旅立った者のことなんて、いつまでも心に留めておくことはない。ただ、そうだねえ、これだけは覚えていておくれ。お前たちがこの先、頑張って、

頑張って、心底頑張って……それでもどうにもならない、もう無理だってことがあった時は夜空を見上げなさい」

ワイシャツの背中から清一さんは空を指差す。

「そして星に向かって言うんだ。『おい、清一のジジイ、聞いてるか。なんとかしろ！』ってね」

響くのは楽しそうな声。

「そしたらじいちゃんが絶対助けてやるから。玲央、理緒、忘れるな。いつだって空の上から見守っているよ。この私が見ているから――お前たちは一生、大丈夫だ」

もう我慢できなくなって涙が溢れた。あとからあとから流れてきて止まらない。

清一さんにとって、この先にはもう自分の終わりしかないのに。

どうしてこんなに優しい言葉が言えるんだろう。

どうしたらこんなに優しい人になれるんだろう。

憧《あこが》れや切なさや哀《かな》しみ、色んな感情が交ざり合う。

そして出口が見えてきた。雨は降っていなかった。現実の世界でも雨がやんだのかもしれない。小さな奇跡に理緒は心から感謝する。

見上げれば、星空。

それは清一さんがたくさんの人と縁を結ぶなかで好きになったもの。

「みんな、ありがとうよ。本当に良い人生《い》だった」

息子の背中から清一さんは空を見上げる。

決して落ちることがないように教授がそっと手を組み直したのがわかった。

優しい目をゆっくりと細め、最後に清一さんは言った。

宝石をちりばめたような空へ向かって。

「ああ、きれいな星空だ……」

視界のなかに光が溢れる。すべてを覆うように桜色の光が舞い、気づくと——そこは元の病室だった。


六月にしてはよく晴れた日だった。

先日までの雨雲は遠く過ぎ去り、抜けるような青空がどこまでも広がっている。

理緒は開けた野原に立っていた。所在無げな自分を誤魔化すため、細い指先を手のひらに握り込んでいるが、そこに力がこもることはなかった。

風が吹いた。理緒の前髪が揺れ、足元の芝生がさざ波のように弧を描いていく。

見上げれば、青空。

蒼空《そうくう》のキャンバスには今、火葬場からの煙がとても長く線を引いている。

ああ、まるで魂が昇っていくみたいだ、と思った。

口に出してそう言ったら、氷室教授はなんて言うだろう。

苦笑するかもしれない。鼻で笑われるかもしれない。もしくは……。

色んなことを考えて結局、理緒は口を閉ざした。

今日は清一さんの葬儀だった。理緒と教授も出席し、二人とも喪服を着ている。葬儀には本当にたくさんの人がきていた。そのひとりひとりが清一さんと縁を結んだ人たちだと思うと、改めてその足跡の偉大さを感じた。

理緒のほんの数歩先では教授も同じように空を見上げていた。金色の毛先が風に揺れ、高級なスーツに包まれた背中は静かに佇《たたず》んでいる。

いつものような威圧感はまるでない。むしろ糸が切れて風の吹くままさらわれていくカイトのような儚《はかな》ささえ感じられた。でも不自然なことじゃない。それだけの経験を自分たちはしたのだから。

「教授……」

青々とした草の匂いを感じた。同じものを見上げたまま、話しかける。

「空がきれいですね」

「……ああ」

「晴れてよかったですね」

「……ああ」

「きっと……喜んでますよ」

「…………ああ」

最後の返事は少し間があった。

つられてこっちも一瞬、言葉が詰まりそうになった。でも拳《こぶし》を握り締めて、どうにか耐える。すると今度は教授が口を開いた。背中を向けたまま、ぽつりと。

「こんな空だ。夜になれば……星もよく見えるだろう」

吹けば消えてしまうような、小さな声だった。

理緒は返事をしようとしたけれど、嗚咽がこぼれてしまいそうになって言えなかった。

梅雨の訪れた、六月。

神崎理緒はかけがえのない経験をした。温かい気持ちと貴重な知識、忘れられない思い出と未来への課題、そして屈託のない笑顔をもらった。

同時にとても大切なものを失った。

それは決して避けられないことで、理緒にとっては絶対に逃げてはならないもので、だけど氷室教授にとっては——回避できるはずのものだった。

だから思う。この結末は果たして教授にとってどんな意味を持ったものだったのだろうか、と。

スーツの背中を見つめる。空は広く晴れ渡り、火葬場の煙はどこまでも昇っていく。
魂は昇っていく。
大切な人はもういない。
それでも生きていかなければならないとしたら。
氷室教授。
教授は今、何を思っていますか……？

エピローグ――僕らは新しい季節へ――

もう梅雨が明ける、と天気予報が告げていた。

霧峰《きりみね》大学の正門前には並木道があり、長々と桜の木が続いている。でもその末端に一本だけ、椿《つばき》の木が立っている。すでに枯れてしまい、枝には葉の一枚もついていない。しかしそのたたずまいには不思議と温かみがあった。

理緒《りお》は今、大きな幹の根元に座り、水筒のお茶を飲んでいる。

「それでね、葬儀の後、清一《せいいち》さんの教え子だった人たちと色々話をさせてもらえたんです。みんなすごく優しくて、清一さんとの思い出をたくさん教えてくれました。氷室《ひむろ》教授は遠くからこっちを見てるだけでしたけど……たぶん知りたがってると思うんです。そのうち教え子の人たちと清一さんの思い出を話してあげようと思います」

傍《はた》から見れば、独り言を言っているように見えるけど、話し相手はちゃんといる。理緒は椿の木に話しかけていた。

この木は清一さんと出逢《であ》った時に盛り上がった『古椿《ふるつばき》の霊』だ。もうここに魂はないけれど、理緒は時間を見つけてはよくこうして古椿に話しかけている。

清一さんのことがあった後、しばらくはずっと落ち込んでいた。それでもやがて前を向こうと思えたのはやっぱり葬儀の後に教え子さんたちと話せたことが大きかったと思う。清一さんが紡いだ縁に触れ、その温かさを肌で感じて、心に芽生えたものがある。今はその気持ちを大切にしたいと思った。

「……だから頑張ります。先はまだまだ長いけど、きっとすごく果てしないことなんだろうけど、それでも僕はそうしたいって思うから」

だから見守ってて下さいね、と古椿に笑いかけた。

すると、スマホの着信音が鳴り響いた。ちょうどそろそろ講義の時間なので古椿を見上げて「またきますね」と言い、スマホを手に取る。並木道を歩きだしながら通話ボタンを押した。掛けてきた相手は広瀬《ひろせ》さんだった。

「――神崎《かんざき》、わりぃな、今平気か？」

「はい、大丈夫ですよ。どうしました？」

「いやぁ、なんつーかちょっと困っててなぁ。俺じゃあもう手に負えそうにないんだ」

広瀬さんがこんなことを言うのは珍しい。どうしたんだろう。

「実は風花《かざばな》のことなんだけどな」

「沙雪《さゆき》さん？――あ」

なんか察した。

「相談があるって言うから、こないだからずっと聞いてるんだけどさ、なんか詳細は言えないとか言って、さっぱり要領を得ないんだ。『もういない人と勝負して勝てると思う？』とか『犬って前の飼い主のこと、どれくらい覚えてるものなのかしら』とか……正直なんのことやらでな。神崎、何か心当たりあるか？」

「あー……」

これ、リュカのことだ。

すっかり忘れていたけれど、翔君《かける》を『妖精の輪』から助け出した時、沙雪さんはまだリュカの心のなかにどれだけ秋本美香《あきもとみか》さんがいるかを聞いてしまっている。悩んで当然だろうし、相談すると言ったらやっぱり頼りになる広瀬さんになると思う。でも頑として相談内容を言わないのはすごく沙雪さんらしかった。

「俺は犬っていつまでも覚えててくれるし、久しぶりに会ったらすげえ喜んでくれると思うんだよ。俺が飼ってた犬がそうだし。でも風花が聞きたいのはこんな答えじゃない気もするしなぁ。神崎はどう思う？」

「あ、広瀬さん。この件、僕が引き継ぎます。多少事情を知ってるから僕の方が適任だと思うので」

「いいのか？　でも……かなり大変だぞ？」

「はい、覚悟はしてます……」

正直、これ以上、広瀬さんに迷惑は掛けられない。ただでさえ『妖精の輪』の時は親友の高町《たかまち》さんと妖狐《ようこ》さんをこの街まで呼んでもらっている。しかも朝になって二人が到着した時には事件は解決済み。輪から解放された人たちの記憶を改竄《かいざん》してまわるのでバタバタし、そのせいで連絡が行き違いになってしまったのだ。

広瀬さんは『俺も久しぶりに高町に会えて楽しかったしさ。気にすんな』と言ってくれたけど、何かの形でお詫《わ》びはしなきゃいけない。まずは沙雪さんのことを引き受けよう。

ということで広瀬さんとの通話を切り、そのまま沙雪さんに連絡。『……わかった。じゃあ、駅前に集合ね。何か奢《おご》ってあげるから夕飯の心配はしなくていいわよ』というありがたいお言葉を頂戴し、講義が終わったら沙雪さんと会議を開くことになった。

「夕飯もとなると今日は帰りが遅くなりそうですね……」

悲壮な覚悟を決めつつ、並木道を進んでいく。しばらくして正門の近くまでやってくると、学生たちのざわめきが聞こえた。

「……ん？」

正門と学生たちの声。何か覚えがある光景だった。嫌な予感がする。すぐに回れ右して退散した方がいい、と本能が告げていた。だけど間一髪間に合わず、木の幹に背中を預けているホストのような格好の人がこっちに気づいた。

「やあ、理緒君。久しぶりだね」

「ユフィさん!?」

スーツ姿のユフィさんが手を上げて軽やかにこっちへやってくる。

「な、なんでまだこの街にいるんですか？　てっきりもうどこか他の土地にいったものかと……っ」

「おやおや、どうしてそんなふうに思ったんだい？」

「だって氷室教授と清一さんを会わせるのがユフィさんの目的だったんですよね？　それはもう叶《かな》ったじゃないですか」

「確かにそのために僕はこの街にきた。でも清一氏のことはあくまでレオのため。僕自身の目的は別にあった。それはまだ果たしていないよ？」

「ユフィさんの目的？」

なんだっけ、と思い、しばらくして思い出す。

「会いたい人がいる……ってやつですか？」

「そ。で、僕の会いたい人っていうのは」

いきなり手を握られた。騎士が挨拶《あいさつ》でもするかのように恭しく見つめられる。

「君だよ、理緒君」

「は？」

目が点になった。一方、ユフィさんはきらきらした表情で語ってくる。

「僕は君に会いたくてこの街にきたんだ。だってあのレオが数百年のヴァンパイア生活のなかで初めて眷属《けんぞく》にした人物だよ。興味が湧き出てしまうに決まってるじゃないか」

「や、湧き出てしまわれても困るんですが……っ」

「というわけで僕はまだしばらくこの街に滞在するからね？　その間にたくさん話をしよう。なんなら今日辺り一緒に食事でもどうだい？　ほら先日は結局レオに邪魔されてしまったからさ」

「あー……すみません、今日はちょっと先約があるので」

　手を引っ込めつつ、やんわりと断る。

　ユフィさん自身はなんだかんだで悪い人ではないのだと思う。今回の一連の騒動も結局はすべて教授のためにやったことらしいし。ただやり方から察するにこの人はたぶん『大切なものは何があっても守る。代わりに他のことは全部どうでもいい』と考えてしまうタイプな気がした。ある意味、教授とは別方向に厄介な人だ。

　また学食の全メニューを制覇する羽目になっても困るので、適度な距離感で付き合いたい。

「残念だなぁ。じゃあまた誘うことにするよ。……と、あまり引き留めても申し訳ないか。たぶんそろそろ講義の時間だものね？」

　ユフィさんはスーツの内ポケットに手を差し入れる。そこから無造作に取り出されたものを見て、理緒は目を剝《む》いた。

銀色の懐中時計。

氷室教授が持っているのとまったく同じ物だった。

「ユフィさん、それって……っ！」

人間に戻るための方法を話す時、氷室教授は必ず銀色の懐中時計をちらつかせる。どう使うのかはわからないけど、とにかく教授の懐中時計によって理緒は人間に戻れるらしいのだ。

それと同じ物を今、ユフィさんが持っている。

「ああ、これかい？　大昔に僕たちの『親』がくれたんだよ。『いつの日か、もしも永遠の生に飽きたなら使いなさい』って言ってね。この懐中時計に仕込まれた術を解放すると、ヴァンパイアは血の宿命から解き放たれて人間に戻るんだ」

「ええ……っ⁉」

やっぱり同じ物だった。しかもヴァンパイアを人間に戻す術だなんて。

こちらの反応を見て、ユフィさんは小首を傾げる。

「欲しいのかい？」

「頂けるんですか⁉」

「ふふ、どうしようかなぁ」

途端にニヤニヤと頬を緩め、ユフィさんは懐中時計をポケットに戻してしまう。

「僕は今さら人間としての生き方になんて未練はないから譲ってあげても構わない。でもなぁ、せっかく理緒君が僕に興味を示してくれてるしなぁ。だからこれはまたの機会にしようか」

「そ、そんな……っ」

「君との食事、楽しみにしているよ？」

耳元で囁《ささや》き、ユフィさんはひらひらと手を振って去っていく。その背中を見て自分の失態に気づいた。

な、なんかすごく致命的な隙を見せてしまった気がします……っ。

次にユフィさんに誘われたらもう断れない。沙雪さんとリュカのことだけでも頭が痛いのにさらに問題が増えてしまった。理緒はひとり、並木道で頭を抱える。

はあ……とため息をつきつつ、とぼとぼと十二号館に入った。これから受けるのは海外民俗学の講義。リノリウムの床を歩いていると、曲がり角でふと気づいた。

「あ、教授」

「理緒か」

ばったり会ったのは氷室教授。ちょうど大教室へ向かうところだったのだろう。一緒にいきます、と言おうとすると、突然教授の目つきが悪くなった。

「ユフィリアに会ったのか」

「えっ。なんでわかるんですか⁉」

「当然だろう。あいつの気配は嫌というほど知っている。何をした？　何を話した？　詳細に報告しろ」

「な、並木道のところにいたから立ち話をしただけです！　それだけですっ、他には何もありません！」

壁際まで追い詰められ、堪《たま》らず叫んだ。食事に誘われたなんて言ったら、間違いなくさらに面倒なことになる。絶対黙っておこうと思った。

「まったく……何かあればすぐに報告しろ。場合によっては今度こそ地平線の彼方《かなた》へ消し飛ばしてやる」

「……はい」

うん、これは絶対黙っておこう。そうしよう。

「いくぞ。講義に遅れる」

ジャケットを翻し、教授は歩きだす。途中、持っていた荷物がこちらへ差し出された。講義のためのレジュメの束だ。いつものように『主人の荷物は眷属が持つものだ』とか

言われるのだと思い、理緒はもはや条件反射で受け取ろうとする。しかし、

「……いや、やはりいい」

「持ちますよ？」

「構わん。この程度は荷物にもならない」

こちらに渡すことなく、教授はレジュメを抱え直した。その背中を理緒はなんとなく見つめる。

清一さんの葬儀が終わって以降、氷室教授は少し変わった。今まではあくまで主人と眷属という扱いだったけれど、最近は妙に遠慮されることが多くなった。なんとなく教授の方から距離を縮めようとしている感じがある。やり方がわからずに戸惑っているような気配もあるけれど。

「今夜の晩餐《ばんさん》のメニューはなんだ？　なんなら……お前の食べたいもので構わないぞ」

「あ、今日は沙雪さんに呼ばれてるんです。だから何か適当に作って冷蔵庫に入れておきますね」

「………そうか」

なんか残念そうな空気を出された。

「近いうちにコウモリの使役の仕方をきちんと教えてやろう」

「え、なんでですか？」

「使い魔の使役はヴァンパイアとして当然備えるべき能力だ。お前もそろそろ覚えていい頃だろう」

「……そうきますか」

距離感が変わるのと同時に最近、教授はやたらとヴァンパイアについての講釈をしてくるようになった。どうやら本気でヴァンパイア教育を始めようとしているようだ。

……本当、どうしてこう僕らは正反対なんでしょう。

今回、清一さんのことで教授と理緒は忘れ難い経験をし、その喪失感や哀《かな》しみを共有した。なのに決意したことは真逆なのだから困ってしまう。

やっぱりちゃんと言った方がいい。清一さんが紡いだ縁に触れ、その温かさを肌で感じて、理緒には心に芽生えたものがある。その気持ちをちゃんと教授に伝えたいと思った。

「氷室教授」

しっかりと声を張った。

「僕はヴァンパイアになんてなりませんよ。ちゃんと人間に戻ります」

肩越しに青い瞳《ひとみ》が振り向く。

「今はそれでいい。未熟なお前にもいずれわかるはずだ。ヴァンパイアという存在の高貴さがな」

「そういうことじゃなくて」

思い出すのは、あの星空。

世界の狭間《はざま》で見た、輝くような最期の笑顔。

「僕は清一さんみたいなおじいさんになりたいんです。ちゃんと生きて、多くの人たちと縁を結んで、最後は次の世代に優しさを残せるような……そんなちゃんとした人間になりたいんです」

鉄のハサミのことを教えてもらった時、清一さんから民俗学を学ぶ理由を問われた。

あの時は上手《うま》くまとめられなかったけど、今なら答えられる気がする。

土地には様々な歴史があり、それを知らなくても生きてはいける。だけど知ることによってきっと多くの縁が生まれるのだ。

また人にも歴史があり、多くの人と出逢《であ》い、それぞれの歴史を知ることで、きっと少しずつでも自分は変わっていける。成長できる。

土地と人の歴史を学んで、最期には——その学びを次の世代に託していく。

神崎理緒は今、そのために民俗学を学んでいる。

「氷室教授、僕はヴァンパイアにはなりません。ちゃんと生きて、ちゃんと学んで、最期にはちゃんと次の人たちへバトンを渡します。だから僕は人間に戻ります」

言えた。ちゃんと伝えられた。見ててくれましたか清一さん、と胸を張りたい気持ちになった。

でも次の瞬間だ。十二号館の廊下にレジュメが舞った。

紙吹雪が舞うなか、スーツに包まれた手が伸びる。

「お前まで――」

手を掴《つか》まれた。まるで縋《すが》るように、ぎゅっと。

「私を置いていってしまうのか……っ」

「……っ」

目の前には悲嘆に暮れた顔。

勘弁してほしい、と心底思った。ずっと自分勝手で、唯我独尊で、好き放題にこっちを振りまわしてきたのに……こんなにもあっけなく弱さを曝《さら》け出してくるなんて。

青空に火葬場の煙が昇った日、教授が何を思っていたのか、わかった気がした。

絆《ほだ》されてしまいそうになる。同じ痛みを経験した分だけ、無下には拒めなくなりそうだった。だけどここで自分の気持ちを誤魔化すわけにはいかない。憧《あこが》れた星に近づくために、
理緒は握られた手を振り払う。

「ワガママを言わないで下さい」

「……っ」

教授はショックを受けたように目を見開き、顔を伏せた。

「……そうだな。お前は以前から人間に戻りたいと言っていた。今さら易々《やすやす》とその意思を

変えるわけはないか……」

そう言って、教授はレジュメを拾い始める。床に落ちているものを教授が拾うところなんて見たことがない。屈《かが》んだ背中がひどく小さく見えて、やたらと胸が痛んだ。

「あの……話は最後まで聞いて下さい」

理緒も屈み込み、一緒にレジュメを拾う。そして隣の横顔に視線を向けた。

「僕、思ったんですが……教授も人間になればいいんじゃないですか？」

「なに？」

眉《まゆ》を寄せた、不可解な顔。理緒はレジュメの束を胸に抱えて、教授の方に向き直る。

「ユフィさんに聞いたんです。あの銀色の懐中時計には術が仕込まれていて、使うとヴァンパイアから人間に戻れるって」

聞いた直後はただただ驚きだけがあった。でも今考えてみると、あの懐中時計が二つあるのなら、とても有意義に使うことができる。

「僕は教授の懐中時計で人間に戻りますから、教授もユフィさんの懐中時計を使わせてもらって人間に戻ればいいんですよ。それで僕と一緒に清一さんのようにちゃんと人生を全うしましょう。ほら、これで万事解決じゃないですか」

土地の歴史を学んだら、今度は人の歴史を知ること。

今回、氷室教授という人の歴史を知ったことで思ったことがある。

この人はずっと淋《さみ》しかったのかもしれない。

大切な人たちが何度も何度もいなくなって、その度に後悔を重ねていって、孤独の海のなかで溺《おぼ》れそうになっていたのかもしれない。

でもだったら簡単だ。もう一度、人と一緒に生きればいい。同じ場所で、同じものを見て、同じように学んでいけばいい。そうすればきっともう淋しくない。我ながら名案だと思った。

理緒の言葉を聞き、氷室教授はきょとんとしていた。

廊下の真ん中で顔を突き合わせて数秒。そして突然、教授が噴き出した。それどころか大声を上げて笑い出す。廊下に響き渡るのは、およそ貴族らしくない笑い声。

「きょ、教授？」

唖然《あぜん》としてしまった。氷室教授は息も絶え絶えに乱れた髪をかき上げる。

「はは、お前は時折本当に突拍子もないことを言う。……ある意味、清一以上だ」

理緒が抱えていたレジュメを掴み取り、教授は立ち上がった。

「私が下等な人間になどなるわけがないだろう。そんな馬鹿なことを考える暇があるなら、それこそコウモリの使役を学ぶべきだ」

呆《あき》れたような言葉には取り付く島もない。しかし踵《きびす》を返す直前、

「……まったく、愉快な夢物語だ」

そうつぶやき、教授の唇は弧を描いていた。

理緒も立ち上がり、端整な顔を見上げる。

「僕は本気ですからね？　教授が僕をヴァンパイアにしようとするなら、僕は教授を人間にするために頑張りますから」

「ああ、せいぜい無駄な努力に勤《いそ》しむといい」

「いいえ、絶対成し遂げます。絶対ですからね！」

スーツの背中を追って歩きだす。心のなかには教授のさらに向こうに、もういない着物姿の背中が見える。遥《はる》かな未来を目指し、理緒は真っ直ぐに進み始めた。

それは梅雨の雨が過ぎ去った日のこと。

神崎理緒は学ぶことの意味を知り、未来を思い描くことを覚えた。

そして確かな一歩と共に季節は巡る。雨はやみ、空は晴れた。新たな出逢いを携えて、やがて夏がやってくる――。

〈おわり〉

あとがき

こんにちは、古河樹《ふるかわいつき》です。

先日、家の片付けをしている時、亡くなった祖父の遺品が出てきました。

私が覚えている祖父のイメージは晩年もスポーツを続けていた活発な姿なのですが、遺品の多くは若い頃に勤めていた造船会社のもので、設計などの細かな仕事の書類を見て、とても不思議な気持ちになりました。

そこには孫の私も知らない祖父の姿が様々あり、人ひとりの歴史というのはひょっとしたら土地の歴史と同じくらい奥の深いものなのかもしれない、と思うようになりました。

今回、主人公の理緒《りお》も氷室《ひむろ》教授の歴史の一端に触れ、二人の関係に少しずつ変化が起こり始めました。願わくば、この先の季節のこともお届けできたら、と思っております。

担当K様にはこの二巻も様々なアイデアをいただき、執筆が非常に捗《はかど》りました。ありがとうございます。一章で理緒がハーフヴァンパイアであることを気にしながら病院の検査結果を聞く展開はK様から頂戴したアイデアで、新キャラクターのユフィリアに至ってはK様との打ち合わせがなければ存在しませんでした。いつもとても助けていただいております。今後ともどうぞよろしくお願いします。

担当O様、お忙しいところをお力添えいただき、ありがとうございました。前作シリーズ以来、久しぶりに一緒にお仕事ができてとても楽しかったです。

イラストをご担当いただいた、サマミヤアカザ様。表紙の星空があまりにも美しくて感動しました。本作ラストで私が思い浮かべていたのはまさしくこんな星空です。また氷室教授がさりげなく喪服を着ていることに気づいた時には思わず声が出ました。いつも本編の内容を丁寧にすくい上げていただき、ありがとうございます。あと表紙のウール、すごく可愛いです！

ファンレターを下さる皆様には温かい想いをたくさん頂戴し、それらがこの作品の一部になっております。またデザイナー様、校正様、営業の皆様、書店の皆様、友人夫婦、実家の家族と愛犬、多くの皆様に御礼申し上げます。

そして今このページをお読みのあなた様へ。

人生という長い歴史のなかで本作を手に取っていただけたこと、こうして二巻にもお付き合いいただけたこと、本当に嬉《うれ》しく、そして光栄です。誠にありがとうございます。

どうかあなたの見上げた先にきれいな星空がありますように。

それではまたお逢《あ》いできることを祈りまして。

八月某日　蟬時雨《せみしぐれ》の朝　古河　樹

富士見Ｌ文庫

氷室教授《ひむろきょうじゅ》のあやかし講義《こうぎ》は月夜《つきよ》にて 2

古河《ふるかわ》 樹《いつき》

2021年10月15日　初版発行

発行者　青柳昌行
発　行　株式会社 KADOKAWA
〒102-8177　東京都千代田区富士見2-13-3
電話　0570-002-301（ナビダイヤル）

印刷所　株式会社暁印刷
製本所　本間製本株式会社
装丁者　西村弘美

定価はカバーに表示してあります。
◇◇◇

●お問い合わせ
https://www.kadokawa.co.jp/（「お問い合わせ」へお進みください）
※内容によっては、お答えできない場合があります。
※サポートは日本国内のみとさせていただきます。
※Japanese text only

ISBN 978-4-04-074275-5 C0193